Too Much Noise

噪 音

梁文道_著

文化藝術出版社
Culture and Art Publishing House
·北京·

目录

自 序 i

纯粹音乐怎么听

纯粹音乐 3

为一部小说配乐 7

电影音乐给谁听 10

摇滚精神？别开玩笑了！ 13

当摇滚老去 18

点指泰迪罗宾 21

摇滚不怕老 24

比真实还好 27

界定一个时代的歌 30

重金属遇上嘻哈 34

尼娜·西蒙 38

洪水中的蓝调 ………… 41

造神运动 ………… 45

复古莫扎特 ………… 49

耳朵以外：聆听的文化构成 ………… 53

"耳朵以外"以外 ………… 64

西蒙·拉特尔：古典还是现代？ ………… 73

指挥的作用 ………… 77

老贝这关难过 ………… 80

哼一段勋伯格 ………… 83

强奸未遂的贝多芬 ………… 86

教宗对 U2 ………… 89

《波兰安魂曲》到底没用上 ………… 93

布尔乔亚的伪装趣味 ………… 99

为什么真正的乐迷都不爱"歌王"？ ………… 102

音乐原来不会死

点　歌 ………… 107

民歌的真面目 ………… 111

一种叫作命运的民歌 ………… 116

圣诞音乐情歌化 121

情歌的幻觉 124

九十五岁的情歌 128

iPod 怎样分割了世界 132

单曲的复归 137

专辑年代的终结 140

音乐不死 143

主人的声音？............ 147

美丽岛 150

一座城市的主题曲 155

怀念钟 158

那个时代早已结束 163

华丽演出的落幕 166

赈灾音乐为什么不是好音乐？............ 169

音乐的社会声音 172

瓦格纳的诱惑：权力阴影下的艺术与政治 175

悲剧照常发生

看到电影 215

为什么看贺岁电影 218

大片的迷思 222

悲剧照常发生 226

唯美得寒酸 229

暴力的边界 232

cult 到 cut 237

改编作为一种工业 241

不再抽烟的 007 246

黑客帝国的学术幌子 250

《V 煞》启示录：人民力量万岁 254

谁心上的一座断背山？ 260

从《断背山》回到西部 263

恶魔的人性会减少他的恶吗？ 266

病毒营销 272

《末世凶煞》为什么不好看 277

何谓真功夫？ 280

世界改变我们之后 283

当大导遇上小记 286

《四大天王》的悲剧与闹剧 289

为何让李安而非章子怡代表华人 293

电光幻影迷什么

中国人一百年前的眼睛 301

电影院里的领悟 305

智者王家卫 308

拯救一个国家的记者 314

电光幻影 320

怀念杨德昌——祖家不欢迎先知 324

纵欲年代的食物电影 330

历史性的长镜头 334

只要做爱 不要吸烟 337

给大国想象来点儿幽默感 340

星战迷迷什么？............ 345

星战信仰 348

十五年，再看《两生花》............ 351

江湖香港 356

躲起来的导演 362

暗恋到偷窥 365

忘记电影，我们去看小说 369

电视末日到了吗

总统看来很上镜 375
球队为电视而战的年代 378
电视怎样改变了足球? 381
足球评述的艺术 385
可爱的胖女人 388
无烟影视 392
美国天使 395
历史为何重演? 399
电视末日的前夕 402
在 YouTube 里看电视 405
自己原来没有脚 408
我的 AV 岁月 411
大师的黑洞 416

娱乐到底是什么

娱乐到底是什么? 421
以后我们自己娱乐自己 425

"超女"是一场游戏，不是一场梦 ………… 430

名人都是艺人 ………… 436

艺人是一种次等公民 ………… 440

明星的话几两重？ ………… 445

明星慈善公关也是门专业？ ………… 448

什么是奥斯卡？ ………… 452

另类香港的消失 ………… 456

欣宜的悲剧 ………… 459

真人刘德华 ………… 462

《大长今》怎样占领中国市场？ ………… 465

抵制韩流与消费型民族主义 ………… 468

自 序

我永远记得那个傍晚。因为一道出口在天色渐阴渐沉之际为我敞现，生命自此有异。

当时还在台湾，我是个初中二年级的学生，正逢周五。可以从宿舍回家过周末，我照例得从学校搭车去逛西门町一带的书店和唱片行，用有限的零用钱在一本小说与一卷录音带之间犹豫踌躇。那天我买了一卷布鲁斯·斯普林斯汀（Bruce Springsteen）的《生于美国》（*Born in the USA*），是彼时美国最畅销的专辑，然后才满心期待地赶车回家。也不知道是怎么回事，平常挤得跟罐头似的巴士竟然有不少空位，免了一个多小时罚站摇晃之苦。我迫不及待拆开那卷录音带的包装胶纸，再贪婪阅读盒子里那其实不大看得懂的附赠歌词小纸片。在且停且行、摆动剧烈的昏暗车厢中，专注猜测每一首歌要说的故事的涵义。

忽然邻座有人和我打招呼："嗨！你正在看什么？"我吓了一跳，立刻从远方的新泽西回到现实的台北。原来是位很帅气的大哥哥，他说自己是个大学生，很爱听音乐，所以好奇我这小弟弟何以如此用心于一卷录音带。

他拿了我的带子一看，再笑了笑说："不错，虽然 Bruce Springsteen 是个了不起的摇滚歌手，但你听过他以前的东西吗？"然后他就开始上课了，课堂里有许多我闻所未闻的人物，稀奇古怪的理论，以及充满色彩的历史，仿佛是一个武侠小说的江湖，比如一首二十多分钟长的摇滚乐，一个让吉他着火的狂人，一名躲在各种电子仪器背后制造宇宙之叹息的隐士。最神奇的是到了最后，他竟然说："可惜，Bruce Springsteen 堕落了，居然在这张新专辑里加进了舞曲，那还算做摇滚吗？"然后他在下车之前赶紧抄了一张小纸条给我，里面有他所谓的"入门经典"，嘱咐我一定要好好用心去听。

堕落？音乐也有堕落这回事吗？什么叫做堕落的音乐？为什么一个摇滚好汉开始玩舞曲就叫做堕落呢？再看看他那

张字迹清秀的"秘籍",上面有 Pink Floyd、Emerson、Lake & Palmer、Yes、Led Zeppelin、The Doors、Jimi Hendrix 和 Brian Eno 这几个陌生的名字。他们就是传说中的高人了吧?

自此之后,我按图索骥,越摸越远,觉得自己好像进入了一个超凡脱俗的世界,就像《纳尼亚传奇》里面那个神奇的衣橱,又像《哈利·波特》里火车站上那个看不见的月台,只要一走进去,我就能逃离身边这可厌而庸俗的现实,得到自由。

所谓自由,首先是跟人家不一样。当其他台湾同学都在听香港过来的谭咏麟、张国荣以及梅艳芳,并且不厌其烦地央求我教他们粤语发音时,我拥有一个真正的自我,是他们所不认识的。

赤裸点讲,比起你们,我比较不堕落。

然后我又想起了电影。虽然我不再泡电影院久矣,总是为了省事偷懒在家看碟,但我实在很怀念那段日子:几乎掏尽所有零用钱去排香港电影节票房的队,然后一天连赶五场戏,中间出来就用口袋里仅余的硬币换面包干啃。听起来辛苦,忆起来觉得不可思议,但当时真有一种幸福充盈全身的舒畅。为什么?因为自由。

电影学者游静曾经写过一段十分美妙的话，大意是进电影院看戏是要有勇气的。她说得真是再好也没有了。请想想看，我们和一群互不相识的陌生人坐在同一个漆黑的房子里，目睹银幕上种种惊心动魄的场面。那些场面或许叫我们汗流浃背，或许令我们不住泪下，甚至让我们的脸从耳根开始一片赤红。虽然看不见，但邻居渐趋沉重的呼吸，身体上散发出的异样氛围，难道我们会感觉不到吗？

世间最残酷的景观，人心最深沉的秘密，如此赤裸坦呈，我竟然就在公众之中看见了。没有遥控器，我调节不了画面的行进方式与速度，声响的大小和高低；我就这样被动无助地夹在一群陌生人中间，任由电影挑动摆布，不由自主地大笑或者痛哭，回忆以及遐想。

走进电影院，岂能不要勇气？

但是不用害怕，因为有某些独特、用心而神秀的电影作者。他们竟敢撕破日常琐事所掩盖修饰的真实，把命运的无常，上帝的退隐，承诺之背叛，欲望之阴暗，全都大胆地拍了出来，交给我们。如果我没记错的话，游静还说："人家都敢拍了。我们又有什么好怕呢？"是的，我还怕什么呢？看电影，尤其是好电影，原是一种在众人中认出自己本来面目的英勇行动。所以,许多影评人才会如此珍惜"真实"。"真实"不是技法上的"写实"(很多时候,"写实"恰恰才是说谎的最好方法),而是电影作者敢于认真对待自己,敢于以"真面目"示人,甚至敢于面对人之存在的一种质地。

因此,看电影于我就和听音乐一样,是少年时代追求自由的手段。拒斥庸俗,一开始或许还是为了在同学之间树起不凡的自我感觉,但它其实更是为了逃离庸俗的宰制,离开"成人社会"的无聊和谎言,离开森严的学校体制,离开社会和国家对你的期盼跟定位。

很自然地,少年时代的我完全无法接受任何流行而热门的音乐和电影,更无法忍受电视上那些虚假的俗华与面具的美丽(真是报应,我今天竟以此为业)。音乐与电影绝对不是娱乐,它们怎能是娱乐呢?有人问过讨厌文化工业以至一切娱乐的阿多诺:"你平常有什么消遣?"一向严肃的阿多诺简单而冷峻地回答:"我从不消遣。我用对待工作的同等态度去对待音乐。"诚然,聆听勋伯格确实是该比工作还认真。

可是我总不能只听勋伯格,只看布列松吧?生活在媒体环境之中,我们被迫接受大量噪音的包围,并且以噪音为沟通人我的工具。假如我也去看王晶,假如我也去听张学友,我会告诉自己，那只是为了和大众沟通而已（比方说，学会对一个女孩唱歌）。万一我在那些熟烂的曲调中得到吟唱的乐趣，在港产闹剧跟前笑得人仰马翻，我会忍不住自责，恍如一个修行者在犯禁的行为里感到愉悦，乃是一种"罪疚的享乐"。尤其在我开始写评论之后，更是极其扭曲地以挞伐流行文化为己任，似乎这种鞭打自己的动作可以减轻那种罪恶感。

也许是受到文化研究与后现代主义的影响，多年之后，我才渐渐缓释这种正邪不两立、雅俗要分明的心结，试着在自己对周星驰的喜好里找出合乎道德的依据。更妙的是，这种依据竟然还可以用繁复的理论与晦涩的术语去表述，因此显得更为庄严。怪的是，在这个转向之后，我竟然也逐渐失去了写作乐评、影评以至于所有艺术评论的动力。当初推动我写作的欲望到底是什么呢？我忘了。

如今你眼前的这本集子绝非严格意义上的评论，它们只不过是些感想札记。回首往昔，十几二十年前我那些承载着过多负担的评论是大家不会再想看的；遥想未来，我大概连现在这批文字也写不下去了。定名《噪音》，只是因为我很喜欢法国学者雅克·阿塔利（Jacques Attali）的《噪音》；

他认为音乐基本上是一种组织和判别噪音的产物,同是声响,音乐与噪音的分别决定于一套政治经济学的逻辑。那么我这本集子和他的理论有关系吗?其实没有。

这又让我想起两件不相干的事:十几年前,我在纽约一家古书店看到一本约翰·凯奇(John Cage)亲笔签名的《沉默》,取价四十美金。当时嫌贵没买,后来悔恨了一段日子。然后,两年前,我看了德国导演菲利普·格罗宁(Philip Groning)的纪录片《遁入寂静》,拍一座法国山中与世隔绝的修道院,里头身着斗帽长袍的修士严守禁语的戒律。于是整部片子除了钟声与诵经,就几乎没有别的声音;镜头则在一片白雪笼罩的古建筑内外缓缓挪移,再无颜色。空白而沉默,大音稀声,此之谓也。所以,我是否拥有凯奇的签名著作,也就不再重要了。

2009 年 2 月

香港

拙著原题《噪音太多》,蒙编辑文珍女史不弃,2009 年付梓花城出版社。惜在下疏懒,乃致初版颇见错乱,辛得方家指谬，再版得以改正。此次文化艺术出版社推出新版，又补入杂文及演讲笔录数篇，于是趁机更名为《噪音》。盖原名曾使部分读者误会，以为这是表态，斥责这个时代"娱乐化大潮底下的噪音太多"。当然不是，不敢，在下只是自知不入主旋律法耳，不合主流市场趣味，所言尽皆噪音而已。

2015 年 12 月

北京

纯粹音乐怎么听

到底我们听音乐是为了美好的感受,还是为了听实话呢?更何况,什么才算古人听到的声音?你就算用上最权威的原谱,最正宗的乐器,然后用最传统的手法在巴洛克教堂里演奏维瓦尔第,我们听众也是现代人呀!

纯粹音乐

朋友之中有一种音乐上的"纯粹主义者",对他们而言,音乐既然是艺术,就该用很艺术的态度对待。意思是听音乐的时候应该什么都不干,好好坐在音响之前全神贯注地启动听觉装置,其他感官一律关上。不能喝水不能吃零嘴,而且目不能视(除非看谱)。如果把音乐当成背景,让它陪你工作做菜干家务,那就是十恶不赦的重罪了。

我这些"纯粹主义"朋友里面又有几个纯之又纯的精英分子,钟爱勋伯格以后的现代音乐,觉得这些不入俗耳的学院派音乐才是声音的绝对升华。在这些朋友面前,我不大敢说自己喜欢"极简音乐"(minimal music,港台译作"极低限音乐"），尤其是格拉斯（Philip Glass）的作品。因为他们会说这是典型的背景音乐，反反复复，毫无进展，根本经不住凝神细听，就跟流行音乐似的，烦闷无味。

事实上，我也无话可说。因为：

第一，格拉斯音乐的最大特色的确就是重复。

第二，在现代音乐里面，极简音乐的确是最受欢迎的乐种，或许也因此是最晚被列入经典之列的风格。

第三，我真把它当成背景音乐，而且我很难忍着什么都不做就只是望着音响的扬声器发呆。

我第一次听到格拉斯，它就是首背景音乐。那是十六年前的一个小剧场演出，朋友把黑暗的空间布置得空空荡荡，主角黄秋生在黑色的台板上用粉笔画出一间间房子的平面图（没错，就是现在演电影的那个黄秋生。人家当年可是实验剧场里的前卫派），那就算是台上唯一的"布景"了。在黄秋生画画的时候，配乐就是格拉斯的名作《开始》。不变的节奏，不能再简单的和弦，被限制在几个音阶里推进的旋律，仿佛永远就会这么延续下去，没有终局。

离开剧场之后的这么多年，黄秋生好像还蹲在我脑海里的某个昏暗角落兀自画出一间又一间的房屋，恍若不停生长的狭窄城市，而飘荡在这城市里的声音就是那首不曾完结的《开始》。

今天被许多人认为是当代美国最伟大作曲家之一的格拉斯，虽然早在20世纪60年代初就写下了很多优秀的作品，但真正让大家认识到一股新势力正在出现的，还是他和后现代剧场大师罗伯特·威尔逊（Robert Wilson）在70年代合作的音乐剧《海滩上的爱因斯坦》。在这套惊天动地的作品里，舞台上一个演员竟然用了一小时从台左走到台右而没有任何其他动作。与格拉斯那重复不断的旋律相得益彰，观众离场时竟能哼出剧里的音乐，这是现代歌剧里不可想象的场面。

格拉斯讨厌勋伯格之后的现代音乐，认为那只是作曲家写给作曲家的小圈子游戏，完全丧失了和听众沟通的能力。所以他和一众极简主义伙伴作的曲子，连我这种俗人也能听得津津有味。不过矛盾之处在于，极简主义的原意不是为了亲近大众，而是更进一步地颠覆包括序列主义在内的西方音乐传统。它主要针对的就是西方音乐的时间结构：总有一个或多个主题要展现，这些主题总要经过复杂的发展，然后要有一个结局。就像一个故事，传统稳定不可能失衡。而极简主义则尽量不讲故事，把听众带往每一刻"现在"，不知有始亦不必有终……这种脱离了叙事结构的音乐，恐怕才是最纯粹的音乐，虽然我那些纯粹朋友以外的酒肉朋友都能"听得懂"。

为一部小说配乐

我的偶像之一格拉斯答应为电影《时刻》(*The Hours*)配乐,世界上最快乐的人就是《时刻》小说原著的作者迈克尔·坎宁安(Michael Cunningham)了。因为坎宁安是格拉斯的乐迷,更因为坎宁安在写这部小说的时候,他耳里听的是格拉斯,心里飘浮的也是格拉斯那反反复复、绵延不绝的曲调。

《时刻》在港被译作《此时此刻》,在台湾是《时时刻刻》,其实都捉不住英文里 *The Hours* 的真正意义。坎宁安是当今英语世界里首屈一指的作家,曾经得过英国文坛之中地位最崇高的布克奖。果然选题都胜人一筹,他这本小说的真正主角是英国现代文学的祖母伍尔芙(Virginia Woolf)和她的名著《达洛维夫人》(因为另外两位女主角都被《达洛维夫人》改变了她们的命运)。而《达洛维夫人》,伍尔芙原来为它设定的题目正是《时刻》。在伍尔芙笔下,达洛维夫人的那一个下午虽然就只是一个下午,但却因为意识的纷纭多变和世事的空白虚无,仿佛漫长得如同一生。时刻,这一刻就已经是永远了。

坎宁安准确捉住了这个基调,把它变成三个女人的隔代因缘。格拉斯为这部电影配乐,的确不作第二人想,因为这部相当忠于原著的电影,也把那种潜藏在意识底下的无尽时刻拍了出来。而这种沉重至极反倒轻盈起来的悲惨基调,正是坎宁安写作时在格拉斯的音乐里面听到的声音。

在《时刻》的电影原声唱片里,坎宁安写了一篇很漂亮的文章,谈他的书写跟音乐的关系。每一个作家都有他的书写仪式,有人要喝茶,有人得抽烟,甚至还有人要先拿热毛巾擦一遍桌子才觉得舒服。坎宁安的仪式就是听音乐。他什么都听,摇滚爵士古典前卫。仿佛为电影配乐似的,写不同的片段听不同的歌,让音乐去为笔端制造节奏,用音乐指引手指的律动。就像我们看书,也要懂得用音乐制造气氛。看张爱玲时听白光,自然是天衣无缝的怀旧氛围;读毛选时听邓丽君,就有点超现实的荒谬况味了。

《时刻》的电影配乐如此出色,不是导演选对了作曲家,而是坎宁安的小说根本就是脱胎自那尚未存在的配乐。格拉斯的旧作启发了他的小说,改编自他的小说的电影又成就了格拉斯的新作。坎宁安说:"听着格拉斯的配乐,我的脑海里又有下一部小说的雏形了。"多美妙的循环,多幸福的作家。我常在写文章的时候听巴赫,但我不会期待巴赫为我的稿子配乐。当然这也牵涉到真正的好作家和一个文字工兵的分别,坎宁安听格拉斯写出来的是《时刻》,我写这篇东西时听的也是格拉斯,可你看得出来吗?

电影音乐给谁听

以前我不懂,为什么有那么多人喜欢买电影的原声唱片(soundtrack),使得稍有规模的唱片行都要开设专柜,去满足那些看了电影还要尸骸的迷哥迷姐。尸骸,就是过去电影音乐在我脑子里的印象。那些唱片犹如亲友骸骨,让悼亡人带回家去沉思想念,仿佛死者音容宛在。有时候看到一些人在唱片行的询问处开口要套烂片的原声唱片,我感觉更恶心,像是看见嫖客回到妓院问老鸨要姑娘的内裤做纪念。

其实我也买这种唱片,骨灰盅和内裤都有。家里既有基耶斯洛夫斯基(Krzysztof Kieślowski)的老搭档普莱斯纳(Zbigniew Preisner)的全部作品,也有很多乐评人嗤之以鼻的约翰·威廉姆斯（John Williams）为《辛德勒的名单》作的配乐。可是我从不敢正面面对自己买它们的理由，因为我总是不懂该如何看待这些唱片：它们到底是可以独立听的音乐，抑或只不过是一部电影的"配乐"？其中当然有聆听价值极高的作品，但在欣赏的时候又总是无法排除记忆里的那些动人画面，这又会不会不够纯粹？如果有些音乐极好，甚至远胜它原来要陪衬的影片，这是否说明了作曲者和导演的合作有问题？

于是我读罗展凤的《电影 × 音乐》，一本中文世界里难得专谈电影音乐的书。她写库布里克（Stanley Kubrick）与科波拉（Francis Ford Coppola）实在写得好，这两人用古典音乐实在用得出神入化。例如《2001太空漫游》，谁会想过圆舞曲大王约翰·施特劳斯的《蓝色多瑙河》竟可以如此脱俗，在一部科幻电影里面，为星球和飞行器伴舞，演出一场太空华尔兹？罗展凤详细地交代了库布里克一直以来对音乐的看法，又把《蓝色多瑙河》在《2001太空漫游》中出现三次的场面一一分析。她的叙述清楚又引人入胜，读了之后不仅让一般乐迷更理解施特劳斯的原意，也使影迷更佩服库布里克的大师手笔；他对这曲子的深刻认识，令他可以潇洒地使用它。难怪有人是从看库布里克的电影开始，才爱上古典音乐。

罗展凤这本书叫我惊讶的是，竟有一章专谈小津安二郎的电影音乐。或许是我迟钝，在我的记忆中，小津的电影似乎总是没有音乐的。一段段平稳细琐的对话和平常生活，静静的镜头，怎还容得下多余的吵耳乐声？但罗展凤却说："细听小津电影中的音乐，往往发现其低调简单的调子见精致细腻，平淡中充满了一股慑人的生命力，单独听来，更有一种舒缓的净化之感。与其说小津不在意音乐的好与不好，不如说小津把音乐的角色在电影中淡化，但淡而不薄，平淡中见典雅，不时为电影起到点睛的效用。"这么说来，小津不是不爱用音乐，而是用得太好，以至于我听过却不觉其在。那么写作那些单独听来也十分美好的曲子的作者又是谁？原来叫斋藤高顺。看来我得购回来听听了。

但我还是没搞清楚电影音乐是种什么类型的音乐。我只能说自己"臭老九"的脾性太深，太喜欢纯粹的东西。这世上又有多少纯粹属于听觉的音乐呢？而电影，本来不就开宗明义是综合的艺术吗？其实我什么都不懂。

摇滚精神？别开玩笑了！

有些朋友第一次见面，见我抽卷烟，就问为什么要这么麻烦，不抽现成包好的烟呢？我想他们一定在心里猜测，这人一定是装特别扮有型。我总是违背期望，四平八稳地给出一些很实际的答案，比方说"味道纯正一点"，或者"少些化学调味剂，对身体有好处"。坦白说，一开始学人抽卷烟，的确是因为它看起来很有型，尤其是二十年前见过这个烟草牌子在杂志上的广告之后。

那是张暗蓝色的照片，一间昏沉但有阳光从窗口斜斜射入的房间，一张背对镜头的老木椅，上头随便摆了把电吉他。整个环境烟云缭绕，却不见一根烟。照片除了烟的牌子，就只有一行字：Roll your own rhythm（卷出你自己的韵律）。这张照片很有型，刊登它的杂志更有型，那就是《滚石》（*Rolling Stone*）。看来，想要禁止烟草广告的人果然是英明的。小伙子确实会因为一张广告而开始不归的自毁之道。

20世纪80年代末期，十多岁的我在《滚石》看到这样的广告，感觉当然是完美到了天衣无缝的地步。想想看那句广告词："卷出你自己的韵律"，"卷"（Roll）这个字语带双关，分明就有"摇"的意思。一根看不见的香烟，一把老旧的电吉他，出现在殿堂级的《滚石》杂志上，加起来岂不就是摇滚精神的最佳表现：摇吧摇吧！把你的真我摇出来！

虽然到了80年代，《滚石》依然是我们那代未谙世事的年轻人心目中的名牌。一想到《滚石》，就会想到20世纪火红的60年代，The Beatles、Jimi Hendrix、伍德斯托克（Woodstock）、性解放、迷幻药、嬉皮士、旧金山、反越战、巴黎五月风暴和全球的反对运动。而《滚石》则是这一切一切的媒体代言人，象征着年轻一代的自我醒觉，对上一辈和保守建制的反叛；《滚石》倡导的摇滚乐是火红年代的战歌，它传达的精神是革命自由的精神。尽管出了几十年的杂志，安妮·莱博维茨（Annie Leibovitz）拍的那张约翰·列侬裸身拥着小野洋子的封面照，还是无数人心目中《滚石》的永远封面，看他俩的表情，那叫"爱与和平"（Love and Peace）。

其实这都只是传说，20世纪60年代的颜色之所以是红色，也是后人抹上去的，70年代才出生的我只能看完文字听过故事之后叹一句"余生也晚"。第一次看到那页广告，和第一次亲手拿到《滚石》的激动，很快就冷淡下来了。毕竟彼时的《滚石》早就不复当年之勇，封面全是花花绿绿的苍白名人，内容变得像八卦小报，原来主导音乐潮流的评论软弱地成了新一代独立音乐的跟屁虫。这时的《滚石》已从旧金山搬去五光十色的金融帝国纽约很多年了，成了期销百万份的大众娱乐读物。创办人Jann Wenner辩解："今天呢，孩子已经十分自由，没有什么好反抗的了，摇滚则是每个商业电视台的节目。从另一个角度说，更多的人开始接受我们最初倡导的东西。"而《滚石》的首席摄影师安妮·莱博维茨当时正和苏珊·桑塔格同居，但却成了一个专拍名人肖像的、不知廉耻地颂扬财富与名气的人。

最近两年，《滚石》试着改变，政治的内容回来了，刚过去的一期杂志封面甚至是"有史以来最糟的美国总统"。

当然，布什和他的新保守主义团伙变为过街老鼠，《滚石》要是到了这地步还不踩他一把，岂非太不上道？是的，Hunter S. Thompson 这个"新新闻主义"的大旗手也一直没离开过，他的"刚左"（Gonzo）文体依然如译名，又"刚"又"左"，分不出是小说还是报道，访问政要随时可以来一句"他妈的"，强悍得不得了。但是到了去年，产量剧减的这个老叛徒也死了（记得我还在节目里悼念过他，但是我不认为观众里有太多人知道他是谁）。

60年代的一切都结束了，都过去了。虽然身边还有很多比我更年轻的朋友在莫名其妙地"怀念"他们没经历过的那个时代，但我现在又要一听到有谁形容60年代"火红"就忍不住作呕。因为我耳闻目睹过太多那个年代的过来人如今是个什么模样：保守、唯利是图、毫无理想。甚至正在布什身边筹划攻打伊拉克和伊朗的"新保分子"，也不乏那个年头的花之儿女。每次见到新一代的人上街搞运动，西装革履的他们就会微笑摇头："再激进的事我们也干过，你们还年轻，太幼稚了，还不认识这个世界。"

对这批老得叶枯枝残的花之儿女而言，所谓革命和反叛，无非就是一场水痘，小时候发过一次烧就好。很多评论说他们堕落,其实不。就跟《滚石》一样,他们不是堕落了,而是从来就很堕落,把无处发泄的精力借着自己都不明白的口号和姿态一下都拉了出来。这些人只想反建制,但从不深究何谓建制又该如何反,抽几口大麻搞几晚性派对就自认革命成功了。回看当日的《滚石》,正是这种形式胜过实质的标准示范。既是"没有理由的反叛"(Rebel Without a Cause),自然也就很容易变成没有理由的顺从。听摇滚和抽烟又为什么不是自我的真正表达呢?然后他们还要装一副过来人的样子,教训今天的青年太天真,耻笑正因为懂得故此还在奋斗的同辈长不大。最后再拼命地涂脂抹粉,将自己的经历染上颜色,好证明自己今天的保守是有来历有根据的。

所以,当我听到《滚石》要来中国的时候,并不兴奋。当我听到它要改名作《音像世界》时,也不惋惜。《滚石》本来就该叫做《音像》,只是我们都误会了。

当摇滚老去

也有那段日子,学别人"夹 Band"组乐队。我们没有自己的歌,只是玩玩每个小伙子组乐队时都会演奏的曲子,例如老鹰乐队(The Eagles)的《加州旅馆》(Hotel California)。但是在我们的心目中,只有齐柏林飞艇(Led Zeppelin)的《天堂之梯》(Stairway to Heaven)才是终极曲目,毕竟这是摇滚乐的国歌,是所有乐队在漫长练习过程里的一段荆棘之道,仿佛只有经过它那高超技术要求的试炼,才能摸到音乐天堂入口的边缘。

而《天堂之梯》只不过是齐柏林飞艇十多年间无数名曲精品中的一个罢了。齐柏林飞艇当红的 20 世纪 70 年代是摇滚乐的黄金时代，重金属、迷幻和艺术摇滚等各路英雄并起，一众高手越玩越走火入魔，原来一般长度不过四分钟的摇滚歌曲，到了他们手上演变成非常技术化、曲式结构复杂的交响乐，一首曲子居然可以长达三十分钟，叫当年的乐迷听得如痴如醉，陷入狂欢的出神境界。而吉他之神 Jimmy Page、性感歌王 Robert Plant、贝斯手 John Paul Jones 与鼓手 John Bonham 组成的齐柏林飞艇，则是摇滚英雄年代中的佼佼者。

他们的现场演出非常著名，演唱会一开观众就以万人计。只是能够亲临现场躬逢其盛的人还是太少，偏偏他们的影像记录数来数去只有那一两部片子，而且他们又是出了名的不喜欢接受媒体采访，所以后辈乐迷如我者，往往只能听着唱片，看别人的记述去想象他们那传说中的现场表演。可是最近唱片公司却在这支乐队解散二十多年后的今天，突然出版了一套三张的音乐会唱片，和全长五小时的影像记录。

看这套光碟，你当明白 Robert Plant 为何被称为最性感的重摇滚歌手，他并不如其他重金属歌手那般粗糙，满胸长毛，反而有点妖娆，总是举起一根手指微微跷起，像在挑逗众生投向他的怀抱。而他的胸口虽不壮实，却总是毫不避忌地露在不扣纽扣的衬衫底下。他的声音高亢有力，带着一股迷幻的烟草气。再看 Jimmy Page，你就知道什么是吉他英雄。他不只速度奇高，而且有浓厚的蓝调功底，所以味道十足，指法则是古典吉他训练出来的复杂华丽，难怪被称作玩电吉他的海菲兹（Jascha Heifetz）。

欲罢不能看完这套长五小时的光碟，我就更清楚当年自己的努力果然只是徒然。我和我的同学一辈子也不可能掌握《天堂之梯》那由慢至快的节奏变化，那种即使在音乐变得最激越时仍然虚幻缥缈的超现实味道。我一边听一边看，激动地站起身子舞个不停，一时假装打鼓的勇猛，一时胡乱把弄手上的空气吉他，旁若无人。片子看完，我累得瘫在沙发上不能动弹，于是明白自己毕竟老了，今天再多的新乐队听过就忘，心里响起的总是三十年前的旧调。就跟 Jimmy Page 和 Robert Plant 一样，年轻时不可一世，拒人于千里之外，今天却再努力也无人问津，只好找回三十年前的旧货，亲手监制，让我们彼此搂抱，活在老去的记忆里。

点指泰迪罗宾

听着泰迪罗宾二十三年来的首张新作《点指泰迪罗宾》的时候，正好英国那边也传来了齐柏林飞艇的Jimmy Page和Robert Plant要重出江湖搞演唱会的消息。自从鼓手John Bonham死了之后，这两位虽然也各自出过不错的作品，甚至偶尔以客串的形式一起在其他人的音乐会上亮相，但是少了博纳姆，齐柏林飞艇就不可能是齐柏林飞艇，那个摇滚史上最伟大的乐队。直到最近，他们找到了Jason Bonham，John Bonham的儿子。"当我们第一次排练时，贾森（Jason）就说：'OK，我们现在要玩Kashmir，你想要1974、1975还是1976年的版本呢？'他不只熟悉我们的历史，他简直和他老爸一模一样。"

泰迪罗宾的儿子Jonathan不是职业乐手,但他也为老爸跨刀,在《点指泰迪罗宾》里秀了一手挺漂亮的吉他独奏。到底他玩得像不像当年的泰迪罗宾和他的队友?我不知道。只不过,既然是翻奏老歌,又何必追求复古呢?

《点指泰迪罗宾》十二首歌全是泰迪罗宾的旧作,可是音乐的编排和乐手的阵容都与昔日大有不同。乐曲夹杂了爵士、Bossa Nova和纯正蓝调摇滚等多种不同的风格,比从前更适合口味成熟的听众。这类老歌新编说易行难,它固然很考编曲者的功夫,但真正受到考验的则是被改编的原作,歌曲本身要是没有深厚的潜能,你再怎么改也改不出趣味。所以近年不少旧曲新唱的粤语唱片都不一定能尽如人意。《点指泰迪罗宾》就不同了,无论是《点指兵兵》的中板摇摆还是《这是爱》的爵士韵味,都在说明经典的意义。经典的流行歌曲就应该是这个样子,有一股内在的生命韵律,你可以调低它的音高,放慢它的拍子,但那股生命是变不了的。

据说这张唱片很受音响发烧友的欢迎,录音的水准是一个原因,更重要的恐怕是一群顶尖乐手的表演。Donald Ashley、杨云骠(Albert Young)、恭硕良和包以正都是香港圈子里一流的角色，几位海外过江龙如 Laurence Juber 的吉他，更是叫人叹为观止。然而最吸引我的，反而是泰迪罗宾的声音。许多人觉得泰迪罗宾的歌喉古怪，发声较"扁"，又不像受过专业训练，但就是有种说不出的吸引力。现在重听这批老歌，经过崭新的配器和演奏，我才发现那是因为泰迪罗宾很懂得蓝调摇滚的个中三昧。他的吐字、呼吸和节奏感，完全是正统蓝调摇滚的风范。例如《嶙气》，我觉得泰迪罗宾自己的唱法比起从前肥妈的版本更奔放更"对味"，因为这才是这首歌的本来面目。

记得泰迪罗宾曾经说过，当年香港乐坛只有他才唱得到齐柏林飞艇的歌，因为他唱得很像，可是他的歌喉和 Robert Plant 的高亢狂野是那么的不同，这怎么可能呢？如今我明白了，关键就在骨子里的蓝调精神，那大概是他在欧美浪游多年修炼回来的，一旦拥有，不再失去。

摇滚不怕老

看过我此前谈齐柏林飞艇重组的消息之后,有一个朋友传来短讯:"原来你也喜欢这些老鬼,你不觉得他们只是一帮狂捞一笔退休金的老不死吗?"我懂他的意思,正如那句著名谚语所说的,摇滚从来都被认为是年轻人的专利,对齐柏林飞艇这三个六十岁的家伙来讲,他们不止对摇滚来说太老,甚至还过了"去死又嫌早"(too young to die)的年纪。

然而,事实一:他们在伦敦的这场演唱会虽然掀起了极大的热潮和宣传效应(五六百万人在网上订票,而能够进场的不过两万),但它是个慈善演唱会,目的是满足"亚特兰大"唱片公司创办人的遗愿,设立一个音乐教育基金。他们一直拒绝搞完再搞,不想再用"齐柏林飞艇"的名义赚新来的钱(光是老歌精选就够了吧)。

事实二:兄弟,齐柏林飞艇可不是什么摇滚乐队,他们根本就是摇滚乐。正如一个评论者在听完那场没人不拍手掌的音乐会之后所说的:"我们在这天晚上全都想起来了,正是齐柏林飞艇把'重'加进摇滚里的。"他们和后来一切重金属与重型摇滚最不同的地方不在于速度,也不在炫技式的表演(例如 Jimmy Page 的双把吉他和他那专门用来拉吉他的弓,又如 John Paul Jones 用脚玩贝斯的能力),而在那深深的蓝调功底。且听听他们最新精选《母舰》(*Mothership*)里的每一首歌,有哪一支乐队拥有这么多充满味道而且令人难忘的吉他 riff?那都是蓝调正统嫡传的表现。

事实三:摇滚乐队会老,但摇滚是永生的。拜手机和互联网的功德,我看到这场轰动世界的演唱会的一些片段。他们是慢了,但他们没有像其他老人乐团那样,故意玩得比以前更快以掩饰自己的衰老,结果反而显得急躁,变成一团虚火。他们很有自信地放慢速度,把三十年前的经典演奏得更沉稳更扎实。他们依然充满力量,看场上粉丝手中那无数的空气吉他就知道了。

摇滚的问题从来不是太老,而是太有钱。大家都觉得有钱人是配不上摇滚的,而成名的摇滚乐手多半都又老又有钱。所以他们要是还不肯离开舞台,那就说明他们很爱钱,因此也很不适合摇滚了(比方说绝大部分的摇滚乐迷现在都很鄙视的"滚石")。

可悲的是,摇滚竟然成了过去几年中国流行乐坛招徕消费者的旗帜,恨得许多人要死命区分真摇滚和伪摇滚。于是去年又开始流行"朋克"(punk)了,似乎只有换个名堂才能彻底告别伪摇滚,保住反叛而且坚持贫穷的摇滚精神。可惜道高一尺,魔高一丈,据说一向迷倒万千少女也一向被认为是伪摇滚的某乐队最近也趁势改行,说自己其实是朋克。他们甚至宣称:"朋克颠覆了流行乐,我们比朋克更颠覆,因为我们流行。"坦白讲,我并不介意他们说自己摇滚,更不介意他们名成利就,只要他们有齐柏林飞艇一半的水平。否则他们的存在只是证明了摇滚未必不适合老人,年轻更不一定是好摇滚的充分条件。

比真实还好

我不相信有哪一个真正的摇滚乐迷没有玩过空气吉他，正如一个古典乐迷不可能没试过在家里装作指挥，随着音乐舞动双手一样。只不过我们大部分人都只是躲起来玩，觉得这是件很私人的事，就像淋浴的时候唱歌，公开示范肯定要笑掉人家大牙。

后来我才发现，原来不只有人会当众"演奏"空气吉他，而且还把它当成一门表演艺术，办起了世界大赛，要在全球芸芸空气吉他好手中挑出佼佼者。他们完全不以之为耻，还引以为荣，觉得空气吉他比真吉他更有摇滚精神。

芬兰的奥卢（Oulu）是每年"空气吉他世界锦标赛"的

主办地,从1996年至今,它已经产生了十二位世界冠军了。看这些冠军的表演,你会很惊讶他们的表演并不准确。也就是说,他们的动作不像真的在弹吉他,那些指法,那些拨弦,实在离现实太远,太过夸张。难道这个比赛比的不是像真,比的不是谁能把空气吉他舞弄到像一把真吉他吗?根据这个比赛的官方网站所列出的比赛规则,原来,准确只是其中最基本的标准,只有不懂行情的初哥才会汲汲于真确,最高境界讲究的是"空气感"(airness)。

什么叫做"空气感"?这就很难说了,它主要是种难以形容的舞台魅力。表演者的动作、姿态和表情不一定要配合现场播放的音乐,但要能够点燃台下观众的热情,百分百地让他们感到这把看不见的空气吉他带出了那首歌的真实感情。空气吉他的爱好者认为,上乘的演出甚至要比真实的吉他手更能表现出摇滚的内心力量。换句话说,这叫做"比真实还真实"。难怪美国空气吉他大赛的网站会在法国后现代哲学家鲍德里亚(Jean Baudrillard)去世的时候特别出段讣闻了,因为在很多人的心目中,正是鲍德里亚发掘了虚拟的"美德",指出了虚拟在后现代世界里头已经彻底吞噬所谓的真实。

这也让我想起 20 世纪初俄罗斯戏剧大师斯坦尼斯拉夫斯基的表演学，他有一套训练演技的方法，直到今日还是很多演员的必修课，叫做"无实物动作练习"。举个例子，一个学员可以假想自己正在数钞票，尽管手中没有真钞，但还是得从看见钞票开始，一个动作接着一个动作地按逻辑来做，尽量达到手中无钞心中有钞的地步。这种练习的好处在于拿掉了真正的钞票之后，我们反而会更加注意数钱这个日常行为里的每一个细节。斯坦尼斯拉夫斯基认为："假想物（那叠虚拟的钞票）使我们彻底地意识到了在实际生活中是无意识的、机械化做出来的那些动作。"

这种"无实物动作练习"的目的本来是为了让演员观察日常生活做什么像什么。但是慢慢地，它却能以动作唤起真正的信念，用外表的姿态引发内在的感受，使得很多默剧演员令观众发现他虽然开的是道不存在的门，但却比真实的开门动作更有说服力。空气吉他或许也该作如是观，原来是乐迷享受到音乐鼓动而生的模仿，最后却比真实乐器更能配合心里的激情。没有了吉他，手与心之间的联系反而更不受到阻碍。

界定一个时代的歌

如果你想知道什么是流行歌,又只想听一首歌的话,就是《像一块滚石》(Like a Rolling Stone)了。

> 曾经你穿得如此华美,
> 春风得意时丢给乞丐一块铜板,是不是?
> 人们说:小心,宝贝,你注定会跌下来的。
> 你以为他们全是在开你的玩笑。

这是鲍勃·迪伦《像一块滚石》开头第一段的歌词,它描述的似乎是个高贵美人往下坠落的过程。有点叫人摸不着头脑，为什么这是《滚石》等许多杂志心目中史上最伟大的流行歌曲，又为什么美国一位20世纪60年代的著名学运领袖会说"只有听懂了它才知道我们的运动是怎么回事"。

一首好的流行歌一定捉住了它那个时代的一点什么，但它和时代的关系却从来不是直接的，甚至不是和谐的。《像一块滚石》刚出来的时候，当时的商业电台不知拿它如何是好，因为没有歌像它这么长（六分半对当时的电台来讲是个超乎想象的负担）。至于那些追随迪伦多年的歌迷就更是受不了，他们完全不能理解一向清秀诗意的迪伦怎么会丢下木吉他，换上媚俗的皮外套玩起电吉他来！比起摇滚，对他们来说，民歌才是有品位的好音乐。

可是，渐渐地，随着60年代的反建制运动达到高潮，老式资本主义社会崩解的迹象越来越明显之后，年轻人好像一下子全都听懂了这首歌，明白它讲的不是别人，就是自己。

这是什么感觉？
这是什么感觉？
独自一人无依无靠，
找不到回家的方向，

完全没有人认识你，

就像一块滚石。

美国头号乐评家马库斯（Greil Marcus）专门为这首歌写了一本传记，他说这首歌是对过去的总告别，所有曾经可以依赖的基础消失了，所有肯定的前路都不见了："于是我们自由了。"它先是写出了那个年代年轻人的彷徨无奈，继而宣告："一切全在我们手上，一切从此开始。"

迪伦最伟大的地方是他先是懂得聆听。这是所有优秀流行歌手都该具有的素质，要学会用双耳去倾听同代人的心，然后帮他们唱出来。可是《像一块滚石》却超越了时间，在时代的心迹仍未化成耳语之前，在社会的气氛仍未摆脱层层重压之前，迪伦就已经把它变成了故事，然后石破天惊地嘶吼了出来。由于它太过超前，乃至于同代人一开始根本不能明白原来它就是自己最想说的话。

两年前我在一场迪伦的音乐会录影上看他表演这首歌。音乐一起，全场已然跃起。一到副歌，六七十岁的老人和十几岁的小伙子同声和唱。很明显，它甚至已经不只是一个时代的见证了，而迪伦也不再只是60年代的信差。"这是什么感觉？/这是什么感觉？/独自一人无依无靠/找不到回家的方向/完全没有人认识你/就像一块滚石",这是每一代人的共同感应。

重金属遇上嘻哈

曾经,我喜欢重金属,因为我爱摇滚乐。而重金属看来就像是摇滚的纯粹形式:更重的鼓击,更快的速度,更强烈的嘶吼,更高难度的吉他技巧。但当我的英文进步,能够听懂那些愤怒的歌词,当我有兴趣去了解每一种音乐的背景,能够知道玩重金属的人是些什么人,而听重金属的又都是些什么人之后,我就很难再喜爱这种音乐了。

如果你去过任何一支英语世界的重金属乐队的现场音乐会,你就会发现自己是个异种。如果你运气不好,有时就会成为目光的焦点,甚至被人用很不友善的言词和动作招待,不是因为你奇装异服(因为头发比你长比你乱,身上缠的铁比你重十斤的人比比皆是），也不是因为你行为可厌（因为举止比你狂暴，一挥手就打到旁人身上的家伙包围了你），而是你的肤色。绝大多数的重金属乐迷都是白人，黑人都在嘻哈（hip-hop）那头。绝大多数的重金属乐队也是白人，黑人正在饶舌不休。重金属在英美往往是白人玩给白人听的东西，所以有的乐队如 AC/DC 根本摆明车马种族歧视，在歌词里诬蔑黑人毫不留情，台下观众统统听得兴奋。其实就算不玩种族话题，重金属的歌词也总是无端愤怒，与许多流行情歌那无病呻吟的歌词可以一拼。在形式上，重金属以至于大部分重型摇滚也早就走到了死胡同里，曲式重复，高潮总是那赛车般的高速吉他独奏。所以到了今天，我不时还会拿出来重温的也就只有齐柏林飞艇这种不死经典。

可从 20 世纪 90 年代的最后几年开始，情况有变。既然 Eminem 这种白人饶舌（rap）歌手都能大红特红，原来黑白不两立的饶舌和重金属又怎么不可以融合？跳舞的嘻哈和摇滚的重金属又怎会照旧你走你的阳关大道，我走我的羊肠小径呢？于是一种混合了嘻哈风格和饶舌唱法的新型金属就兴起了，重型的吉他 riff 和跳跃的电子取样

（sampling）并举，不只创造出崭新的乐风，还塑出一批肤色混杂的新听众和新乐队。

在这股人称"新金属"（Nu-Metal）的风潮里面，最红的就是"林肯公园"（Linkin Park），他们2003年推出的《迈泰奥拉》（*Meteora*）被认为是这一年最值得期待的专辑，因为他们两年前的首张专辑《混合理论》（*Hybrid Theory*）创下全球大卖一千五百万张的纪录。更难得的不是他们这种乐风居然在销量上击败了排行榜上常见的口香糖式歌手，而是全球权威音乐杂志给予一致好评。

玩这种混种音乐，诀窍之一是不同风格的比例得掌握好。看林肯公园的阵容，采取的是双主唱编制，一个是饶舌，另一个是嘶喊式的重摇滚腔，往往先来段饶舌唱白，再接上易入耳易上口的摇滚副歌。音乐的推进力量和一般的摇滚一样，来自低音吉他和敲击乐器，但是他们又擅长电子取样的技巧，精妙用之，使乐曲的结构和节奏添上一重复杂的转折，却不失重摇滚该有的气势。在新专辑里最好的例子是Nobody's Listening，曲式是嘻哈的，演奏是摇滚的，但取自日本尺八这种木管乐器的吹奏片段却恰到好处地为整首歌起到了分段和加强节奏感的效果，实在是非常精准（这大概是队中负责电子取样的日裔成员 Mike Shinoda 的功劳）。如果重型摇滚能继续走这种开放的道路，少一点纯粹多一份趣味，那么它大概还是有希望的。

尼娜·西蒙

起初,我们总以为爵士是一种属于夜晚或下午背景的音乐。在烟雾弥漫的昏暗酒吧里,它是酒红色的蜜味催情剂。在黄昏的咖啡座里,它是淡褐色的神经松弛水。后来,我们才知道爵士可以咆哮,甚至还可以传带黑人的愤怒与激动。对于尼娜·西蒙(Nina Simone),这也是我认识她的经过。

尼娜·西蒙原名 Eunice Waymon,出生在美国的北卡罗来纳州。自幼学习钢琴、管风琴,七岁就在教堂的唱诗班里领唱。虽然家境清寒,但得到地方人士的支持,去了驰名世界的纽约茱利亚音乐学院接受第一流的古典钢琴训练。虽是如此,但贵族名校的学费到底不是普通中下阶层的黑人小女孩所能负担的，到了最后，她还是得退学回到费城，和家人住在一起打份实际点的工。可是，她的天赋和对音乐的爱又岂能被呆板平凡的工作桎梏？所以她又在酒吧里找到机会，自弹自唱，并且化名尼娜·西蒙，行走江湖。与一般酒廊歌手不同，她对观众的要求很高，发现观众不留神听歌，她会毫不客气地指责他们。很快，她的名声传了出去，第一份唱片合约就送上了门。她的第一首热门单曲是1959年夏天传遍全美的《我爱你，波吉》（I Loves You, Porgy），美国音乐奇才乔治·格什温的名作。她的演绎与别人不同，那么地轻柔，但又有一股韧度，恰到好处地把这首歌里的忠贞唱了出来。

我第一次听到她的音乐，同样是情歌，是《不要离开我》（Ne Me Quitte Pas）。虽然唱的是我不懂的法文，但那种绝望的缠绵完全裹住了我，无法在那一句句缓缓遁出的句子和深情决绝的一粒粒吐音里找到出路。但后来找她的唱片回来细听，才发现她最拿手也最得意的作品，不是这些耳熟能详的经典情歌，而是她自己的作品。和一般的爵士名伶不同，尼娜不仅擅长用钢琴自己伴奏，而且懂得写作优秀的曲子。无论是自己的手笔，还是经过改编的传统曲目，都能听出她自幼熟悉的福音（Gospel）歌唱方式的痕迹。所谓"福音",指的是美国黑人基督教会里的圣歌,有别于白人传统的高雅肃穆,福音歌曲往往有强烈的节拍,激情的唱腔。喜用一人领唱,其他人回应的唱法。福音与蓝调共同成为爵士、灵歌(Soul)和节奏蓝调的根源,里头有着来自非洲的自由、希望和对现实的不满。

尼娜正走红的年代,恰巧遇上了美国20世纪60年代风起云涌的"民权运动",她用她那充满激情的音乐积极投入了这场为美籍非裔族群争取平等权利的斗争,并且专门为这个运动写歌。她的出身背景和音乐根源使得她成为当时黑人(尤其是女性)的象征性声音,影响了接下来的两代爵士和灵歌歌手。美国的人权状况当然在这波浪潮后得到改善,但尼娜依然不满,于是远走法国。她的名气,她的艺术,也就渐渐淡出人们的记忆。

2003年的4月21日,尼娜走了,享年七十岁。南非政府(而非美国政府)发表唁电,以志她对非裔人权运动的贡献。如今,尼娜流行一时的音乐再度响起于Disco和好莱坞的电影里,我却经过她的教育,听到了爵士浪漫背后的火气。

洪水中的蓝调

十几年前,我曾在一张唱片里听到一把小号独奏《奇异恩典》(Amazing Grace),声音粗糙而且遥远。但那把小号,让你仿佛真能听见孤独的人类正打从心底感恩,直直上天。看唱片简介,原来是监制在新奥尔良的街上用卡式录音机录回来的即兴演奏。十多年了,我一直忘不了在这个彻底商业化的旅游城市,还有一把如此穿透、如此直接的无名小号。

如果有人泛舟在海洋掩盖的新奥尔良水面,经过法国区的波旁街,还会不会听见那把小号的声音断断续续,若隐若现?

很多人知道新奥尔良是爵士乐的起源地,知道爵士乐的根源之一是蓝调，知道蓝调的苦来自棉花田的劳动；却不一定都知道蓝调也和洪水有关。

几乎所有蓝调史都会告诉你，无论是南北战争前的美国黑奴还是战后的佃农，都会在工作的时候唱歌。他们唱歌，所以劳苦可以稍稍轻松一点。那些歌有整齐的节拍，可以用来跳舞，而且是大伙儿一起跳，就像他们的祖先曾经在野地上围着火踏步旋转一样。只是在地里干活儿的时候，他们以劳动代替舞蹈。这就是典型的工作歌，以旋律和节奏协调工人们的一举手一投足，唱到"哼"的时候齐齐举起锄头，唱到"嘿"的时候一起奋力锄地。

只不过这还不算蓝调，蓝调不是这么集体化的舞曲，它更属于个人，应该更自由。蓝调的直接源头不是这种棉花田里的工作歌，而是"筑堤呐喊"。从工作歌到筑堤呐喊，不只是一种曲式的变化，而且还是整个社会背景的变化。在黑奴解放运动之前，工人们做牛做马；解放运动之后，他们依然做牛做马。但有一个重要的分别，那就是在过去，他们的身体和人格属于地主，幸运一点的当佃农，也有自己归属的农场和土地。这当然是压迫，但在压迫之中工人都有集体的认同，有集体的身份。可是当他们被解放出来成了自由劳工之后，却成了什么都不拥有、什么也不属于的散件工，有点类似今天在城里头车站旁一排排蹲在地上的民工，等着雇主挑选干那有一天没一天的体力活。换句话说，他们彻底成了市场上的商品，待价而沽。在美国南方密西西比三角洲地带，他们等到的，往往就是筑堤的工作。

密西西比河自古就阴晴不定，时时泛滥。沿海地区被风暴袭击，也非自今日始，所以修筑堤坝和搬土造地一向是19世纪末美国东南部最容易找到的工作。那些黑人不再住在集体的宿舍，所以老是一个人上工。他们也不再有那么多集体劳动的机会，所以往往是独自一人跟在一头驴子后头搬土。这时候他们唱的歌也大有不同了，往往是节奏自由速度较缓的独唱曲，充满长段的单音节乐句，听起来曲折忧郁恍如啜泣。这就是所谓的筑堤呐喊，蓝调的真正源头。

这种属于一个工人的呻吟与嚎叫，其歌词内容也与田里的工作歌大异其趣，常常是抱怨劳动过度，被工头摆弄到不成人形。有些最早期的蓝调干脆是唱自己的驴伙伴，或者说自己连头驴都不如，或者是为驴肩上的脓疮哀唱，偶尔欢快点的就是鼓励自己的驴："上吧，伙计；上吧，伙计。瞧这路，又直又宽！我说，这路又直又宽。"如今，新奥尔良洪水淹没城镇的情景,也在一些 20 世纪初的歌中留有印记,例如《大水四处》(High Water Everywhere):"水来了,什么都不见了,什么都不见了。连歌都听不到了,唉,你连歌都听不到了。唉,我的好上帝。"

造神运动

自卡洛斯·克莱伯（Carlos Kleiber）在2004年7月13日逝世的消息传出后，我就一直想写点东西谈谈这位指挥家。但问题是我一直搞不懂，究竟谁是克莱伯。

男高音多明戈曾经说过："毫无疑问，在与我合作过的指挥家之中，克莱伯是最伟大的一位。"大指挥家海廷克（Bernard Heitink）与西蒙·拉特尔（Simon Rattle）曾双双结伴去参观克莱伯和乐团的排练，之后海廷克向拉特尔表示："我不知道你有什么想法，但我觉得自己刚刚开始学习指挥这门艺术了。"伦敦科芬园的一位乐手比较了许多前辈级的大师之后这么说："他们每个人都有这种或那种优点，但只有克莱伯拥有了全部优点，他是指挥家中的指挥家。"另一位曾经和他合作过的女高音则说："他对音乐的知识和理解超过所有人，你跟他谈起任何一部哪怕是再冷门的作品，他都有透彻独到的见解。"

这么说来，克莱伯是位不折不扣的大师？但他又很不符合一般人对于大师的印象，因为我们通常以为指挥大师定是曲目广泛，而且每张唱片必为佳作。克莱伯留下的录音固然是顶级杰作，但它们的数目却少得可怜，而且他本已罕见的音乐会总是来来去去玩那几首曲子。大音乐家固然不能以量衡度，但一个高考生若是作文公认全国第一，偏偏缺考了其他所有科目，那又该如何呢？

1973年以后，克莱伯就再也没有一份全职工作。甚至连甚少称赞同行的"皇帝"卡拉扬（Herbert von Karajan）也说他是天才，要把他请到柏林爱乐当常任指挥，他也一口回绝。这可是没有第二个指挥会花第二秒思考的邀请。卡拉扬死后，柏林爱乐再度隆重地邀请隐居中的克莱伯出山，做这个世界极峰乐团的总监。他还是沉醉在自己的书房和跑车里，让其他人去夺嗣。他讨厌录音，所以留下的作品不多。至于音乐会，得满足他开出的天价和没人负担得了的排练次数，当然还要看时机，看请他的时机他的经济状况好不好。卡拉扬说克莱伯"只有在冰箱空了的时候才指挥"。就算他答应了，也先别高兴。因为他会因为一个乐手的小错误，丢下呆了的整队乐团自己上飞机回家。

如此说来，克莱伯是个脾气古怪的怪人？可是纽约大都会歌剧院的首席大提琴手在悼念他的文章中却说他仁慈，"从不忍心伤害任何人"。就算被他在排练中抛弃过的维也纳爱乐乐团也在自家网页上怀念他，说他对乐手的身心状况都关怀备至，充满同情心。而这个从不接受访问、神龙见首不见尾的克莱伯，居然也有人说他风趣健谈，关心社会时事，爱看电视。

就是这样，一个造神运动就此展开。克莱伯成了过去二十年来在古典乐坛中最神秘的风清扬，以一套只有九招的剑法舞得全球乐迷团团转。大家等待他那几乎不会出现的新唱片，而他越来越少的音乐会每一次都成为传说。他的演出总在开场前两天开始，有人吃不下饭睡不着觉地等待生命中未必出现的高潮，入场之后被一股紧绷的奇异气氛笼罩，不用听第一个音符你就知道这是你一生中最伟大的音乐体验。看他指挥的歌剧，观众用望远镜瞧的不是演员，而是在乐池里站着的克莱伯。

克莱伯死了之后,国内纪念他的乐评文章只有两种。一种是看过他的现场演出而大呼三生有幸,另一种是没看过他的演出而抱憾终身。这两种文章的共同之处,是不断地延续克莱伯的神话,因为它们都长篇累牍地重复我前面说过的那些故事,那些不知被转述过多少回的故事。

复古莫扎特

音乐界把 2006 年定做"国际莫扎特年",因为这年是莫扎特诞辰二百五十周年。于是很多音乐厅早就做好准备,推出特别节目大肆庆祝。唱片公司更是不会错失促销的好时机,一套套的专辑甚至全集排着队出版。这种盛况,我们在 1995 年就见识过了,因为那年是莫扎特逝世的两百周年,一生一死,五十一百,都是音乐产业搞市场营销的好借口。但是比起十多年前,今年有个明显不同的地方,那就是标榜"本真"(authenticity)的唱片和演奏越来越多。喜欢古典音乐的人一直有个迷思,那就是尽量追求作曲者的原意。所以唱片评论常见这样的句子:"×××的技巧完美,但是很难让人信服这是对于巴赫最准确的诠释。"又或者:"×××是值得祝贺的,因为他让我们无瑕地听到了贝多芬的声音。"也就是说,一个乐团也好,一个独奏家也好,不只要在老曲子上玩出新意,还要不懈地寻找作曲家最真最原始的意思,如此演绎方可称作"权威"。

大概三十年前,追求原意开始变成追求原音,在一大堆学者考证的支持下,出现了一批古乐团和用古乐器演奏的表演者。此后一发不可收拾,时至今日,古乐已经是个庞大的门类了。所谓古乐,指的不是中世纪和更古老的音乐作品,而是用当年的乐器,当年的演奏手法,演绎当时的音乐。例如莫扎特,其实是个很近代的人,但当年的乐团规模和今天已相去甚远,我们实在不该用上百人的大乐团去演奏他那些原来只是写给几十人小乐队的交响曲。

这个说法听起来很有道理,因为莫扎特年代的乐器和今天的确大不相同。比方说钢琴,如今的钢琴是种发展得相当完美的乐器,发出来的声音幅度很大,音质雄浑。但是莫扎特弹的维也纳琴却只有五组六十一个键,发音清脆,弹起来有特殊的颗粒感。再说音高,18世纪的音高标准要比今天低上半度,所以按照古乐家的看法,弹一首G小调的曲子实际上该变成降 G 小调。再严格一点，甚至要讲究演奏和聆听的环境。像巴赫的大部分作品，就该在教堂里演出，因为那里的音响效果才是当年巴赫听见的声音。古乐大师加德纳（John Eliot Gardiner）近来推出的一系列极受好评的巴赫声乐唱片，就都是在教堂里录音的。

古乐潮流兴起之后，许多"老"一派的音乐家很有意见，认为演奏不能盲目崇古，使用古代的乐器更不一定是古人的意愿。他们争辩说，假使可以的话，莫扎特也会乐意把他的歌剧交给今天编制这么庞大的乐团演出。换句话说，莫扎特以前使用人数少一大半的乐队，其实是被迫的，如果条件许可，他老人家一定觉得乐手人数越多越妙。

争来争去，还是音乐演奏的"本真"迷信累事，总觉得演出得"真"，比"美"还重要。到底我们听音乐是为了美好的感受，还是为了听实话呢？更何况，什么才算古人听到的声音？你就算用上最权威的原谱，最正宗的乐器，然后用最传统的手法在巴洛克教堂里演奏维瓦尔第，我们听众也是现代人呀！说到底，这是诠释学和接受美学早就谈过的老问题，什么东西都可以按照古方法炮制出来，但是听众的感觉和头脑是无法复古的。所以古乐家们再怎么费尽心思，我们也无法再现当年的音乐，因为我们究竟是现代人。

维也纳和萨尔茨堡有不少专门哄游客的莫扎特音乐会，乐手都戴上假发穿上古装制造复古的气氛。看来今年他们该给听众也配上一套了。

耳朵以外：聆听的文化构成*

我们经常以为能通过声音来沟通，但沟通是一件多么困难的事情，常常会出现各种的误会和歧义。假如不通过语言，而是通过音乐等非语言的方式来沟通，如何可能？谈到声音，难免要想到耳朵，今天我们每一个人都是听众，那么，作为个体的听众我们如何有权或者在什么状况下可以去聆听呢？

我想起很多年前去布拉格观光，参观一座山上的城堡。游客特别多，我于是就跑到城堡旁边的一个教堂。很奇怪，我好像走进了一个私人住宅一样，尽管这个教堂有一个非常大的大厅，还有很多的厅房，但是你不会有一种空荡荡的感觉。这里游客不多，偶尔看到一两个人闪过。走着走着我忽

---

* 根据2009年5月16日东莞"华语之巅文化周末大讲坛"讲稿整理。

然听到一阵音乐,是弦乐四重奏。那种感觉很奇怪,因为教堂是一座古老的建筑,有文艺复兴、巴洛克等各个时期的印记,在这样一个电影里面才看得到的欧洲城堡的角落,远远地传来弦乐四重奏的声音,感觉很奇妙。循声走过去,在一个房间里我看到有四个人果然好像在演奏弦乐四重奏,但其实并不是在演奏,因为并没有听见什么。直到今天我都不知道他们在干什么。

当时那个场面令我感触最深的是,我开始想,以前的人怎样听这些音乐,在什么环境下去听这些音乐?我们今天的人要听音乐是非常容易的事情,但是对古人来说,音乐只发生在特别的场合,是一件需要去等待、去遭遇的事情。因此,我就在想,在这样的不同环境中,我们的"听"是不一样的。我们用耳朵去聆听,但是我们的耳朵听到什么、怎么听,可能也是跟时代的变化有关的。因为即便是我们的感官,也有它的文化制约的部分。我们的耳朵不仅是器官,而且还是文化上的官能,接受不同文化对它的制约。而文化是在历史之中演变的,会受到一定历史环境、不同时空的限制。因此,我们的耳朵总是在不同的历史、国别、地域流变的一种文化官能。这就是现在我要探讨的一个主题。

音乐没有成为艺术之前

古典乐迷都知道,从上世纪70年代开始,西方古典音乐界出现了一股"古乐"潮流,到现在已经成为一种特别的音乐演奏模式和门派。"古乐"潮流非常火,人们认为这样就可以听到真正的海顿、真正的贝多芬。但是难道我们真的可以百分百地复古吗?不可能。为什么?因为我们今天的耳朵不一样了。我所说的耳朵,当然不是指物理意义上的耳朵,而是指文化上听众的功能和角色已经变了。任凭怎样复古,你还是不可能听到巴赫年代听众所能听到的巴赫,因为听众已不是那个年代的人,不可能听到当时听众耳朵里听得到的那种声音。

古代人的耳朵是一种什么样的耳朵呢?那是一种备受权力节制的耳朵。因为在以前,音乐不是给大家"听"的,它有一种非常重要的政治功能和宗教功能在里面。比如在中国古代,"乐"是国家大典,是一种礼仪,一个祭祀,是政治上很重要的事情。而以前的宗教音乐也是可以完全没有听众的,他考虑的只是演奏者,演奏者本身是最重要的。假如我是个天主教徒,通过演奏者所要表达的,就是对上帝的崇高敬意和赞美,如果有听众的话,这个音乐只有一个听众,就是神。这种音乐跟祈祷一样,它不是一种表演,不是表演给人看的,演奏本身就有其目的。

我们今天音乐的聆听者所要听的是一种被认为是艺术的东西,但是当艺术还不存在的时候写出来的音乐,我该怎样去听呢?我们今天总是觉得音乐必然是艺术,然而并不是这样。比如,中国古代的编钟音乐从某种程度上说就不是艺术,甚至天主教的圣诗都不叫艺术,因为它从来没有想过要当艺术品,它的作者从来没有想过要做艺术家。而我们还相信,"美"是没有任何实用价值的,没有任何功利用途,它就是为美而美。同样,艺术就应该是为艺术而艺术,它不能跟金钱、权力等其他东西有关系。如果一个艺术家老是去画政治素材,我们就觉得不像话,这还能算是艺术吗?

但是,如果按照这样的想法,我们以前是没有艺术的,因为以前的艺术都有非常明确的服务目标,宗教的、政治的或者别的什么东西。比如,希腊神庙中的石柱,人们建造它时是单纯地为了艺术吗?显然不是。这些现在被我们所认为的艺术品,原来都有自己非常实际的目的。只有当我们有了艺术,独立于世界上所有其他事物,它的逻辑是为美而美,甚至是我们的眼睛、感官都有了一种审美能力的时候，艺术才诞生，而艺术诞生的标志就是博物馆。当然，我并不是说古人完全没有审美眼光，但是那个时候的美是一种装饰性的美，并不是为美而美，有别的目的。哪怕我们中国古代的文人画也不是为了美而画的，古琴不是为了美而弹的，而是有别的作用存在。

同样，我们的耳朵、我们听到的音乐也经历了类似的进化过程。以前音乐是一种有实际功能的东西，到后来音乐才开始慢慢变得独立，开始变成一种容许听众去欣赏的东西。比如巴赫的音乐，当他写这些音乐的时候，有很多其实是舞曲，是用来在宫廷跳舞的。但是在今天，我们不会把巴赫的音乐当作舞曲，不会放巴赫的音乐来跳舞，我们今天把巴赫的音乐当作"音乐"来听，而不是跳的。

从现代听众的诞生到音乐艺术的形成，音乐由一种有实际功能的东西变成一种可以欣赏的艺术，这个过程经历了逐渐的转变。在巴赫的时代，还没有出现我们现代意义上的听众，他的听众只是宫廷贵族、教会人士，是一些权贵。直到莫扎特的时代才开始出现了真正的听众。莫扎特处于一个新旧交替的时代。

所谓旧,是指听音乐的人只局限在一个非常狭窄的小圈子里,音乐对这个小圈子而言是礼仪性的,是用来跳舞的,到了后来才慢慢变成可以欣赏的,王公贵族们竞相请音乐家为自己作曲。所谓新,是指新的中产阶级已经出现,他们对音乐有爱好,想独立欣赏音乐的人开始出来了,于是开始出现了音乐会,但还不是很普遍,或者还不足以支撑一个独立的音乐人。

在莫扎特的时代,音乐家的地位并不高,尽管贵族大公们非常喜欢莫扎特的音乐,但是真正在讲究社会地位的场合他却并不重要。比如在宫廷请客的时候,他不得不跟园丁、仆人们坐在一起。所以,莫扎特非常厌倦为王公贵族做御用的音乐家,于是他跑了出来,要做独立的音乐家——他很可能是古典音乐史上第一个独立出来的音乐家。他把作品卖给出版商,卖给当时为数不多的音乐厅,找机会排演自己的作品,靠门票、版税来维持自己的生活,结果饥寒交迫而死,也就是说市场没办法养活他。

到了贝多芬的时代,整个情况就变了。独立的市场出现了,贝多芬不需要看任何人的脸色,他甚至可以在柏林的大街上看到皇帝的马车过来而不让路。当大家都按照规矩给国王的马车让路并鞠躬行礼的时候，贝多芬非常不屑，继续大摇大摆地冲着国王的马车走过去，逼着国王的马车让到一边。这个故事说明音乐家的地位提升了，音乐作为艺术的存在被确认了，艺术独立出现了，一种听众，为音乐而音乐的听众来了。

现代音乐家诞生的背后，更重要的是现代听众的诞生，新的听众听到音乐的时候，没有想到任何功利的目的，他不会联想到我听到这个声音该怎么做，听到这个声音就该在心里面对神充满感激……他只是为了听的享乐而听，他为了快乐、为了喜悦而听。一种崭新的聆听模式出现了。这种新的聆听模式的出现，才使整个音乐的模式开始变化。

我现在所讲的实际上有两条线，一条线是音乐的诞生，艺术的诞生，另一条线则是听众的诞生。而听众的诞生，换个角度来说就是聆听"民主化"了。过去只有很少的人能听到音乐，现在能听音乐的人多了，民主化了，但是权力仍然不完全在"听众"的手上，聆听仍然不是民主的。为什么呢？因为听众被要求守规矩，尤其在20世纪初期，尤其在听古典音乐、严肃音乐的时候，规则成立了。比如说我们听古典音乐会要注重礼仪，鼓掌不能乱鼓，不能吵闹等等。我们非常规矩，因为听音乐被认为是去朝圣，是去圣殿，是非常严肃认真的事情，在这个圣殿里面我们要把一切干扰排除，在音乐之外，其他所有的声音都被排除在外。史无前例地，我们现代人的耳朵被独立到一个无以复加的地步。

耳朵这个感官被训练得非常敏锐，非常关注地听舞台上发出的声音。这是一个慢慢被圣洁化的过程，在这个过程中，听众不可能是民主的，因为他受到种种礼仪上或文化上的规约和限制，他甚至是被要求的，要求耳朵要经过训练，能去欣赏一个严肃的古典音乐作品。音乐对我们的要求变得非常非常高。

现代听众的困境

以前听音乐或许是件一辈子就只遭遇一次的事情，比如听一位名家在某个特定的场合演奏，但是现在我们可以无限次地听一位名家演奏，我们的耳朵已经变得非常随意、变得漫不经心了。我们今天变得更民主，权力归于听众。

整个现代音乐聆听史就是一个权力被不断下放到听众手中的历史。于是听众的地位越来越高，一开始在现代音乐会里面受到限制,但是随着现代机器复制条件的成熟,唱片的流行,我们越来越有权力去处理我们的音乐,甚至可以去控制音乐,比如乐音的大小可以调节,甚至连快慢也可以调节,整个权力都在听众的手上。我喜欢什么时候听就什么时候听,我不再需要去音乐厅乖乖地坐着听,而且这个声音我还可以带着走,"随身听"。

当我们随意宰制音乐,当我们的耳朵获得了史无前例的权力与自主权的时候,我们对音乐也就有了一种比较无所谓的态度。以前听音乐是一种需要我们非常专注的事情,但是当音乐可以被带着走的时候,音乐不再是主角,它变成了类似于电影的配乐,成为一个背景。再后来,音乐变成了我们的手机铃声,一个完整的音乐被我们抽离出一段当作电话铃声。我们把音乐宰割成一个片断一个片断来听,变成一个电视的主题曲,变成一个广播节目的开场音乐,甚至变成我们商场的背景音乐,咖啡厅的背景音乐,连走进电梯都有音乐。

以前的人一辈子或许只有一次能听到正正经经在他面前演奏的音乐,而我们现在则是无处不在地被音乐包围着,被无数的声音包围着。我们似乎比以前民主多了,似乎非常自主。听众第一次能够取代演奏者、取代音乐家成为主角,这种主角不仅是指在家的自主,而且指现在的听众还真的是舞台上的主角。

比如有人用各种速度去扭曲原来音乐正常的速度,完全体现听众的权力,这就是DJ。DJ是什么?他不是一个传统的音乐家,而是一个听众。他不一定比我们更懂得做音乐,但是他相信自己比我们更懂得听的艺术。DJ之所以能成为现在音乐界里的重要人物,就是因为他能通过他的听的艺术来调节场上的情绪与气氛,他主要不是靠自己做的音乐,而主要靠现成的音乐进行组合。DJ就是我们现在听众权力无限扩大的一种象征,他把聆听变成一种可以登上大雅之堂的艺术,甚至可以出唱片,那些唱片只是他听的东西,而不是他创作的东西。吊诡的地方就在于,在听众的权力无限大的年代,听众的耳朵无限制的年代,我们却开始陷入一种困境:我们开始不太能听懂音乐了,或者从极端的角度来说,我们不再拥有耳朵的自主权了。我们现在被声音不断地包围着,我们逃不掉音乐。

以前的人是想听而听不到,我们是不想听而做不到。有谁试过从早到晚一整天没有听过音乐?不可能!你只要用手机你就听到了,无论走到什么地方,都有人在强迫你听音乐。

在这个意义上，我们的耳朵又变得很没有权力，很不自主，我们受到了限制。我现在发现，在很多城市即便是坐出租车都要被迫听音乐，你完全不自由，被它宰制。在几乎所有的公共交通工具里面也在不断制造这些声音，包围我们，压迫我们。在这个时候，我们的耳朵就开始麻木了，就好像是一个味精吃得太多的人丧失了真正的味觉判断能力一样。我们今天已经变得不容易去听音乐了，尽管从早到晚我们都在听音乐，但是真正什么也不想、专心坐在那儿听一首曲子或一个人的作品的时间是非常少的，我们做不到，我们连这种专注都失去了。

今天听众的权力真的民主化了，但是同时又丧失了自我。我们又丧失了对耳朵的自主权，我们的耳朵被人重新打造成一个输入的器官，接受各种各样的暗示。我们的耳朵变成了一个任人宰割，而且是直接通向大脑宰割的通道，或许我们现在眼睛的判断力被训练得十分敏锐，或许仍然有理性，但耳朵恰恰是最脆弱、最敏感的器官，去接收各种各样的讯息、指令，让这些进入我们的潜意识。但我们无能为力，我们不知道该如何去抗拒，如何去分辨。这就是现代听众的悲剧。

"耳朵以外"以外

有位先生愿把时间花在我身上,于新浪博客刊出《揣着糊涂装明白的梁文道》一文,广为传诵。我乃不得不借此一隅鸣谢,并聊表数语以致衷诚敬意。

首先,这篇大作针对的是在下一篇博客文字《耳朵以外,聆听的文化构成》,我必须得先作声明,那不是我亲手所书,而是我的一次演讲笔录。究竟是谁笔录的呢?我不知道;究竟是谁把它放在博客上的呢?我也不知道。事实上,目前所有冠我姓名的博客都已不是我本人经营的了,我不晓得它们为什么还会自动更新。但是话说回来,由于那篇东西始终是我的演讲笔录,哪怕未曾经我校正,我也是要替它负责的了。

这位先生认为我谈音乐是"项庄舞剑",意在扯进"权力"和"民主化"的概念,而且"在论及莫扎特和贝多芬这两位大音乐家的时候,信口开河,错误百出……只要对西方音乐史有一定了解,或者仅仅是对这两个大音乐家的生平有一定了解的人,都会觉得啼笑皆非"。也就是说,我的问题一在观点,二在为了支持这些观点所犯下的史实错误。以下且容我禀报一己之见。

在该次演讲之中,我拿莫扎特和贝多芬并举,目的是要说明一个音乐史上的重大趋势,那就是在17、18世纪之间,西方音乐家的身份从专门服务于宫廷与教会的雇佣渐渐转向成了市场上贩卖自己作品的自由艺术家,从以前那种只替贵族主教创作和演出的状态渐渐变成了市民阶级消费者的音乐供应人。这个转变恰好和启蒙运动到法国大革命之后的历史相呼应,代表了"旧体制"(old regime)的崩溃与布尔乔亚阶级的兴起。在这个历程之中,音乐家的收入来源变了,变得越来越依赖市场;音乐家的地位也变了,从依附于旧精英的"家臣"逐渐变成具有独立自我意识的"艺术家"。不只如此,这同时也是音乐听众结构的变化,市民阶级渐渐压倒了贵族,成为最重要的音乐消费人口。而莫扎特和贝多芬这两位大音乐家的生平遭遇甚至创作，正可以用来点出这场巨变的不同阶段。这或许就是方舟子所说的"权力"和"民主化"了。

然而，这个观点不是我个人的独得之妙，而是音乐史与音乐社会学中广为人知的判断。由于这个说法太过平凡，所以我就没有在演讲中引经据典地一一说明其来源。窃以为，与其说我信口开河，倒还不如说我"剽窃观点"的好。为了证明我的说法并非个人大胆原创，谨此列出两个比较著名的"剽窃"出处。只是请大家注意，尽管它们的用语不同，可大意却是相近的。

第一是德国的历史社会学大师埃利亚斯（Norbert Elias）的《莫扎特》，这是一部音乐社会学上的经典，如今替莫扎特作传者大概都会把它列入参考。社会史学家埃利亚斯把我在上面提到的那个历程描述为从"工匠艺术"到"艺术家艺术"的转变。所谓"工匠艺术"，指的是吃宫廷饭的艺术家要受制于雇主的品味标准，从而创作出社会性格比较强、个人性格比较弱的艺术。而"艺术家艺术"则指一些混迹于市场，为自己所不认识的消费者创作的艺术家，他们比较容易自主，所以其作品的个人风格也比较强烈。

第二是法国思想家阿塔利的《噪音:音乐的政治经济学》，

被公认为是现代"音乐研究"(music studies)的一部开山之作。同一个历程,经济学家阿塔利将之称为从"仆从音乐家"到"企业家音乐家"的递变。他认为"仆从音乐家"其实是一种公务员,只对领主付出劳力,就算出版作品也得不到任何版权费。可是,当宫廷圈子以外的经济力量出现之后,他们就可以和经纪人、出版商及各种音乐协会合作经营,化身成"企业家音乐家"了。

问题在于,为什么是莫扎特和贝多芬,为什么我要用他们去代表这个变化的不同阶段呢?坦白讲,这也不是我首创的,它同样是学界常见的讲法。

先说莫扎特,意大利音乐学者佩斯泰利(Giorgio Pestelli)便曾在他的《莫扎特与贝多芬的时代》(*The Age of Mozart and Beethoven*)中形容莫扎特与萨尔茨堡大主教的决裂是"在新布尔乔亚世界与旧体制的艺术生产之间宣战",而它恰好"发生在法国大革命的前几年"(见该书第142页)。只不过莫扎特却在这个断裂之间陷入困境,一方面他成了摆脱掉"仆从音乐家"身份的自由艺术家,但另一方面那个足以养活这种人的市场却仍未成熟。埃利亚斯也直接指出,莫扎特曾经寄希望于充满各种教学机会和市民音乐活动的维也纳

(当时的国王约瑟夫二世相当鼓励市民阶级加入原属权贵阶层的音乐圈子)。然而,"我们看到莫扎特所要面对的市场特性。尽管他是个'自由的艺术家',但基本上就像其他工匠艺术家一样,深深依赖着一个有限的地方性顾客群。这个群体相当封闭,而且也相当密集地整合。一旦这个圈子里到处传说皇帝对那个音乐家无特别评价时,这个社会就会让他倒下而出不了头"(《莫扎特》台湾中译版 41—42 页)。批评我胡说的那位先生说得很对,莫扎特其实并不是当时唯一的"独立音乐家",只不过他太有名,遭遇又太有代表性,所以学界才这么喜欢以他为例。而我在演讲中随口说他"很可能是古典音乐史上第一个独立出来的音乐家",就很明显是夸大的乱语了。

如果说莫扎特的矛盾在自由"放弃他所厌恶的宫廷职位的举动,并不意味着他可以从宫廷贵族的听众里脱身而独立自主"(见前引书第 49 页),那么贝多芬的幸运就是一个布尔乔亚阶级参与的市场已经渐渐成形。他的第九交响曲是伦敦爱乐社委托的,这是当年很著名的音乐商人克莱蒙第创办的专业团体,完全以音乐家为中心,出版及演出的安排皆不由贵族主导。而它的市场实力不只暂时纾解了贝多芬失去贵族赞助之后的财困,甚至还使他感慨:"如果我原来就待在伦敦,那我可以为爱乐社谱写多少作品啊!"(参见诺曼·勒布莱希特[Norman Lebrecht]《谁杀了古典音乐》台湾中译本第35页)。此外,我们也不要忘记那个年头在法国大革命之前才订立的保障作曲家版权法令也被革命政府编入了法典。虽然那只是法国的事,可是它背后那套市场基础的观念已经开始在西欧流行了。贝多芬晚年见证了这个时代的出现,成为许多学者笔下新年代新阶级的象征。例如哲学家阿多诺就在他的遗稿《贝多芬》里说:"贝多芬,若说他是革命资产阶级的音乐原型,则他同时也是一种摆脱社会监护,在美学上充分自主,不再是仆人的音乐的原型。"

有鉴于此,我才敢大胆地把莫扎特和贝多芬当成音乐家追求自主和音乐听众市民化扩大化过程中的两座界碑。我觉得这位先生一定知道这一套十分寻常的观点,只不过他更注意某些事实细节,所以认为莫扎特离开萨尔茨堡是因为和新任大主教的关系很僵,而不是我所说的觉得自己不受尊重以及追求独立。可是在写给父亲的家书里面,莫扎特不只批评过萨尔茨堡大主教对他的不尊重,视其与仆役无异;他也曾幻想过维也纳的音乐市场,以及当地的自由生活(详见《莫扎特家书》，辛丰年详评）。另外，这位先生断定莫扎特后来的饥寒交迫主要是他不善理财挥霍无度，而非没有市场。他说的很对，这也是传统传记里的共识。然而我们也可以补充其他事实，比如莫扎特在书信中曾再三抱怨维也纳原来没有足够的听众。也就是说，不善理财固然是其困境的原因，但我们也不能断然排除当时贵族圈子以外的音乐人口不足这个因素。同样地，这位先生非常正确地指出了贝多芬壮年时期的三大赞助人也还是贵族这一点。不过那可是赞助关系，而非莫扎特以往在萨尔茨堡时那种宫廷音乐家的状态，两者性质不同。更何况在这些赞助中断之后，贝多芬还能依靠市场活过一大段日子，这就更能突显莫扎特与贝多芬的境况不可同日而语了。

至于贝多芬和歌德漫步街头巧遇贵族，前者视若无睹大步照走，后者让过一旁行礼致敬的著名故事，我就真要特别感谢这位先生的指正了。第一，这个事件发生在特普利茨，而非我所说的柏林；第二，来者是皇后和她身边的随从，而非国王；第三，她们只是走在路上，而不是坐在车上。正如他所言，我在演讲中可真是把这故事说得面目全非了。坦白讲，其实我还在不同场合讲过同一个故事，恐怕也是一直讲错,现在要不是经过他提点,那就真是不知要错到什么时候了。他又说:"这个故事并无实据,极有可能是后人编的。"关于这事,我倒是可以补充一点小资讯,以娱读者耳目。话说这个故事最早出自贝蒂娜·布伦塔诺(Bettina Brentano),她是一位启蒙时代沙龙女主人般的人物,多才多艺,精通作曲、演唱、绘画及写作。她不只是勃拉姆斯等后代尊敬的前辈,更是歌德与贝多芬的好友,于是传下了不少那一代人的趣闻,很值得爱乐同好研究。

无论如何,他批评我"对西方音乐史无知……跨界充内行",我欣然领受。只是说我把音乐史扯上"权力"和"民主化"这一点,我必须老实交代,自己也只不过是拾人牙慧罢了,别无新意。我唯一不敢苟同的,是"果然要当有'常识'的'文化人',容易得紧"这一句。也许是我愚钝,就我的体会而言,这可是十分艰苦的一件事,哪怕费尽九牛二虎之力,也还是当不好。

最后,我注意到文中提及内地某些网站有批评我的言论发不出去的情况,他想看看"梁仙友"是否真有这等本事。我不清楚个中内情;但我以为平日我们批评政府,并且要求它对言论宽容,难道我们写评论的人自己就可以不宽容其他人的话吗？如果此事属实，那便是对我最大的伤害和侮辱了。

子贡说："君子之过也，如日月之食焉。过也，人皆见之。"在媒体上公开发言就是一件逼人做君子的事，错就是错，完全不得遮掩。鄙人离君子远甚，唯祈各方先进日后不断鞭策是幸。

当初拙文发表，原题还有一句"敬覆方舟子先生"，文内的"这位先生"也写成了"方舟子先生"。理由是那篇批评在下的文章曾被方舟子先生转载在他的博客上头，许多网友也把它形容为"方舟子炮轰梁文道"、"方舟子给梁文道扒皮"云云。直至拙文见刊，才发现方舟子先生并非那篇文章的作者。可惜我始终无法找出真正作者的大号，故此今日结集入册也只能无奈隐其名，绝非刻意无礼。在下疏忽犯错，谨此再向方舟子先生及读者诸君致上衷诚歉意。

西蒙·拉特尔:古典还是现代?

2005年12月份的英国《BBC古典音乐》杂志请了西蒙·拉特尔当封面人物,那篇访问的开头就搬出德国新任总理默克尔夫人,去比较柏林爱乐在1999年选择拉特尔担任新一届总指挥的情况。这篇文章的重点,正如所有对拉特尔的访问一样,还是放在当年这个四十多岁的英国青年获选为世界最佳交响乐团领导的意外和两者近年的磨合问题上。对一个领导人而言,这实在不是个好迹象。试想若是有人今天访问布什谈的还是他当年选上总统的心迹历程,岂不表示除此之外他就没干过什么别的值得谈的事?

当然,拉特尔自从2002年正式就任柏林爱乐总指挥以来可不是没做事,恰恰相反,他的问题或许就出在做了事。或许就是因为这些事,他才会遭到那么多德国乐评界的质疑——甚至有人说在他棒下的柏林爱乐简直就是一艘无人驾驶的飞船。

就以拉特尔和柏林爱乐最近的东亚之行为例,他们演奏海顿、贝多芬和施特劳斯都不成问题,这才是乐迷最想听到的德奥曲目,印象中柏林爱乐最优而为之的传统功夫。唯一惹起争论的是他们奏了一首当代作曲家阿迪斯(Thomas Adès)的作品《庇护所》(*Asyla*),而且这个作曲家居然还不到三十四岁!一个传统的老牌珠宝店可以随便摆放年轻小伙子的实验设计吗?

说来也怪,不知从何时开始,古典音乐真正成了"古典"音乐。别说当代作曲家的作品,就连勋伯格等20世纪初叶的"现代音乐",也很少有乐团或乐手演奏,听的人自然就更少了。但随便拿起一本音乐入门,或者大作曲家的传记,不难发现在海顿、贝多芬甚至是施特劳斯的年代,大伙听的主要是"当代"音乐,管弦乐团演奏的也是在世作曲家的东西。以老字号的柏林爱乐为例,当年他们就不知道演过多少新作。但是为什么今天的听众会受不了新音乐,而宁愿音乐家们演奏些起码有一百岁的东西呢？又为什么曾在音乐史上开了先河的柏林爱乐后来会抗拒十年内的新作呢？

许多人说这是现代音乐自己的错，远离群众孤芳自赏，追求纯艺术以至于学术的道路，忘却了平实感人的本真力量。可是听听阿迪斯那首《庇护所》吧，坦白讲，在柏林爱乐东亚行里面，这实在是最叫人惊喜的作品。柏林乐手们的演奏功力在这首技巧要求严苛的曲子里尽显无遗，再复杂的节奏转换也都能精准地完成。看一看现场，即使是最不在行的朋友也都全神贯注，甚至随着乐声摇晃起身子。可见只要演奏得法，现代音乐依然可以有直接动人的力量。

西蒙·拉特尔的拿手好戏之一正是现代音乐，从前在他的领导之下，伯明翰交响乐团就成了世上最有活力的现代音乐推动者。相比之下，柏林爱乐最大的特色就是太古典了。尽管在富特文格勒（Wilhelm Furtwängler）的年代，他们还会演出当代作品。但是到了"皇帝"卡拉扬那三十多年的"黄金时期"，他们不止磨炼出了沉重深厚的柏林之声，也变得更不适宜灵活多变的现代作品。在那些年里，别说特别委约作曲家创作了，就连20世纪初维也纳乐派的东西也少有上台机会。虽然在阿巴多（Claudio Abbado）接棒的十年里，现代作品是明显增加了,可是未经时间考验不成"古典"的新作还是不多。

西蒙·拉特尔和柏林爱乐之间的最大问题,或许就是他正积极为乐团的声誉瘦身,让他们变得更轻盈更现代(因此被人批评失去了传统特色)。但唯独如此,拉特尔才能完成大计,不断委约和搬演最新的作品,使一个古典乐团变成管弦乐团。毕竟都是21世纪了,如果我们这些去听管弦乐的人还被称作"古典乐迷"的话,那么柏林爱乐这些乐团岂不都是博物馆里的古董?

指挥的作用

柏林爱乐的亚洲之行浩荡地结束了,它所到之地,无一不卷起抢票的热潮。毕竟是当今世上最高水平的管弦乐团,连许多平常不听古典音乐的绅士淑女也都想办法弄张门票进场。所以,我在中场休息的时候,不免听到一些有趣的对话,比如说有人问他同行的朋友:"其实一个乐团没有指挥难道就不能演奏了吗?乐手们不都有乐谱吗?"这个问题其实不难回答,只要看一看当年伯恩斯坦(Leonard Bernstein)主持的一套音乐入门电视节目就行了。其中一个片段是大师本人在指挥中途放下手站到一旁,没半晌乐团的拍子就乱成一团了。

但是，这个问题却引起我的一些联想，那就是指挥除了指挥之外，到底还有什么功能呢？看这趟柏林爱乐来港的宣传海报，其常任总指挥西蒙·拉特尔爵士的大头照总是放在显眼的位置，使他那一头银白色的蓬松乱发格外耀眼。这种特别强调指挥地位的海报设计，几乎是所有管弦音乐会宣传品的定规。可见指挥的一大功能，就是充当他棒下乐团的面孔。一个乐团的音乐总监或总指挥是一个乐团的代表声音，即使是柏林爱乐也不例外。

历史上最伟大的指挥之一，富特文格勒曾经形容柏林爱乐是个"自由的管弦乐共和国"，意思是这个乐团的成员各自拥有极大的权力，而有关乐团的一切大事都要以民主协商或投票的方式决定。就像一个国家的百姓有权决定自己的元首一样，他们的历任总指挥也是团员们投票选出的。一般乐团的乐手是音乐总监挑选的，但在柏林爱乐，你还得经过三分之二的团员同意才能留在这个小共和国里。就算是他们这趟东亚六城之行，团员对要去哪一站不去哪一站也有莫大的影响力。

但即使是性格独立得举世罕见的柏林爱乐，它还是不可避免地要被一个明星代表。比如说它前任总指挥卡拉扬，出了名的独裁者,有"乐坛皇帝"之称,动不动就发脾气丢棒子,不可一世。更要命的是卡拉扬天生有表演欲。一张唱片是他率领柏林爱乐与其他三名大师级音乐家合作,只见那三位大师在唱片封面上挂着老者的微笑对着镜头凑在一起,十分和蔼可亲,偏偏他一人坐在远处非常有型地冷着脸做深思状。卡拉扬时期的柏林爱乐,音质雄浑沉厚,和他君临天下的架势十分匹配。

西蒙·拉特尔则不愧是生活在21世纪的青年新锐,特别和善健谈。他老哥在中国三城亮相时穿着唐装不用说,到了香港的第三天早上还特地去最地道的老派茶楼"莲香楼"饮茶,并且和一桌老茶客"搭台"品尝点心,活生生一个文化大使的模样。两晚演出结束之后,他知道场外有买不到票的观众看大银幕现场转播,还跑到外面和大家打招呼。所到之处有闪光灯照耀,他兴奋地用麦克风向大家喊:"我太爱你们了,香港!"指挥的新时代职责原来是公关。

老贝这关难过

我们为什么还需要一套贝多芬交响曲全集的录音呢？这是每一个指挥家都该问问自己的问题。但是每一个指挥家还是会在已经可以堆满一整间唱片行的贝多芬九首交响曲录音面前，默默对自己许愿："终有一天，我也要有自己的一套版本。"于是还是不断地有人出版贝多芬交响曲的新演绎。那些可怜的指挥家当然知道这是残酷的试炼，因为乐迷是天底下最没良心的人。指挥家们心里头挂念了一辈子的成就，可以迅速被埋没在唱片行的货仓堆里，无人问津。

即便如此，西蒙·拉特尔爵士仍是注定要录一套贝多芬交响曲全集的，因为他是当今国际乐坛上最当红的指挥家，无论走到何处都会惹来排队买票的长长人龙，不管哪份杂志访问他都得把封面留给他那一头注册商标式的花白爆炸发型。他年纪轻轻就被英国女王封作爵士，大有挽英国乐坛于既倒之势。他上电视侃侃而谈有如明星，一出书谈音论乐又有学者的派头。人家推介现代作品的结果是门可罗雀，他若是演绎现代音乐居然照样场场爆满。但是世界上几个出了名古老保守又难伺候的老牌乐团，却又跟他混得水乳交融，乐师们一提他就笑得合不上嘴。最近他接任柏林爱乐乐团首席指挥，正是如日方中。所以，西蒙·拉特尔不可以不出一套贝多芬九部交响曲全集录音，因为一个被称作大师的人物，居然没经过乐圣这一关，不仅遗憾，而且可疑。

终于，唱片行挂上了海报，西蒙·拉特尔爵士指挥，维也纳爱乐乐团演奏的贝多芬交响曲上市了。我以朝圣的心情把它买下，用献祭的手势把其中的第七交响曲放上唱机，正襟危坐等待他那独特的演绎。所有乐迷都知道拉特尔是位深思熟虑的思想家，他的作品总是能在陈套里翻出新花样，而又那么有说服力。至于贝氏第七交响曲，是我最喜欢的交响曲之一，那酒神起舞般的回旋是我考验指挥家的试金石，所以在芸芸交响曲之中，这首曲子的版本我所获甚多。

听完之后，我有点不相信自己的耳朵，立刻重放一回。因为拉特尔的速度实在太过古怪，而且四个乐章就像是四首独立的曲子，而非一首完整的作品，西蒙大师怎么可能玩出这么差劲的东西？再把整套录音听过，我就懂了，这大概就是压力的问题。在他前头有近年起死回生的老派大师们的厚重气势，还有新一代提倡回归古典的本真主义者们的明亮纤细，拉特尔这样的方式正好是两者间的中庸之道，既不跟随前辈留下的伟大传统，也不愿附和当前潮流，结果反而不伦不类。观乎平日对他非常欢迎的英美乐评家，这次虽仍客气赞许，却也并非毫无保留，就知道他这次大师资格是过不了关了。对我而言，等待许久等来的竟是反高潮，更是心情大受打击。也不知道是不是心理作用，再看唱片封套上他那招牌发型，居然觉得他的笑容有点尴尬，好像在说："对不起啦，哥们儿！多给一次机会吧，下回我好好干。"

哼一段勋伯格

勋伯格曾经有点愤恨地说过:"总有一天,连一个送信的小孩都会哼我的歌。"这一天来到了吗?很可惜,还没有,甚至说不定永远都不会来。

关于古典音乐的最大神话,可能就是贝多芬曾经很流行,而莫扎特的歌就像风靡一时的F4,当时的欧洲人朗朗上口。这么说来,今天的流行歌曲也会是他日的"古典"?当然不是,这只是音乐教师和古典音乐发烧友骗人听古典音乐的说辞。巴赫、贝多芬和莫扎特,即使是在他们的时代,也只不过是一小撮上流社会人士的喜好。贝多芬的确曾把当时民间的流行歌曲重新编排,加以整理,但是很讽刺,他这批作品也正是今日最少人演奏、最没人愿意录音，因此也是听众最陌生的。

就算我们不加考究，接受这个古典音乐也是昔日流行音乐的神话，我们也会很自然地接着想到：那么今天的古典音乐又是什么？怎么斯特拉文斯基和理查·施特劳斯之后就再也没有大众熟悉的大作曲家？难道猫王就是明天的古典音乐？

事实上，站在20世纪的门槛上，使得今天一般听众在浪漫主义的音乐之后就只知道爵士和摇滚的，就是20世纪其中一个最伟大的艺术革命家勋伯格。他曾夸下海口，在勃拉姆斯和瓦格纳之后，他的音乐手段将使"德国音乐可以再保持一百年的优势"（还好他不是说"永远"）。结果，在他之后的严肃作曲家，就几乎失尽市场，无人问津。情况有点像和他同一时代的毕加索，到了今天还是有人觉得看不懂，分别只在于能够欣赏毕加索的人无论如何还是比勋伯格多得太多。

许多人以为勋伯格之后的"现代音乐"，就是没有旋律，忽快忽慢，时而高如鬼泣时而低至几不可闻，要么只有失常的人才喜欢听，要么适合用作恐怖电影的配乐。话说回来，如今大众最常接触现代音乐的场合，的确是在看恐怖电影的时候，我就在一部B级好莱坞鬼片里赫然发现勋伯格的合唱作品。

其实现代音乐不是没有旋律，而是不讲调性。在勋伯格以前的作曲家，和其后大部分的流行音乐家都遵循调性固定的作曲手法。也就是选定一个音调作为整首曲子的"家"，然后发展变调，但最终还是会回到原来的音调。勋伯格舍弃调性，离家出走，所以他的作品也就总像走了音似的，不合人类的听觉习惯，自此之后再也无家可归。可是勋伯格始创的"序列作曲法"，实际上又是特别理性的作曲手法，在音符之间建立起一种数学式的模型。所以受到他的影响，以后大学音乐系训练出来的学生所写的曲子，又被归作"学院派音乐"，仿佛在此之外的传统调性音乐，尽皆俗品。

最近英国的BBC音乐杂志有一篇妙文，作者拿自己两个唱合唱团的儿子做实验，看他们能不能哼勋伯格的曲子。他的办法是在家里重复播放勋氏的一首钢琴协奏曲，放足五天，最后再把其中一段填上歌词，逼两个无辜小孩练唱。结果呢？两个小孩觉得这首歌"一团糟"，"捉不住它的旋律"，但到底还是记了下来，能哼个两段。可是这个世界又哪里找得到一个邮差会先在家苦听苦练五天，再在送信的时候轻轻松松地把勋伯格用口哨吹出来呢？可怜的革命家！

强奸未遂的贝多芬

念研究院的时候常和一批男同学共听唱片谈音论乐,通宵达旦乐此不疲。其中一个最令我们困惑的问题,是女同学们听音乐的口味似乎与我们大有不同。我们认为瓦格纳的歌剧崇高雄壮,她们只觉冗长吵耳;我们听得激动非常的"爆棚"乐章,她们听了竟是呵欠连连。可是只要一放在我们心目中只是肤浅甜美的小品,女同学们却流露出心醉神迷的表情。因此我们只好作出结论,要找个懂得欣赏严肃音乐的女朋友实在太难了。

古典音乐向来被认为是一种很严肃很抽象的艺术。绘画、戏剧和小说尽管也可以非常虚幻,但我们还是可以在它们里头指认出现实世界的相关物象:那儿有一朵花,这是间房子,莫不历历在目,贴身且亲切。但是你如何在交响曲中听出一座山峰的姿态,一个男子下跪的情景呢?严肃音乐之所以严肃,在于它严守17世纪以来成为西方主流的心物二元论,不只不能如民谣般让人闻之起舞,就算是被冠有"命运"之名的"标题音乐",也听不出任何可与现实物质世界相对应的内容。

美国的苏珊·麦克拉里(Susan McClary)是这十几年来在音乐学界引起极大争议的人物,以至于北美部分院校的音乐系在招聘教师时必会询问应聘者对她的看法。因为她的一系列论著在挑战"古典音乐很唯心"这种常识之外,还回应了男女聆乐取向差异之谜。她最骇人听闻的一个论证是分析贝多芬第九交响曲时引入了情欲观点,说老贝在第四乐章呈现出一个强暴犯屡屡意图"闯关",但又次次被拒绝否定之后,骤而愤怒爆发的暴力。这个说法把人人赞绝的《欢乐颂》转化成西方古典音乐里男性特质的终极代表。

骤听起来,荒谬无比,但细读她的著作,又不得不让人佩服她的过人洞见和细微分析。其实她这个论点有助于说明为什么几乎所有交响乐到最后总是越演越烈,速度加快至那不可避免的"高潮"之后,就一定"噔噔噔、噔噔"地结束。此"高潮"不仅字面上与性高潮相同,而且根本就是男性性高潮模式的音乐版本。我们知道男人的高潮的确就是在尽量延长动作时间之后的这么一下子,而女人却可以绵延不绝波浪连连。历史上数得出名字的作曲家尽是男性,少数女作曲家在雄性主导的乐坛里也只好跟随这个模式,表现不出阴性性高潮的作曲手法。难怪男人听得大呼过瘾的片段,女子却感到不大对劲。

苏珊·麦克拉里主要针对的是17世纪以降的调性音乐,她说:"某种音高上限巩固后,旋律动机开始顶着它推,好似它是可移动的障碍一般。随着挫折感越来越深,动机炮火的迫切性增高,它们行动的时距越来越短,直到它们终于带着射精般释放的一阵痉挛,成功冲破障碍。这种音乐形态显著出现于许多我们最爱的曲目中。"如此看来,音乐实在不是心灵艺术,而是非常肉体,还是个男人的肉体。

教宗对 U2

事情得从 20 世纪的 60 年代说起,当年的教宗召开了第二届梵蒂冈大公会议(1962—1965),来自一百一十六个国家的三千位主教联手推动了许多改革,开展了许多被认为是"俗世化"的变化,包括不再坚持以拉丁文主持弥撒,而是按各国的需要采用地方母语。这场现代天主教史上最重要的活动也牵涉到了音乐,比如说各地的民俗音乐能不能拿来当仪式用的圣乐,也有信天主教的音乐家抱怨教会过于保守,阻碍了他们的艺术实验。

当年是会议顾问的神学家约瑟夫·拉辛格(Joseph Alois Ratzinger)正当壮年,是改革派心目中的明日之星,力倡变革老旧保守的罗马天主教。但是在1968年席卷全球的学潮和青年反对运动的风潮之后,他开始怀疑这个世界如此革命下去会不会迷失方向,而教会如果顺应时代走下去又会不会彻底变质。迷惘之后,他的思想转向,他的人生道路也有所变化。离开学院,他进入教会的管理架构,先是主教,再是枢机主教,如今则成为教宗本笃十六世。

本笃十六世喜好音乐,据说是个不错的业余钢琴家,最爱的是莫扎特。在他仍是教廷教义部长的时候,所要处理的一个问题,就是教会能不能使用摇滚等流行音乐去创作宗教音乐?说到这里,我们会发现比起新教时常大胆地以摇滚音乐会的形式布道,天主教在音乐上确实比较保守谨慎。但是看到人家热热闹闹,年轻人一批批地在体育馆内站起来载歌载舞地大叫"我信",有些天主教的神父也心痒难搔,觉得任何音乐都不过是个手段,只要内容不变,歌词仍是经文,又有什么问题?

有。新教宗认为:"难道我们跟随大众文化的潮流,使得人们不成熟或者不负责任的罪名也降在我们身上,能叫做牧教的成功吗?"为什么流行音乐会使人既不成熟又不负责呢?原来教宗认同法兰克福学派阿多诺的观点,觉得流行音乐是一种面向大众同时也制造大众的工业产品,听众得到的不是自身亲切的一手体验,而是再生产出来的标准经验。这种音乐为了赚钱,不惜把听众变成一堆只剩感官的标准人群。《为了天主艺术地歌唱:教会音乐的圣经指导》的一句话是:"流行音乐是一种在完全非人性化和独裁的体系之中,像生产技术产品一样由工业大鳄生产出来的东西。"在另一篇文章里面,他甚至认为摇滚音乐与撒旦崇拜的流布有关,因为它们"在噪音与群众的狂欢忘我之中,提供了毁灭的快感,除去了日常生活的屏障,使人有解放和得到救赎的幻觉"。

本笃十六世的这种看法自然惹来不满,于是他又强调教会音乐的使用不只是使用和手段的问题,而且涉及神学。他同意许多宗教音乐都有剥除人我之别,使人群进入忘我狂迷境界的功能。而配合天主教仪式的圣乐虽然也要使信徒感到神降,会众融为一体,但是二者之间还是有本质的区别。那就是圣乐得与《圣经》中的言辞相似,乃"道成肉身"的结晶,它"不能只是韵律的狂欢、感官的刺激和主观情感的表达,又或者表面的娱乐。相反地,它要传递信息,要为了达到完美的灵性和最彻底的理性宣示而存在"。身为一个著作等身的神学家,本笃十六世还为此写过一些精细的神学及哲学论证，平心而论，写得的确相当精彩。可是这叫音乐家们糊涂了，以后该循什么方向创作圣乐呢？他的答案却是：一、符合《信经》、《垂怜经》等"伟大仪式用经文的内在需要"；二、可参考格里高利圣咏及帕莱斯特里纳（Giovanni Pierluigi da Palestrina）的作品。然后他又向大家保证，只要有正确的理解，大家准可以有充满创意的新作品。

本来教宗谈的只是教会音乐该注意什么方向什么风格，不过他"顺带"根本地贬斥了流行音乐和摇滚音乐。大家知道摇滚班霸 U2 的吉他手曾经想当神父，其主唱歌手波诺除了是虔诚教徒之外，现在更是举世闻名的社会活动家，曾为呼吁先进国家免去穷国债务的事与约翰·保罗二世会商合作。不知将来喜欢在歌词里传递和平信息的波诺，可会有与本笃十六世和平共处的机会？

《波兰安魂曲》到底没用上

那天在报章上看到一段小消息,着实叫人诧异。消息说彭德雷茨基(Krzysztof Penderecki)将会为"波兰教宗"保罗二世的丧礼弥撒创作一首曲子。那首曲子就是《波兰安魂曲》,他早在1980年开始撰写,应该可以赶在葬礼前完成云云。结果在看完教宗追思弥撒的实况转播之后,我的怀疑一扫而空,他们没有用上《波兰安魂曲》,还是古老的传统曲目,连布什事后也对记者说:"音乐很好。"

彭德雷茨基是个不错的指挥家,现在还是中国爱乐交响乐团的客席指挥。但真正能使他的名字载入乐史的,却是他的作曲功力,他被认为是20世纪波兰最有代表性的作曲家，也是现代音乐圈里最活跃的人物之一。让他开始声名大噪的作品，是1961年的《广岛受难者的挽歌》。这部作品要由五十二把弦乐器演奏，手法大胆创新。乐手有时候要把弓拉在提琴的尾巴上，或者琴把的背面，发出古怪的摩擦声。更令听众震惊的，是那种类似核爆噪音的"音簇"（tone cluster）效果，也就是让所有乐器同时拉奏相近的音符。

身处20世纪60年代的波兰，受到约翰·凯奇和布列兹（Pierre Boulez）影响的彭德雷茨基，格外让西方音乐界注意，很不解"铁幕"之后怎么会出了一个前卫音乐家。但是他很快又厌倦了实验技法，甚至声称"再也没有什么可以创新的了"。70年代后，彭德雷茨基开始撰写一般听众比较容易接受的调性音乐，那种宏大的器乐效果和叙事手法甚至让一些乐评人想到了布鲁克纳（Anton Bruckner）。作为一个波兰人，而且是个笃信天主教的波兰人，彭德雷茨基的确写下不少宗教音乐。他为了悼念波兰团结工会的一些死难者写过一首作品，又分别作过曲子纪念一位死在纳粹集中营的天主教神父和《钢琴家》这部电影描写过的"华沙起义"。这些作品后来都成为《波兰安魂曲》这部巨作的素材。整体看来，《波兰安魂曲》简直就是波兰历史的苦难总结和升华，体制博大、乐思深沉,几乎可以和勃拉姆斯的《德意志安魂曲》并列。

但最后"波兰教宗"的丧礼弥撒到底没有用上这部《波兰安魂曲》,而且一点也不让人意外。为什么?这牵涉到两个问题:一是严肃的现代音乐有没有可能成为可以应用的圣乐,二是教会(尤其是梵蒂冈教廷)还能不能起到推动艺术的作用。

我们往往是在电影和电视的配乐里才偶尔听到一点现代音乐作品,但大多数的现代音乐却仍然是专为演奏会等正统聆赏环境创作的。在这种环境底下我们可以预期听众受过一定的训练,有相关的音乐背景。但教堂里的会众却不一定就是那些现代音乐的听众,甚至可以说绝大部分的教徒都不具备欣赏现代音乐的能力。可"圣乐"却必须是一种教堂内可用的音乐,它首先要能让教徒接受,产生共鸣,让宗教仪式顺利起到融合参与着一起进入灵性境界的作用。就这点看来,现代音乐还远远比不上北美非裔基督教会里的灵歌,后者虽然没有西方传统意义上的圣乐格局,但却真能与教徒共呼吸同哀喜。

其次,西方传统"圣乐"(sacred music)又不同于广义的"宗教音乐"(religious music)。宗教音乐抒发宗教情感,描写宗教主题,绝对可以当作纯粹的音乐来欣赏。但是圣乐则不然,首重能否在教堂内实际应用,配合传统的宗教仪式。所以我们会发现大部分的圣乐都会依照固有的标题写作,不是《感恩曲》(Te Deum)就是《信经》(Credo),变不出什么新花样。换句话说,圣乐不能不考虑它的实用价值。

很多现代音乐大师如帕特(Arvo Pärt)、彭德雷茨基甚至是梅西安(Olivier Messiaen),都以虔诚教徒的身份写了不少圣乐。可是我孤陋寡闻,就没怎么听说他们的作品在教堂里真被用作弥撒伴乐,有的话,那多半是场"实验弥撒"。主要是他们的创作虽然体裁属于圣乐,但考虑的对象看来还是现代音乐的听众,而非一般礼拜天早上进教堂的教徒。就以《波兰安魂曲》来说,虽然是彭德雷茨基最容易被接受的作品之一,但是到了《垂怜经》(Kyrie)的部分,习惯了跟着经文吟唱的现代天主教徒,恐怕连那段鬼哭狼嚎般的四位独唱在唱些什么都搞不懂。接着的"继叙咏"(sequence)更有彭德雷茨基早年的前卫风格,一丛丛的"噪音"爆响,尽管它很配合"那将是震怒的一天,举世化为灰烬"这句歌词。难怪彭德雷茨基自己也说这部作品"不算圣乐"。

另一方面，我们也必须考虑教廷的艺术口味。今天很多人都以为教廷等于保守势力的大本营，似乎很难把艺术新潮和教廷挂上钩。但是回看历史，有多少西方最重要的艺术作品是围绕着基督信仰产生的呢？尤其梵蒂冈，更是过去几百年间最大的艺术赞助者之一。米开朗基罗在为西斯廷礼拜堂绘制壁画的时代，并不是一个落伍守旧的保守派，而是引领潮流的时代先驱。现代的梵蒂冈尽管仍然统领着全球十一亿信众，但在它丧失了无上政治权力的同时，也逐渐撤出了赞助艺术创作的行列。如今我们听说梵蒂冈要搞些什么关于艺术的活动，多半也是修复保存他们那些价值连城的藏品，而非委任新作。毕竟，要找一些当红的涂鸦艺术家去教堂画壁画，或者请村上隆去设计主教的服饰，也太过不可思议。

不过，我听说刚去世的教宗好像也能欣赏他那波兰同胞的东西，并且彭德雷茨基也献过作品给他，可那是他的主动呈献，而非收到了梵蒂冈的订单。唯独一人，美国的作曲家哈比森（John Harbison），真是受过梵蒂冈的委托，写了一首《圣巴郎》（Abraham），在教宗御前演出。但这只是一首比较短的曲子，当时用作马勒《第二交响曲》的头盘，不成正餐。教宗喜不喜欢，我们也无从知晓。更重要的是，这首作品不算圣乐，只是音乐会里供大家欣赏的宗教音乐。

  报纸报道彭德雷茨基将会为教宗的丧礼弥撒创作一首曲子的消息有另一个错误:《波兰安魂曲》早在1993年就修订完成，并且首演。这条报道虽然失实，但的确令人浮想联翩。想象一下在全球二十多亿观众眼前，布什听到《波兰安魂曲》中爆炸的效果会是什么反应？他还会不会对着已经吓傻了的记者们嗫嚅地说"音乐很好"？

布尔乔亚的伪装趣味

帕瓦罗蒂当然是个伟大的男高音,他的声音圆润洪亮,轻轻松松地就能从脚底把一股力量提上来,在高音的领域里潇洒无比地游走飞翔。然而他的成功,至少有一半是现代音乐工业里公关炒作的功劳。永远都在宣称古典音乐已死的"末日派"乐评家诺曼·勒布莱希特,就曾在其名著《谁杀了古典音乐》里头无情地揭露了帕氏的经纪人如何费尽心思地包装、宣传帕氏。

20世纪70年代,帕瓦罗蒂曾经在一次演出里唱出了多尼采蒂(Gaetano Donizetti)《军中女郎》第二幕中,难度极高的九个连续的高音C,成为一时佳话。坦白讲,虽然不容易，但这也绝非其他男高音做不到的事。帕瓦罗蒂真正厉害的地方不在于他做得到，而在于他做得妙，一气呵成，飘逸且精准，仿佛呼吸般容易。于是他的经纪人就为他取了一个非常俗气却又很能吓倒外行人的封号："高音C之王"。久而久之，以讹传讹，如今有些媒体竟以为这是帕瓦罗蒂的专利，似乎除他之外，世上便没有第二个男人能唱到这么高了。

对于没有多少歌剧经验的群众来讲，什么叫做唱得轻松唱得准，他们未必知道，但什么叫做音域宽广，他们却是晓得的。所以帕瓦罗蒂就变成了一个用歌喉玩杂技的艺人，不管他唱什么，也不管他的唱法变得有多油腔滑调，更不管他有没有使用麦克风犯了正统声乐的大忌，大家还是喜欢他崇拜他。一个人可以从来没听过歌剧，但照样花高价去捧他的场；一个人也可以毫不认识歌唱的艺术，但照样人云亦云称帕氏为歌王。

"真正"的乐迷透过贬视帕瓦罗蒂的晚年演出证明自己内行，一般听众则透过参加帕氏那些超越流行的"Popera"演唱会（也就是以唱歌剧的方法去唱流行歌曲）去显示自己也有品位，这其实是同一块硬币的两面。为什么是帕瓦罗蒂这么一位歌剧男高音，而非一个钢琴家或者指挥家，成了最富有、最受欢迎的古典音乐演绎者呢？答案系于歌剧的性质。

歌剧本来就是一种十分布尔乔亚的艺术，比起一般的纯器乐，它有通俗易懂的剧情，华贵的舞台，盛大的阵容，极尽视听之娱。所以从一开始，它就被许多严肃的学者和教士贬斥，视之为堕落的艺术。巧的是，歌剧史上也真不乏诱惑者的角色，从唐璜、夜后、美狄亚、图兰朵、卡门、露露一直到莎乐美，歌剧从来就有一种独特的诱惑，仿如海妖塞壬的歌声，把绅士淑女和想当绅士淑女的人一一吸引到剧院里去。歌剧院不只是一个城市夸耀财富和权势的地标，还是上流社会的交际场所，可是要入其门，却又不甚困难，难怪听歌剧成了身份的象征，彰显品位的途径。

或许歌剧今天式微了，不过能和它沾上边还是好的。在许多人看来，同样是流行悦耳的曲子，与其看一位普通流行歌星去唱经典金曲，何不欣赏穿着燕尾服的男高音那种很"艺术"的版本呢？这也恰好说明了为什么那些样貌不错的名字带点拉丁味而歌喉明显受过训练的小伙子现在会大受欢迎，他们装腔作势的流行曲等于就是19世纪末的意大利歌剧，同是文化品位的符号。在这股浪潮之前，自然会有一批乐迷跑出来拨乱反正，在"假品位"中间坚持真正的"艺术"。

为什么真正的乐迷都不爱"歌王"?

关于帕瓦罗蒂,没有一个乐迷能说他不伟大,但也没有一个自命真正乐迷的人能不惋惜,甚至踩他两脚,说他堕落了。如果撇开一切审美判断不谈,我们或许可以引用已故法国社会学家布尔迪厄(Pierre Bourdieu)的说法,把这种古典乐迷的矛盾称之为"品位区隔"或者"品位秀异"(distinction)的表态。也就是说,当全世界都夸帕瓦罗蒂是"世纪歌王"时,我们偏偏要说他其实早就走下坡了;当媒体不分青红皂白地缅怀这位"世界上最后的男高音"时,我们偏偏要说你们其实不懂什么叫做男高音。如此一来,我们才能突出自己那真正内行的乐迷身份,好隔开你们这群盲目无知品位平凡的大众。

然而,这种品位区隔的游戏是可以无穷地玩下去的,所谓古典乐迷的圈子也还可以再细分出好几个不同的层级。喜欢歌剧的,瓦格纳迷会嫌意大利歌剧不够深刻,尤其是帕氏擅长的普契尼与多尼采蒂。喜欢管弦乐的,又会谦称自己怕"歌剧太闹"(意思是歌剧有剧情,讲究视觉效果,所以讨大众欢心,所以不够"纯粹")。再数下来,还会有人说自己最爱的是室内乐,特别是贝多芬晚期的弦乐四重奏。总而言之,口味上越是阳春白雪,越是远离群众,就越显得自己地位高资历深。

在西方古典音乐短短的四百年历史里面,这种艺术对媚俗、正统对外道的区分一直是它的重要核心。任何文化艺术的传统都不能只靠一群人同时爱上同一批作品,然后代代相承地传下去;它还要有这种内在的张力与矛盾,要有口味的差异和美学上的争辩。这样子它才能形成一套可供讨论、可以争夺的价值标准,持续它的活力,不断地繁衍发展。

例如李斯特,对很多外行人来讲,他该是个没有争议的"大师"了吧?不,在最严肃的乐迷心目中,李斯特几乎是完全不入流的。自称喜好钢琴,而居然爱上李斯特,那简直就像自称雅好诗词却最崇拜柳永一样可耻。而且李斯特是从一开始就被人看不起的，当年在他最红最火爆的日子，正统乐界就嫌他太过夸张太像大众明星。他被歧视的正式理由是他的作品和演出太过"炫技"，缺乏"内容"。而这种厌恶单纯炫技、高扬内在深度、讲究文质相符的价值倾向，就在此类关于李斯特的辩论中成为撑起整座古典音乐大楼的柱石之一了。透过这种区分，古典音乐才能形成一套自有高下层级，自有核心价值的传统。从这个角度看，今天的帕瓦罗蒂就和以前的李斯特一样，喜欢他还是讨厌他，乃一个真正乐迷身份的标识。就算喜欢他，也得强调自己喜欢的是那个在70年代初的《弄臣》中大放异彩的青年天才，而非如今顶着大肚子用麦克风胡混的时尚名流。

音乐原来不会死

历史上从未有一刻像今天这样,音乐变得无处不在,甚至原本静默的电梯和只有呼吸声的地铁车厢都有了音乐,我们的周围一片喧闹。从前大家只能在祭典等特定场合使用相应的音乐,如今音乐的功能真是你想有多少就有多少。

点 歌

扭开收音机,才知道如今仍然有人透过电台点歌,一种多么古老的行为呀。在我成长的年代,很多同学听收音机的目的就是为了看看有没有人点歌给自己。同时也急着拨打电话,希望能被接通,把自己想说的话和想让对方听到的歌传送出去,让那个夜里在桌前点灯做着功课或者正在读书的人听见。这叫做凭歌寄意。

以歌传情,是许多恋人都乐此不疲的动作。但是送一张唱片,传一首歌,与在电台点歌的性质是截然不同的。前者是私密的,只存在于两人之间;后者却是公开的,所有听众都能分享。或者我们应该更准确地说,电台点歌好像是私人的,其实却又是公开的,在私密与公开之间模糊而隐晦。

有时这是一种炫耀。就像有些小白领花去半个月的工资,在铜锣湾人流最密集的地方,登一天的液晶体大屏幕广告示爱;又如某知名富商,在畅销的报纸上买下整版的篇幅送给女明星来证明自己。他们相信如此敞露,最能感动对方。而且这也就等于宣告:我将,或者我已经,独占这个情人。爱情是盔甲上的纹饰,车头的标志,夸张地陈列人前。

可是还有一种情形,点歌的人不取真实姓名,也不张扬对方的名字,他只是用了一组只有彼此才能明白的昵称,甚至可能埋藏更深,干脆为自己改了一个根本无人识得的别号。此时恋人是冒险的,因为这首歌极有可能无法达成任何效果,犹如一封没有收件人地址的信,寄了,可是寄不到,混杂在满天乱飞的旋律之中,转瞬即逝。更何况我们的情人或许喜欢宁静,他永远不听收音机。如此点歌已经不是情意的传达,而是自恋的体现。

最大的问题或许是歌曲何以能够寄意?为什么一首不是他自己创作甚至不是他自己演唱的歌,却能够传达点歌人的心意呢?尤其以传统的观点而言,流行音乐还算不上艺术,至少不是那种大家想象中很个人化的艺术。流行音乐乃一种创作人、歌手、监制、唱片公司和市场营销等单位一环扣一环地形成的工艺制作。它呈现的并非独一无二的个人体验，而是不同种类的，无名的模式组合。既然如此，一个请电台点歌的听众或者传送歌曲音频档案予人的恋者，又怎能把自己的特殊感情套入模式之中呢？

这个难题基本上属于所有艺术。所谓"感人"，指的可能就是作品足够抽象足够普遍，使得每个人都能轻易代入；同时它还得有个人化或拟个人化的腔调，令听者代入之余还觉得它是独一无二的；不只恰到好处地传达了自己的感情，且似根本为己而设为己而造。

因此最好的流行情歌无不具有强烈的个人风格，尽管它动用了机械化的节拍、旋律与和声模式，尽管它的歌词可能离不开一系列仿佛来自"填词常用语手册"一类的语汇，但它说了一个独一无二的故事。例如 Elvis Costello，数十年来被认为是最擅长情歌的好手之一，其长项就在于模拟各种虚构然而实在的处境，让听者各取所需，同时又赋予它们非常鲜明的人格特质。

当恋人陶醉在这样的乐曲之中，他其实是在进行着一种复杂的诠释过程，不断在乐曲与个人经验之间来回修剪，好使其完全合模，化身成最私己的信息。

民歌的真面目

香港真有不少民歌迷,他们或许在20世纪六七十年代的时候天天听电台播放美国民歌,甚至自己在校园里和三两好友组队玩玩吉他上上台。今天则继续追随矢志不渝的英文民歌吹鼓手区瑞强,听他的节目,看他的演唱会。

这些中年人可能生活优裕,可能有个稳定的小康之家,在社会上算是中流砥柱。对他们的耳朵来说,外国的流行歌曲发展到嘻哈这一步,已经吵到无法接受的地步了。而自己的粤语流行曲呢?那批偶像不会唱歌,他们如是说。于是听民歌变成一种中产阶级的怀旧趣味,旋律甜美,色调金黄,完全谈不上杀伤力,温柔得很。

号称"老板",又叫做"工人皇帝"和"摇滚游吟诗人"的美国歌手布鲁斯·斯普林斯汀,过去十多年来没出过什么叫人印象深刻的作品,他招牌式的低下阶层美国生活叙事诗词也几乎踪影全无。可是最近,他终于出了一张赢尽掌声的唱片,而且还是他历来第一张完全没有自己创作的专辑。这张唱片叫做《我们终将克服》(*We Shall Overcome: The Seeger Session*),妙的是这张唱片虽说是要向现代民歌其中一个祖父级大师彼得·西格(Pete Seeger)致敬,但却是一首他的作品也没有。可是这张奇妙的民歌唱片却把这位民歌大师和一代摇滚救世主的精神土壤完美地呈现了出来。

彼得·西格是什么人?你一定听过他的"Where have All the Flowers Gone",这首无数人传唱过的民歌其实是首经典的反战歌。而西格自己,则是个坚持了一辈子的反对派。打从第二次世界大战开始,他就很不识时务地站在马克思主义的立场反对战争。到了越战,当全世界的流行歌手都很政治明确地反战和支持黑人平权运动时,他更是把"We Shall Overcome"这首老民歌推到了社会运动国歌的地位。2007年,他以八十多岁的高龄继续用歌声痛骂布什。然而,他的歌是民歌,他的歌喉是柔美的。

民歌，无论它的来源是非裔美洲人的灵歌，还是白人移民带来的怀乡之曲，本来都是社会最底层人民从喉咙底嘶吼出来的声音，谈他们过劳的工作，述说他们卑微的愿望。所以不是西格使得民歌变了调，而是我们这些现代听众把他们单纯化成了"好歌靓声再重聚"！当年西格与他的伙伴Woody Guthrie并没有利用民歌，只是把它重新接回以音乐去抗议去申诉的庶民传统。

《我们终将克服》收集的全是最经典的民歌，其中的"Froggie Went A-Courting"甚至可以追溯到1549年的苏格兰，它们的共通点就是一种骨子里的反抗气质和草根力量。这张唱片不只会叫我们对民歌有全新的认识，也会令美国人吓一跳，因为像"Erie Canal"这些歌几乎都是他们幼稚园里开始唱的传统曲谣，现在它们深藏的苦难经历一一浮现出来。然后是熟悉抗议音乐传统的人要吃惊了，斯普林斯汀和他的十七人大乐队竟把这些歌曲用班卓琴和小提琴等乡村乐器玩得如此欢乐多姿。

民歌还是可以欢快的，正如西格的柔和嗓音，当个人哀叹成为集体的嘉年华，力量就会油然而生，We shall overcome。

民歌总是一种不断变化的歌曲。在民间流传,从一个艺人到另一个艺人,从一个社群到另一个社群,它的节奏会变、唱法会变,即使是它的意义也会和最初大不相同。

例如斯普林斯汀新作《我们终将克服》里的"Pay Me My Money Down",在很多美国的小学里都是孩子们唱着好玩的儿歌,但它本来是一首19世纪黑人船工抗议雇主骗取工资的战歌。现在斯普林斯汀把它放回抗议民歌的传统,但添加了舞曲的元素,让人有闻歌起舞的冲动。

他歪曲了这首歌的原义?那要看你在什么环境演奏和聆听了。一两个月前,斯普林斯汀在美国新泽西州一个破落的工业城镇演唱这首歌,全场一千多个饱受产业外移之苦的市民一直跟着歌词高喊:"Pay me, pay me, pay me my money down, pay me or go to jail!"他们唱的是种失望的情绪,但却跟着音乐跳舞,甚至大笑大叫。民歌就算源自愤怒,也可以是个发泄的管道,是种治疗,甚至是振奋人心的战歌。

又比如说最出名的"We Shall Overcome",本来是一首20世纪北美基督教会里的福音歌曲,宣示的是坚定的信仰,甚至连歌词也只是 I will overcome,而非 we shall overcome。但不知怎的,在1946年,它传到了美国南方,变成了罢工烟草工人集体唱诵的 we will overcome，而且加上 we walk hand in hand 等句，带着它散布到各个以民歌鼓动风潮的人手中。

终于到了 60 年代，正当马丁·路德·金牧师带领黑人平权运动的时候，民歌巨星 Joan Baez 就在游行的队伍中唱着这首歌。由于这首歌的内容太过"百搭"，不管是反战示威，还是同志运动，只要有人需要团结，只要有人需要鼓励，这首歌就会出现。

接着，它开始旅行了。南非反对种族隔离政策的人群里有它，墨西哥原住民运动萨帕塔（Sapata）里有它，去年香港反世贸的集会里也有它。如今，我听到斯普林斯汀在他那张向彼得·西格致敬的唱片里缓缓唱着这首 We Shall Overcome，没有西格当年站在台上呼唤人群的热切。却像怀念这首歌本身的历史，为这一百年来的血泪招魂。

所以，当我们再在夜里的电台听到歌星情深款款地吟唱 we shall overeome 时，不必介意。这是播种，只要风雨聚会，大树必将拔地再起，繁衍成林。

一种叫作命运的民歌

澳门葡京酒店的"葡京"指的是葡萄牙首都里斯本,这是不是有点像深圳的威尼斯酒店,或者拉斯维加斯的纽约酒店,一种为豪华建筑取名的滥调?总是把另一个名胜的称谓袭取过来,冠在自己身上,以显格调和那么一点的异国风情。

但是有朋友提醒我,澳门真让初来的葡萄牙人忆起了故乡。那缓缓上升的几座小山丘,在氹仔和澳门之间的窄窄水道,远航而来的商人与探险者一看,不禁呆了。想不到经过了三年的航行,在半个地球之外,似乎永不变迁的南中国天空底下,竟能重新见到里斯本的地势和风景……

香港作曲家金培达凭着《伊莎贝拉》得到了戛纳影展最

佳电影音乐大奖之后,使得"法多"(Fado)红了起来,起码在一个小圈子之内。即使听不懂歌词,"法多"也是动人的,因为它的名字早已注定。在葡萄牙文里,"法多"就是命运的意思。

什么样的歌曲,才配得上命运呢?有人说它是葡萄牙人的"蓝调",源于草根,满是忧郁。其实不,法多的根不在乡间,而在城市;不在泥土,却在大海。它唱的总是不能结果的爱情,回不了家的水手与无法挽回的失落,虽有欢快的例外,但大家记住的总是伤感的这一面。

据说一度称霸的葡萄牙帝国,拥有庞大的船队巡弋七海,法多是他们航海的悲歌。因为在那个时代,木船御风而行,但天有不测风云,海有未知暗涛,离岸远征的流氓、士兵、商人与传教士,能安返故土的又有几人?可事实上,法多是19世纪初才成形固定的民歌,那时的帝国早已分崩离析,片片坠落,又何来远洋征服的宏图?莫非,法多不只哀叹个人命运的难料,也是一阙王朝的挽歌?

更奇妙的是,这种歌曲在葡萄牙的殖民地上是听不到的,只有本土城市的酒馆里才有。所以常见的乡愁主题,并非游子的真实心声,反倒是家乡对他们的思念和想象。他们不直接唱出自己对丈夫与儿子的挂念，却幻想他们漂泊在外，对着一望无尽的大海时，可曾念起里斯本的山，里斯本的河口。

所以，许多年前，当我第一次认识这种音乐，就想就近到澳门寻找，却发现澳门的葡萄牙人圈子没有吟唱法多的习惯，更没有专门聆赏法多的酒吧与餐馆。再看一看街上的相貌不太"本土"的行人，其实多半是数代混血的"土生"，就知道离乡日久，乃再无所谓乡与不乡。

典型的葡萄牙法多，应该是这样子演出的：一家小酒馆，桌椅在演出前被推到一边，好腾出空间给一名歌者与两位吉他手。两把吉他，一把是普通的吉他，另一把是在英格兰早已不见踪影的"英格兰吉他"（所以现在叫做葡萄牙吉他，身形娇小，柄身弯曲）。中间那名歌者通常是女人，身着黑色衣裙，再围上一圈黑色披肩。唱歌的时候，歌手平稳站定，但着重声音里的质感，与脸部的表情和手上的动作。她唱得好不好，能不能把远方黑色水域上的叹息，与在乡野间孤独游荡的情人，一一带到这狭小昏暗的酒馆，熟悉得一听就知，正如我们的京剧观众。差别在于我们比较喧闹，法多却是宁静的民间艺术，大家沉默，不待曲毕不会鼓掌。

法多曾因女神阿玛利亚（Amália Rodrigues）的走红而

风靡全球，以她为代表的"里斯本式法多"至今仍然是外国人提起法多时的第一印象。今天去唱片行或者上网，最容易找到的也是这一流派的作品。可是除了里斯本，还有"科英布拉法多"（Fado de Coimbra）的存在。

科英布拉是葡萄牙有名的中古大学城，他们自有自己的法多传统，与别的不同，另辟蹊径。主要是绘声绘色比较复杂，曲调的模式更加固定；而且演唱的多半是男人，那些大学里的学生与教授。因为它在此变成了校园流传的民歌，所以它虽然承袭了法多那股"saudade"（一个不知如何翻译的葡萄牙文，兼具思念、怀旧与哀鸣的意思），歌词却围绕着青年的失恋与告别校园波希米亚生活时的不舍，十分青春。每逢重要的日子，例如毕业典礼，师生们就唱法多告别，浪漫得很。直到今天，科英布拉大学的学生还会靠唱法多来赚外快，好帮补学费。以擅唱校园民歌闻名，世上恐怕再也找不到第二家这样的大学了。

我们之前说过，法多是种命运之歌，与没落的航海王国葡萄牙有着相互映照的关系，是葡萄牙标志性的音乐艺术。但是正如一切被打上民族印记的文化，它不只丰富多变，不同的地方有不同的表现风格，而且自有一套超越国界的复杂血脉，不可垄断，难以磨灭。有人说法多源于巴西的黑奴，是海员把它带回来的。也有人说它是北非摩尔人的产物，早在伊斯兰王国统治伊比利亚半岛时就流入了南欧。两种传说或许都是真的，而且都印证了文明流布的轨迹。我又想起了澳门的"非洲鸡"，完全不见于葡萄牙本土，因为它是水手和商人从马达加斯加引进远东这个小城的，却意外地成为澳门葡萄牙菜馆的名菜。

在一个更悠远宽广的历史视野以内，法多的乡愁其实是无数文化因子散布的记忆。所以就算不是葡萄牙人，也能被法多感动，因为它唱的不是一个民族的独有性格，而是我们共有的经历：漂泊。

圣诞音乐情歌化

我在一个晚上细细听完加德纳爵士演绎的巴赫圣诞清唱剧,然后又在唱机里播放 George Michael 精选里的 "Last Christmas",最后则以 Tom Waits 的 "Ruby's Arms"结束。这刚好是圣诞音乐由宗教根源走向俗世,越走越远的一趟路程。

由于圣诞音乐太受欢迎,在香港几乎是自 11 月尾开始,就能到处听见它们。由于圣诞音乐太过普及,几乎每一个人都能随便哼上两句;所以我们都不再留意它们原是一种多么神奇的音乐。例如《普世欢腾》(Joy to the World),它的第一句大概无人不晓,可是有谁注意到这一句的旋律恰好是由上而下顺序八度,何等简单的写作技巧,但要写得好又是何等的困难?

更有意思的是,这首歌与《平安夜》(Silent Night)等许多圣诞名曲一样,都不是什么大作曲家的手笔,但其纯朴动人处就算与海顿和亨德尔的圣诞颂歌比起来也毫不逊色。它们的美,有人认为是源自民间作曲家单纯而恳挚的宗教情怀。圣诞音乐本来就是一种宗教音乐,只是我们都麻木了。听得太多,它们就成了一群营造节日气氛的音响环境。与圣诞节本身由一种基督教的传统圣日渐渐变为全球的消费假日一样,不只大家对待圣诞音乐的态度是世俗化的,它的创作和演绎也一样附应了这个过程。

比如说如今已成为标准圣诞曲目的《白色圣诞》(White Christmas),就和宗教拉不上什么关系,它要传达的就是这个冬雪中的炉火暖热,家人团聚的温馨亲情,树木、灯光与各式装饰品营造的华丽璀璨,当然还有情人之间的甜蜜平静。于是许多20世纪之后谱写的圣诞音乐就围绕着这些主题发展打转,尤其以情歌为大宗。结果在流行音乐当道的这一百年里,几乎没有多少保持宗教本色的圣诞音乐能够达到这类世俗圣诞歌的普及程度。

George Michael 的"Last Christmas"就是一个上佳的例子,它大概是过去二十年间创作出来的圣诞歌中最流行的一首,然而它的主题却是借着圣诞的节日氛围去讲述一段逝去的恋情。相比之下,Tom Waits 的"Ruby's Arms"走得更远,它只在歌词上点一次"圣诞节"三字,在音乐上以一小段钟声暗示节日的时间。比起"Last Christmas"还有一个崭新的恋情摆在眼前,它干脆以圣诞节那种强调团圆与情意的气氛为背景,道出一名男子心碎离去孤身上路的清冷。这样的圣诞歌当然是创作《平安夜》的那位难以想象的,可是在圣诞节变成强迫性情人节的这个时代,说不定它更能唱出许多失恋男女的心声。

情歌的幻觉

情歌无疑是流行音乐的大宗，早在 20 世纪的 40 年代，就有学者把当时的美国流行歌曲分成三大类：恋爱中的情歌、受到挫折的情歌以及表达性欲的情歌。可是在那个年头就做出这样的结论，到底是令人吃惊的。因为当年的流行音乐和今天颇有不同，除了情情爱爱，还有许多游子缅怀故乡的温情，士兵想念故国的母亲，城市人感慨传统生活的方式。情歌并非唯一一种吟唱失落情绪的歌曲。

研究流行音乐的专家 Simon Frith 曾把流行音乐定义为一种感伤音乐，原因就是不管个别歌曲的主题是什么，它们几乎都是失落的。亲人的离世，老家的消失，光阴的流逝，当然还有爱情的终止,皆是人所共有的经历与情怀。最重要的是我们都不介意把它唱出来。

划分流行音乐与其他艺术音乐(例如古典与爵士)的最简单判准,就是可唱不可唱,易唱不易唱。可唱易唱的音乐最容易唤起共鸣,你开车的时候、洗澡的时候都能随口哼出那些轻易进耳随便上口的调子。至于卡拉OK,那就更不用说了。Simon Frith 认为这其实也是近代宗教歌曲的特性,在教堂与会所里面既然要求信众齐心诵唱,那些圣诗的难度自然不能太高。

更重要的是这些宗教歌曲的主旋律也是感伤的,歌者祈求上帝抚平自己的苦难与悲伤,或者在困苦之中盼望幸福的来临。这些福音歌曲可以轻易地转化成现代流行音乐——就像 Ray Charles 那样把灵歌变成狂野的情歌,因而遭到物议——只要我们用爱神的方法去爱上一个男人或者女人。这种转移是成功流行曲的必要元素,例如 Eric Clapton 的《天堂之泪》(Tears in Heaven)本来是他写给亡子的悼歌,不知怎的却成了酒廊里的情歌,动情的听众都以为那是送给心中爱人的曲子,还要假装对方已不在人世。

流行音乐是一种集体的情感形式。再讨厌它的高雅听众在热恋或者失意的时候,也会不自觉地沉浸其中,因为它们无处不在,你不用刻意去听,它自然会在商场、餐厅和车子里渗透飘荡,变成了你的声音环境。

曾几何时,流行音乐真是种公众的音乐。大伙们要在酒馆和咖啡厅里聆听,分享属于集体的情怀,比如说战火之中家园的破败,远方田园里独守农庄的年迈双亲。听着这些歌曲的时候,我们参与了集体身份的塑造,因为我们有一样的失落。这也就是为什么一些和游子思乡有关的歌在内地会大行其道的原因了,毕竟中国是世界上流动工人最多的国家。

情歌之所以成为流行音乐的主流,首先是技术的作用。各色复制、储存和播放音乐的设备使得表演者和听众不用并存于同一时空,更使得听众能够分解成一个个原子式的个人。我们再也用不着和其他人挤在一起,只要去唱片行买一张唱片,甚至在电脑上直接下载,然后自己静静细听。

这种技术革命正好发生在社会转型的关键时刻:大家族的崩解,社区邻里的分裂,令人的情感转向收缩,只投射在另一个人身上。爱情成为我们这个时代通俗里最受重视、最被颂扬的情感,不是毫无原因的。

人在孤独之中,特别是夜里,听着歌手以现代录音设备所赐的低吟技巧泣诉（从前唱歌的人使用横膈膜，而非喉咙），你会以为他是你认识的人，正伴和着你的寂寞和思念。重点并不在于世界上是否只剩你俩，也不在于他唱的是不是他自己的真情实感，而在于他和你参与了这个情感形式的游戏，丰富且填满了它。爱情是一种幻觉，情感形式亦然，但它们的效应是真的。

九十五岁的情歌

2001年香港艺术节的重头戏属于古巴哈瓦那的"美丽风景俱乐部"(Buena Vista Social Club),但在他们真的站在台上之前,我们都不能放心自己是否真有这个眼福。因为几年前当我们看到德国大导演维姆·文德斯(Wim Wenders)和美国吉他手库德(Ry Cooder)合作的纪录片《乐满哈瓦那》(*Buena Vista Social Club*)时,这个俱乐部的成员里头已经有好些人年近古稀,如今更不知尚能饭否。特别是孔拜·塞贡多(Compay Segundo),九十岁的老人了,在电影中还弹奏着他自己发明的小七弦吉他,活力充沛地说要玩音乐玩到一百岁。所以当他最后被介绍出场时,全场的观众立刻就爆起一阵热烈的掌声,大家都由衷地发出如释重负的呼喊,慨叹我们何其幸运,能够目睹一个世纪的传奇。

塞贡多和他的伙伴们都是古巴革命前响当当的音乐家,从圣地亚哥等城镇涌到当时的哈瓦那,糅合了西班牙的拉丁吉他,非洲的节奏敲击和美国的早期爵士,创造出古巴音乐的黄金年代。但是随着卡斯特罗上台,老上海一般的哈瓦那立刻变色,纸醉金迷的夜生活消散得无影无踪。名震全国的乐手也就一一被"下放"到各个工作岗位上,做鞋的做鞋,种地的种地,而塞贡多的新任务是做雪茄。好在塞贡多爱雪茄,他口里叼着的雪茄和头上戴的小白草帽,与他手上抱着的吉他已经成为他的形象招牌。

这位老人虽然离开了舞台,离开了录音室,但是他的音乐并没有离开。他的名声和旧作在一卷又一卷翻录的录音带里,照旧传送在下几代年轻人的耳朵和脑海之中。20世纪90年代中期,古巴相对开放起来,到处寻找新刺激的欧美唱片制作人来到哈瓦那,在街上的旧式卡带播放机里听到了他们,震惊得不知如何言语,于是四处搜寻这些音乐的作者。塞贡多就这样被他们在雪茄厂里找出来,加入四十年后重组的"美丽风景俱乐部",拍了电影,录了唱片,仿佛活化石般重新出土。接着登上纽约的卡耐基音乐厅,伦敦、巴黎、东京一站站走下来,展开一群老人的黄昏之旅。只要看过现场就知道他们绝非化石,他们活着而且精彩。

古巴音乐为什么可以在四十年后风靡全球?我想是因为那种声音里的怀旧气味。明明不是我们小时候自己听过的音乐,也不是我们长辈熟悉的乐器和风格,但为什么一听到那些热带海滨懒洋洋的吟唱,铜管吹出的糜烂音色,我们就会感到久违的熟悉呢?听塞贡多那把沉浸了九十年风霜的吉他,和他著名的"第二把嗓子"(也就是男低音),你不难想象库德这些美国唱片制作人第一次发现他时的震撼,如此陌生又如此亲切,就好像突然听到幼时曾伴随自己成长的不知名曲调。更叫人闹不清的是,这些老人家为什么还有这样的技巧,这样的喉咙,在那么多年之后。

再次走进录音室,塞贡多和比他小上整整四十年的奥乔亚(Eliades Ochoa)相会,二人用音乐交谈之余,老人还开玩笑地指导其实也不小的小伙子求爱之道。他说:"当年我可是个顶浪漫的人,没有女孩能够拒绝我。"可欲望并没有变成记忆,他接着又说:"我还要谈恋爱,我想生第六个小孩。"说完大笑,又叼上雪茄哼唱起来。他的歌,照样叫人如痴如醉,似乎真能再诱惑一位年轻健美的哈瓦那女孩。

今年的7月13日,塞贡多终于走了,享年九十五岁。虽没能如他所愿地玩音乐玩到一百岁,但我相信他还在用他那风度翩翩的手势,一顶优雅的小白草帽,和手上的小七弦吉他,迷惑天使。

iPod 怎样分割了世界

当你把一副耳塞塞进耳朵,你和世界的关系就开始变了,不只是把你自己从周遭的环境里抽身而出,同时你还为这个世界注入了另一层不同的意义,使眼前一切呈现出前所未见的色彩。

因为声响本是世界的一部分,我们不只用眼睛去感知环境,更要用耳朵去接收环境给予的刺激。经过建筑地盘,我们不可避免地满耳都是巨大撼人的打桩声;在商店里,我们就要暴露于种种流行的节奏之中;坐地铁,邻座手机里的喁喁细语让我们想躲也躲不开。这些声音全是这些环境的一部分,自然而然地产生,是我们对这些环境的印象的重要来源。

正如你一想起飞机机舱，脑海里就会涌出引擎启动的噪音一样正常。

可是只要用上了随身音乐装置，这些环境的性质就会发生急剧的转变。因为属于它们整体之一的那部分声音被屏蔽了，被抽走了，取而代之的是你自己选取的音乐。且想象一下蒙住眼睛走在路上，什么都看不到，只能听到声音是什么感觉？更准确地说，使用随身听或者 iPod 还不太像蒙眼，反而跟你戴上一副可以播放影像的眼镜差不多。因为它把环境感知的视觉与听觉分割了，一半还是被动地接受外在世界给予的信号与刺激，另一半却是自己主动外加上去的。

所以耳机传来的音乐就像一个抢眼的画框，把世界放进了一个框子里，转化了它的性质，为之赋予一层全新的意义。听一首工业噪音乐曲，你会发现底盘机器就像乐器一样击打出有节奏的旋律；如果是首甜美的圆舞曲，商场的陈设会格外华丽，顾客的走动就像跳舞；假如是支孤独的小号独奏，深夜里的地铁车厢则呈现出一种清冷的寂寞。戴耳机的人都在改变世界，把它变成只属于自己一个人的影像。

音乐的情绪感染力是惊人的，很多人都会随心情选择音乐。比如说失恋，你或许会连续播放一组伤感的情歌，这时无论你走到哪里，眼中所见尽是一片失落；无人的街角固然令人难过，满是节日灯饰与红男绿女的大道又何尝不叫人自怜自惜呢？我们透过音乐把自己的情绪粗暴地加在这个世界之上，演绎出自己的一出戏。

难怪曾经有评论家反对随身听，因为它真是把一个众人共享的领域切割成原子式的私人空间。有多少人用随身听，就有多少种世界。这真是最彻底的个人主义，不只拒绝沟通，还要吞没外在为己所用。

但这还不是我不喜欢随身听装置的理由。我只是觉得，我们既然活在此世，就该完整地接受它。尤其旅行之中，更要完全感受异地的一切，在蒙古草原上能不听风吹草动？在纽约的时代广场能不听嘈杂的人车噪音？剥除了它们的声音，你就等于阉割了它们的一半意义。

然而大势不可挡，音乐与环境的关系一直往个人化的方向走。今天 iPod 一类的 MP3 比起几年前的 MD 或者卡式录音带，更加强调个体的自主选择，不需要太多复杂的翻录过程，大可一首歌一首歌地直接下载。看看今天种种接驳 iPod 的室内扬声系统就知道，过去我们得先有一套音响才有随身听可以翻录歌曲，现在我们则是先有最个人的 iPod 才考虑怎样能够透过喇叭让其他人分享自己的音乐。

对于各种时髦电子小商品，我向来反应迟缓，有什么被人称为"非买不可"的东西出来了，我总是慢上三拍才赶上潮流的尾班车。例如 iPod，人家都在翘首等待快将上市的 iPhone 了，我才在几个月前得到我的第一台 iPod。

我一直不想拥有 iPod 或任何 MP3 等随身音乐装置的理由，就如我当年总是用不惯随身听的原因一样。这个理由和赏乐空间的变化有关，更涉及环境与声音之间的联系。

曾几何时，除了一个懂得玩乐器的人躲在家里自弹自娱之外，我们多是在一个公共场所和其他人一起接触音乐的，那个场合可以是个演奏厅，可以是座教堂寺庙，当然也可以是个庆典或街头聚会。直到复制音乐的技术出现，留声机和收音机渐渐普及，音乐才开始转向私人空间，例如客厅、卧室和书房。时至今日，我们都习惯了在自己住的地方听音乐，去一趟音乐会反而变成了特殊的例外情况。

所以当 20 世纪 80 年代索尼（Sony）发明的随身听开始普及流行之后，有一些学者说这是音乐私人空间向公共领域的挺进，年轻人竟然一反惯例，把应该留在自己床前或桌头的音乐装置大模大样地带进马路和地铁站这一类人来人往的公开场所,将公共空间切割成片段的私人赏乐小世界。

其实只要把时间拉长一点来看,就会发现随身音乐装置,只不过是整段音乐聆听史,一路往私密方向发展的新阶段罢了,在此之前,各种音响设备就早把私人客厅想成常态的音乐欣赏空间,而随身听则使得这个私人空间变得进一步缩小,而且使之流动迁移,无处不在。

也就是说随身听可以让我们只要一戴上耳机,就立刻遁入一个自我的小天地。不管你是身在车水马龙的十字路口,还是冷漠的商业大楼,这一副简便的耳机都能有效地把我们从人群之中抽离出来,与身边的世界保持距离,进入另一种状态。

有意思的是这副耳机甚至成了一种语言,一个标识,只要看见你戴着它,很多人都会知趣地不和你攀谈,晓得你正在静享自己的乐趣。这副耳机代表了"拒绝",拒绝无谓的闲扯和过分热情的社交习惯。难怪当年最早使用随身听的人都被认为是 cool 人,看来是有道理的。有时候,挂一副耳机甚至是种反叛的姿态。我还记得在念中学的时候,有些同学就是用这种方法来宣示自己的存在,比如说一家人兴高采烈地逛街外游,独他一人脸臭臭地听着随身听,一看就知是个正值青春期的反叛少年。

单曲的复归

音乐家创作音乐,本来就是以一首为单位的,无论那首曲子的长短如何。同样地,听歌也是一首一首地听。专辑只不过是唱片公司一种"捆绑销售"的手段,管你喜不喜欢,十多首歌一起卖给你。

有志气的音乐人会想办法利用这种商业限制,把它转化成创作的前提。反正唱片是以专辑的形式来卖,不如就把歌曲的顺序排列得有意义一点,不要半张锣鼓震天闹得房顶穿洞,半张花落有声静得人昏昏欲睡,而是快慢有序,松紧有序,使一张专辑变成一出有节奏有韵律起伏合宜的戏剧。野心再大点,就干脆弄张"概念专辑",依照统一的概念或想法去制作整张唱片的歌曲，使它们呈现完整的面目。例如 Pink Floyd 的经典《月球暗面》(*The Dark Side of the Moon*)，就是概念专辑的完美示范。至于香港，远有泰迪罗宾以太空人为主题的杰作，近有卢巧音探索宗教与存在意义的大胆。

但很可惜，现在的消费者在电脑和互联网找到了从专辑解放出来的自由大道。原来 CD 唱机上随机送播的功能，就已打散了任何专辑唱片的固有秩序。如今大家却可以更方便地回归单曲，自由选择想听的歌，完全不用理会它在某张专辑里的位置，把来源五花八门的不同曲子编进 MP3 上的菜单，随心所欲地创造自己的音乐河流，自己的"概念专辑"。这是聆乐者夺回自主的年代，也是单曲回归的年代。

但是唱片工业仍然没有改弦易辙，没有做好生产流程典范转移的准备，把专辑为主的框框解散成单曲主导的模式，反而以更夸张的方法去做捆绑销售。所以你如今在香港买唱片，买回来的已经不是唱片，而是一张张印着明星肖像的照片、月历，一小叠礼品秀或餐饮优惠卡，甚至一两个公仔玩具。在唱片行里面浏览一圈，恐怕只有香港出的唱片是最难恰当插进标准格式唱片架，它们总是尺寸过大，包装封套形状古怪,勉强地架在上头,象征了它们在整个音乐世界里摇摇欲坠的地位。

在专辑即将消失的时光里,有些唱片公司要用尽方法以音乐以外的东西来维持它传统的生产模式。犹如罗马帝国在其最后岁月,军队士气早就衰落,盾牌上的雕饰却竟然越趋精巧繁复。至于最重要的东西——音乐呢?居然还有那么多的专辑以"新歌加精选"的形式出现,同一首歌更奉上国语、粤语和纯音乐等三个版本,却又不见精彩没有分别。到了这个地步,消费者不买唱片只顾下载,难道不是很理智的做法吗?

专辑年代的终结

在纳斯达克上市时热闹轰动的"中国Google"百度,有段时间不只股价暴跌,而且还被几家大唱片公司联合起诉,说它提供免费音乐的非法链接。香港则有业界行会警告网友切莫以身试法,私自下载有版权保障的任何歌曲。与商界知识产权保卫战这来势汹汹的第一浪相比,则是几款推陈出新的MP3继续卖个热火朝天,席卷大地,恰成对比。你去问一问那些MP3用家,他们是乖乖回家把一张张CD输入电脑再转档存进MP3里,还是上网直接下载?你再问一问他们下载的地方是那些合法付费的网站,还是网友们友情交换档案的俱乐部?

先别讨论知识产权这个概念的得与失,也不要去管网友们的花样是否层出不穷,你兵来我将挡,总之就是拿我没办法。我们只要注意一点,就知道唱片工业界这是在垂死挣扎,做大革命前的最后一搏了。那就是电台DJ、职业乐手,甚至唱片公司的自己人,虽然口中义正词严,但私底下非法下载音乐来听,也都在所多有。连自己人都不一定捧场,口是心非,现在的唱片工业又怎能不是夕阳工业呢?

免费、方便,当然是大家热衷非法下载音乐的理由。但还有一个常被忽略的因素,那就是整个音乐工业消费者消费模式的转变,"专辑"(album)概念的终结。过去大家习惯了听唱片是以专辑为单位的,一张唱片十首歌有好有坏,有喜欢的也有不喜欢的,但迫于无奈都得整张专辑买回来,也至少会由头到尾听一次。唱片公司和音乐人制作唱片,同样是以专辑为基本框架。曲词的编撰,唱片的设计,整体风格和形象的构思,以及包括唱片上市前的巡回演唱会等各种营销手段,无一不是围绕着专辑打转。甚至音乐人、经纪人工作和休息时段的分配,唱片公司年度季度的生产数量规划,也都以专辑为单位界定分配。

中国向来都不流行单曲唱片,但就算在单曲传统源远流长的欧美,也还是以专辑为唱片生产的主导。单曲往往是用来打响名声,促销随后推出的专辑用的。其实只要稍稍回顾音乐史,不难发现专辑从来就不是"自然正常"的音乐创作和欣赏单位,它纯然是20世纪唱片工业的产物,是一种让消费者觉得物有所值,让唱片商成本控制得宜的商业考虑。

音乐不死

我曾经说过专辑已死,单曲的好日子又要归来。有人走得更远,干脆宣布音乐很快就要完蛋了。说这些话的,主要是大型唱片公司的老板、高层和公关,他们眼睁睁地看着唱片的销量不断下滑,却无计可施,于是就把手指向网上的非法下载。其实他们不是像鸵鸟一样把头埋进沙里,装作什么都看不见,就是用双手去阻拦河堤的缺口,再悲哀地目睹水流不断从指缝间渗出。

音乐哪有死亡呢?历史上从未有一刻像今天这样,音乐变得无处不在,我们的周围一片喧闹。从前大家只能在祭典等特定场合使用相应的音乐,如今音乐的功能真是你想有多少就有多少。要是害怕自己像活在电影里一样,每走一步都被配乐包围,何妨跳进泳池,享受水中那与世隔绝的宁静?不幸的是,我得向大家报告,现在有越来越多的泳池也装设了水中喇叭,以轻音乐调谐各位的泳姿!

所以死的不是音乐,它不只活得很好,而且多子多孙,足迹遍全球。真正垂死的是唱片公司。

老牌IT文化杂志《连线》(Wired)的九月号以美国西岸的音乐奇才Beck作封面人物,主题是"音乐的再生",重点介绍了Beck的新计划。那是一张不知算不算专辑的专辑,因为它虽有传统的CD包住了一组已完成的歌曲。但最好玩的地方却在网上,乐迷可以自己把歌曲下载回来任意重组它们的编排结构,甚至直接在网上像玩游戏般地和音乐互动一番。Beck想干的,就是革CD的命,革专辑的命,慢慢跳进音乐解放的洪流里。

这期专题还介绍了音乐行业回应现实的其他动向,大意是说这个行业不变不行了。但是我觉得他们还没看到一个更大的典范转移,仍然固着于音乐是种职业也是种工业的老观点。眼下众声喧哗的网络音乐真正冲击的,就是音乐可以当作职业甚至形成产业的这套老皇历。

只要上网巡一遍,不难发现除了下载既有音乐商品这么没出息的行为之外,还有越来越多的业余玩家免费上传自己的作品,而且质素不差,甚至比部分职业音乐人的水平还要高。这里面不乏有才华而且受过专业训练的能人。他们对音乐的想法也不一定再像上一代那样抱着试听带到处拍门博人赏识,然后梦想一鸣惊人发大财。他们要的,可能就是自娱,如果多人喜欢那就更妙。互联网取代了大公司的传统发行网络,让一个摩洛哥的音乐发烧友足不出户就能接触到香港的乐迷。

对唱片业来说,最大的噩梦是新一代乐迷也越来越习惯免费获得音乐,加上那批不计金钱只为过瘾的创作人,双方再也不是一手交钱一手交货的关系了。职业音乐因此更显危机重重。难怪全球最大的唱片公司要宣布免费让网民下载自己的音乐档案,它就是看到了此风不可止。

那么它怎样赚钱呢?方法就是要乐迷在网站上看客户赞助的广告,一边等着歌曲下载一边接受广告的洗礼。只是如此一来,整个工业的逻辑就变了。过去是唱片公司在媒体上打广告推自己的产品,现在则是音乐产品本身变成一种让人卖广告的媒体。可以想见,这个网站将是许多杂志和电台的竞争对手,因为大家的广告客路很接近。这是不是音乐工业的出路,还有待观察。但音乐的前途倒是一片宽广。

主人的声音?

老牌唱片公司 RCA Victor 有一张非常著名的宣传画,画里是一只小狗正在低头倾听一部老式留声机的喇叭传出来的声音,这幅广告的标题是"他主人的声音"。小狗听到了他主人的声音,但主人却明明不在现场,更不可能变成了那部古怪的机器。那么主人在哪里呢?这样貌奇特的东西又怎么会像主人一样说话或者唱歌呢?

这大概是现代音乐工业史上最成功的一个广告了,甚至一度成为整个唱片业的象征。它用可爱小狗的疑惑点出了唱片的奇妙,也就是留声。人类史上第一次有这种非凡的技术,可以准确记录任何东西发出的声音,再带到另一个时空将它传真地放送出来。面对这种现代技术的伟大发明,天真无知的小狗又怎能不疑惑,怎能不惊讶呢?

同样的疑惑,也曾出现在20世纪30年代的新几内亚,当时有人拍下了一个小男孩第一次遭遇留声机的场面,那个小男孩露出的表情要比小狗夸张多了,他完全不能理解这到底是怎么回事。更早的时候,还有人拍过北美的因纽特人不知就里地把一张唱片放进嘴巴里嚼的可爱场面。

这一类例子,我们几乎能够无穷无尽地列举下去。因为电影才发明了没多久,西方人就到处扛着摄影机,远征异国,上山下海,用他们得到的新玩具去把"剩余的世界"(rest of the world)制成影像,好让自己的老乡开开眼界。有趣的是,唱片留声机与电影摄影机,一个复制声音,一个复制影像,它们几乎是同时在20世纪的头三十年里崛起和流行的。所以今天才保存了那么多的纪录片,里面全是少数民族或者第三世界的落后百姓初次遭遇唱片和留声机的错愕和困惑。因为那些拍片的人不只带了镜头,还带了留声机。

为什么那批早期的电影工作者、探险家和人类学家要乐此不疲地描绘这种题材?为什么当年的欧美观众又这么喜欢观赏和讨论第三世界人民碰到现代复制技术时的情形呢?从前的学者会用比较文化的角度说这是为了了解不同民族的世界观。例如更早的摄影术，分明是现代科技的产物，但很多人硬是将它当作魔法和妖术。当时有些中国人就很怕照相，觉得这是"摄魂术"，拍了自己样子的同时也就夺走了七魂六魄的其中一魄。也就是说，大部分人都觉得洋鬼子发明的影音复制技术是种令人畏惧的魔法，而西方的学者就可循此了解其他文化里头魔法的意义，以及它和西方文明的分别了。

但是对大多数欧美观众来讲，这种场面好看就好看在它拍出了落后地区的可爱甚至可笑，那些印第安人和中国人就像小狗一样天真，他们竟然以为高度文明的结晶是种超自然的妖法。这类场面充分证明了白人果然是世界的主人，有责任把文明推向全世界，让大家都听到主人的声音。

美丽岛

去年一群来自华文世界不同地区的媒体人到龙应台教授的家里闭门座谈,他们谈着艰苦的过去,说起微弱但存在的希望;虽然马来西亚和中国台湾的情况不尽相同,香港与广州的局限难以比较,但大家还是能够感到很特别的共同感:未来,不是不可改变的。

晚饭以后,龙教授为大家放一张唱片,台湾来的朋友一听,脸上就泛起一种奇异的光芒。来自其他地方的行家尽管见多识广,尽管也能欣赏那些歌曲纯朴的力量,欣赏歌者历尽沧桑仍不失悠扬与亮度的歌喉,但是他们并不明白这些歌对台湾人的意义。直到龙应台介绍:这首歌就是《美丽岛》,

大家才醒悟过来:"原来这就是《美丽岛》"。

对台湾政治稍有认识的人都知道,"美丽岛事件"是台湾历史的里程碑,知道《美丽岛》杂志集结了当年台湾党外运动的精英,知道黄信介、施明德、张俊雄、吕秀莲等"美丽岛"中人后来是民进党的创办者,更知道陈水扁当年就是为这批"叛乱犯"辩护的最年轻律师。但是《美丽岛》最初并不是一本杂志,也不是一场政治反对运动的名称,而是一首歌。

整个台湾音乐工业的源头就是20世纪70年代中期开展的"校园民歌运动"。那时候的台湾和香港一样,许多青年学子跟上了风靡一时的欧美嬉皮运动,喜欢歌颂爱与和平、自由和青春的民歌。温和一点的喜欢John Denver,激进一点的就沉迷鲍勃·迪伦和Joan Baez。因为民歌的器材太简便了,只要一把吉他加上一支口琴,你就可以带着它到处走。所以很多黄皮肤黑眼珠的年轻人也学起英文演唱的民歌,甚至登上酒吧的舞台演唱。后来成为台湾流行音乐骨干的李宗盛和罗大佑都是这股民歌潮流的学生和参与者。

1976年,有一个叫做李双泽的年轻人在台北淡江文理学院的"民族演唱会"里,突然上台砸烂了一瓶可口可乐,然后质问在场的学生:"为什么喝美国饮料唱美国歌?为什么不唱自己的歌?"跟着他当场抱起吉他,唱了几首时髦洋化的青年们既不屑也不理解的台湾乡谣。

自此之后,"唱自己的歌"成为一股风潮。李双泽和他的好朋友胡德夫、杨祖珺不只翻唱土味十足的乡谣,还开始写自己的音乐自己的歌词。

1977年,才二十八岁的李双泽在台北淡水为了拯救一个美国人而意外溺毙。胡德夫和杨祖珺在丧礼的前一天才发现好友原来还留下了写在纸上的九首歌。其中一首就是《美丽岛》:"我们摇篮的美丽岛,是母亲温暖的怀抱。骄傲的祖先们正视着,正视着我们的脚步。他们一再重复地叮咛,筚路蓝缕,以启山林。婆娑无边的太平洋,怀抱着自由的土地。温暖的阳光照耀着,照耀着高山和原野。我们这里有勇敢的人民,筚路蓝缕,以启山林,我们这里有无穷的生命,水牛、稻米、香蕉、玉兰花。"

来自山地卑南族的胡德夫本身也是传奇,他唱了许多歌颂原住民文化和悲怜他们被压迫的歌曲,改变无数汉人自以为是的心态。他为李双泽这首遗作加了最后一段:"我们的名字叫做美丽,在汪洋中最瑰丽的珍珠,Formosa、美丽、

Formosa。"像是要和好友隔着生死应答一样,没错,他们要唱自己的歌,唱出这小岛的美丽。

我们可以把"唱自己的歌"这场运动的参与者分成两种人:一种乖,一种不乖。乖的就像李宗盛那样,谱写清纯无害的情歌,然后唱片出了一张又一张,房子也越搬越大。不乖的就像胡德夫这样,从一个舞台跑到另一个舞台,从一个乡村走到另一个乡村,在党外集会上唱着人民的歌;然后一半出于自愿,一半出于政治压力,三十年间一张唱片都出不了。

可是《美丽岛》这首被台湾当局禁掉的歌却越来越有生命力,成了整代台湾青年的圣歌,鼓动他们的心。诡异的是,李双泽另一首《少年中国》也被禁了,理由却是"向往中国"。《美丽岛》杂志的创办,还是这首歌在党外圈子流行之后的事。

2007年,胡德夫终于出了他第一张专辑唱片《匆匆》。同时还在台湾搞了一场小型演唱会。这真是一个非常怪异的演唱会,观众里有民进党政府的高层,有如今已身为商界巨子的富豪,有始终带领工会的社运领袖,有文化学术界的领袖人物,还有几个早被人遗忘的政治犯。历尽沧桑的胡德夫在台上弹钢琴，底下立场不同甚至对立的人群一起欢呼打拍子，他们仿佛回到了那个充满激情的理想年代。那时代，大家都相信未来是可以改变的。

唱到《美丽岛》的时候，舞台一侧打出了李双泽的黑白照片，永远年轻的他正抱住吉他对着观众微笑，而他的至交此时早已一头白发。台下爆起一阵欢呼和掌声。"我们这里有勇敢的人民，筚路蓝缕，以启山林。"

到了 2008 年，施明德在凯达格兰大道上发起"倒扁运动"，那一晚演唱会上的观众，有的站在台上高叫口号，有的正在对面的政府办公室里办公。广场上的喇叭则一遍遍播着《美丽岛》。胡德夫现身了，教大家唱这首曾经唱垮了一个政权的歌。倒扁总部宣布：这是整个运动的主题曲。

一座城市的主题曲

我第一次去纽约,飞机还没降落,脑子里就自动响起了一首首曲子,比如说格什温的《蓝色狂想曲》,响亮华丽甚至还有甜甜的俗美气味,多么的纽约。然后,夜里效仿所有第一回拜访纽约的游客,去时代广场闲逛,看满街不停闪动的广告牌,夸耀资本的胜利,嘴里又不由自主地哼出《纽约,纽约》(New York, New York)的名句:"我要在一个不睡觉的城市醒来……我那小镇的忧郁蓝调一扫而空。"(I want to wake up in a city that doesn't sleep … My little town blues are melting away.)

当然,我来自香港,香港也不算什么小镇了,但很对不起,香港有属于她的主题曲吗?罗大佑的《东方之珠》?拜托,那简直是罗大佑的耻辱印记,只能证明再好的音乐家也会有失手的时候。许冠文、许冠杰的《铁塔凌云》当然好,但放在《纽约,纽约》那高亢的旋律和伴着它跳起的一排女子大腿跟前,也的确是首来自小镇的旧调。黄霑与顾嘉辉的《狮子山下》是近年复活的香港精神进行曲,却嫌太过忆苦思甜,很有第三世界发展中地区苦尽甘来的享清福的小康味,哪像《纽约,纽约》那不知羞耻地全面唱好,无瑕地繁华。

一座伟大的城市起码应该有一首配得上它的主题曲。这种曲子不只要非常正面地把一个资本主义旧社会的腐朽美化成醉生梦死的天堂,还得为它定调,例如不睡觉的纽约。仔细想想,这些以城市为主题的歌曲,原来大部分都是20世纪三四十年代的产物,正是又摇又摆(swing)的大乐队爵士(big band Jazz)风行一时的年头。所以那个时代很兴旺的都会大都拥有这类糜烂的主题歌留传今日,见证它们的风华非自今日始,而是早有丰厚家底挥霍不尽的富家子。巴黎、柏林、芝加哥都是这种城市,上海也因为一首《夜上海》可以名列其中,成为中国唯一有主题曲的都市。

爵士虽然始源于棉花地里的旧调,但孕育它让它爆发的还是新奥尔良、芝加哥、纽约、旧金山、堪萨斯城等地的歌厅夜总会。所以在爵士乐最流行最大众化的年代,产生讴歌20世纪资本主义节点的这类歌曲,一点也不奇怪。所以这些歌曲的主题老是绕着不息的灯火转。

例外的反而是《纽约,纽约》,满溢那个美好年华的风情,它却生在1977年。约翰·坎德尔(John Kander)和佛雷德·埃布(Fred Ebb)应几乎一辈子都在拍纽约的导演马丁·斯科塞斯(Martin Scorsese)之请,为他的电影《纽约,纽约》写首歌。他们写好初稿,有份参演这戏的罗伯特·德·尼罗(Robert De Niro)还不满意,叫他们回去重写,惹得两位作者很生气:"他以为他是谁?不就是个演员!还敢教我们怎么作曲填词。"没想到直至今日,看过电影的人少,曲子竟成了新经典,虽新但经典。

什么歌才配作一座城市的主题歌?必须还要市民自己都认同。纽约人最引以为傲的球队,美国职业棒球联盟球霸洋基队(Yankee),每回在自家主场的赛事结束之后,都会播放《纽约,纽约》这首歌,欢送数万纽约球迷离场。这就叫自己人的认同了。只是这首歌有两个版本,洋基输了球放的是原唱者Liza Minnelli的版本;要是赢了,就是我们大家都很熟悉的Frank Sinatra那个辉煌灿烂的重唱本。

怀念钟

我从来不知道香港人可以如此多情。在中环老天星码头停用的那一夜,有成千上万的市民站在码头边上。待得运作了四十八年的钟楼响过最后一遍报时声,很多人对着它举起了手,轻轻挥动。我还听见电视里传来的声音,他们竟然对着这座建筑说"拜拜"。一座建筑,本应没有生命,不懂得应答,但是在这一刻,却是活的。至少对那些专程赶来挥手道别的老百姓来说,这座钟楼是个活物。

许多人缅怀中环的天星码头,是因为这座建筑是可见可触的实体。不过到底有人注意到了,它还是一座会发声的建筑。第二天政府一手策划的新码头开张了,也有钟楼,只不过里头的钟是电子钟。有市民接受记者的采访,评论新钟楼的"声音不好听,很死板,没有老机械钟敲动时的余韵"。

我喜欢钟的声音。钟响的时候,仿佛可以在空气中忽然开启另一面空间。它不暴烈,只是在天空里开一条缝,然后缓缓地震动,另一个世界就在这和缓的震动之中渐渐敞现,让听者从此也发现彼世的存在。难怪那么多的宗教音乐都喜欢使用钟,它的声音就像一个启示,告诉我们神圣世界的存在。传统欧洲教堂的钟就不用说了,印尼甘美兰(Gamelan)音乐里那种如铜钹的钟也有类似的美妙效果。古代中国的编钟就算不是用在纯宗教性质的场合,也能营造出王家仪典那非同凡俗的庄严圣境。而在这个众神退隐、宗教色淡的年代里,像梅西安或更晚近的帕特这些伟大的现代作曲家,也喜欢为钟谱写赞歌,甚至模仿它的发言模式,以营造崇高灵性的氛围。

然而,钟又不单单是一种乐器,它还是一具发布信号的大型装置。不论中外,钟都因为它的浑厚、绵长与远古的声响,而被人类用作报时的器具。就像老天星码头的这座钟楼,虽然能够发出乐声,但基本上它是个时"钟"。

说到时钟的声音,老天星码头这座钟楼敲出来的乐音大概是世界上最耳熟能详的一首曲子,那就是著名的《西敏寺钟声》(Westminster Quarters 或 Westminster Chimes)。它的旋律简单极了,来来去去就是 G、C、D、E 四个音的置换,无人不知,也无人哼不出来。但是关于它的作者,却有不同的说法。比较光辉的一种,是说它乃亨德尔不朽名作《弥赛亚》其中一段的改写和变奏。至于这首小曲之所以叫做《西敏寺钟声》,是因为最早使用它的正是英国国会所在地——西敏寺宫的那座"大笨钟"(Big Ben)。

很多人大概不知道《西敏寺钟声》是可以配词的,传统上还流传了好几个版本呢。例如其中最著名的一个是这样的:噢!主啊,我们的神/你是我们的向导/有你扶助/没有人会失足(O Lord our God / Be Thou our guide / That by Thy help / No foot may slide)。其他几种配词也是如此,充满了宗教意味。钟声,本来就是沟通人神的声音桥梁。

我们可以想象一下 19 世纪前的欧洲城镇,那是一个还没有飞机、汽车以及蒸汽发动机的时代,因此也没有太多的噪音,于是全城最响亮的声音就是钟声了。而这种钟声一定来自教堂,教堂又一定处在市镇的中心,所以钟声是整个城市的中心声音。当时有不少城市就因为钟体庞大,钟声洪亮,被人冠上"会说话的城市"或"会唱歌的城市"的美称。

教堂的钟楼不只是全城地理上的中心,全城最高的建筑物,它还是整个城市日常生活的总指挥与宗信信仰的轴心。市民们起居作息的时间要靠钟声规范调节。什么时候做早课,什么时候进教堂礼拜,更是要靠钟声的召唤。在那个没有手表的年代,时间因教堂的大钟而神圣,属于神的时间与俗世的时间是分不开的,敲钟通报大家早祷的时间往往也是该准备一天工作的时候了。钟楼与钟声,统一了整个市镇居民的生活节奏、生命目标,是宗教信仰中心位置的象征。

法国史学家阿兰·科尔班(Alain Corbin)在《大地的钟声》这本书里曾经详尽分析19世纪法国乡村频繁发生的"夺钟事件"。话说当时新成立的共和国急于推翻教会的权威,想要建立一个彻底世俗化的理性世界,所以派人到各个城镇拆卸教堂的大钟。他们太清楚钟的威力了。可是这个急躁的举动却引起了巨大的反抗,抗命的不是教堂里的神父,而是地方上的平民百姓。

不是那些百姓特别敬神,存心要和无神论的革命派作对,而是他们在情感上不能接受没有钟声的日子。不少地标性的建筑和自然地貌都会成为人民集体记忆的储存库。如果说有哪一种声音也能成为集体情感与历史回忆所系的象征，那一定就是钟声了。还有哪一种声音像钟声这样，能同时让那么多人共同听到，又毫不间断地规律作响，潜伏在我们日常生活的背景之中呢？

21世纪的香港不是一个基督信仰社会，更不是一个清静得只能听到一种声音的地方。但是就在中环天星码头这么一个车水马龙、人声鼎沸的闹区，香港人都听过那响了四十八年、风雨无阻、沉实和缓的钟声。就像雨果描绘的巴黎圣母院大钟一样，钟声最是怀古，因为它让我们不用离开现实就能沉入历史。

那个时代早已结束

说起黄霑,这个土生土长的香港创作人,我总是联想起战后来港的那一批南来文人。这些人底子厚,见识高,到了香港只觉这是蛮荒无文之地,没有人欣赏他们的才华,而他们肚子里的书袋也不能给他们挣得一点体面的生活。他们住在窄小阴暗的房间里,各自谋算生路。有的就到了报馆,不少更执笔写起俗气的小说杂文。那个年头,武侠小说是普罗大众的消遣,上不了台面,更何况色情故事。偏偏这才是市场真正需要的东西,无可奈何,自视再高的文人也得卷起衣袖弄点离奇香艳惊心动魄的小方块,天天生产。

很多道学家批今天的报纸俗,他们一定太年轻,没见过当年的报纸,那可真是要多黄有多黄。"案中好多景轰,妇报下体流血,因遭撩阴腿搞鬼。"这是当年某大报港闻版的标题,已经这么出位,副刊如何可想而知。文化人下海招生意,那种又自傲又自怜的难堪心情,我们隔了几代依然体会得到。但中国文字训练的功底到底还是进了他们的血液,洗不清放不掉,所以即使在写咸湿黄飞鸿盘肠大战十三姨的时候,他们偶尔也会不小心地漏出一句柳永秦观。

黄霑的中文很好,了解古典文学,这是今天娱乐圈传媒界的共识,他也常在专栏里提到他的老师饶宗颐。他最畅销的书叫做《不文集》(一本20世纪80年代最红火的色情笑话集)。据说闲暇的时候,他喜欢读古人笔记,但他常常训斥读书人是远离大众、孤芳自赏的酸秀才。和上一辈的南来文人一样,他的创作为香港的普及文化打下了基础,成为香港人集体经验中不可抹灭的一部分。但和老人们不同,他写黄色笑话写得全无愧色。他对自己的笔有信心有傲气,大众的掌声他也照单全收。黄霑从不说自己是君子,他倒很乐意承认自己是"真咸湿"。黄霑的歌词广告固然影响极大,但他的人格形象更加是香港普及文化创作人的模型。另一个已故填词人林振强的名句"不扮高深,只求传真",我觉得用来形容黄霑要比形容《壹周刊》贴切。宁为真小人,不做假道学,黄霑整个人既表达也模塑出了香港人的这种价值观。所谓"鬼才",就是以同样的功夫才华,可以写歌讽刺高官,也可以口若悬河地捧起大家都不喜欢的高宝,而大家都一样接受,因为我们都很像他。

只是再怎么不求高深,他当年脍炙人口的作品如"万水千山纵横,岂惧风急雨翻;豪气吞吐风雷,饮下霜杯雪盏",今天拿给小伙子看,他们也以为是古诗十九首了。你爱大众,大众却不一定永远爱你,在大众文化中打滚一生的黄霑当然明白。所以,早在黄霑去世之前,他的时代就已经结束了。

华丽演出的落幕

我以为在后台可以窥看一场华丽演出是怎样被搭造起来的,其实不能。

香港商业电台在 2003 年 9 月 10 日举办了一场纪念演唱会,叫做"继续张国荣"。台上有张国荣生前好友忆述死者生平的录影片段,有一众歌手唱他的名曲,当然还有张国荣自己的影像和声音。这天晚上是中秋前夜,月色皎洁,众星失色。天空下的会场里有数不清的明星,但我们知道真正的明星只有一个。张国荣举手投足的风采现在虽都只剩下一道平面的影像,在这道平面之前鲜活立体的林忆莲、梅艳芳、黄耀明、陈奕迅和张学友等唱着人家的歌,压抑心底情绪之余，大概都不知道在观众的心里只有张国荣是立体的，他的存在如此巨大，充盈全场。或许这就是"纪念"二字的真义，被纪念者虽已消逝，但却透过纪念他的人显得无处不在。

我不忍这种场面，于是走到后台看看。有两台平面电视即时转播前场台上景象，有工作人员进进出出，此外看不出什么门道。我想起张国荣这一生，唱过这么多歌，演过这么多角色，尽皆美好，如镜花水月，不可捉摸，无法度量。就像在他最当红的时代，他的容貌和歌声到处都是，仿佛是我那一代人的背景。但要我们回想起来描述谁是张国荣，却总是不知从何说起。张国荣是一个努力地把自己造成一场华丽演出的人，但演出的背后，却非我等外人可以得知。

据说张国荣是一个凡事追求完美的人，不放过任何一个细节。一段反复编排得分毫不差的舞步，到了他那里还是可以做出其实没人可以看得清的精细调整。只是此乃一个完美意义逐渐沦丧的年代，大家起先放弃不会被人发现的细节，渐渐连最明显的东西也都失守。从事演艺歌唱的开始纵容自己场场走音，负责制定政策的开始把三年的咨询期缩短为三个月，做调查研究的开始放弃小数点后的数字。香港正在一步步地失落，可是香港实在没有不理会细节的本钱，这本身是一荒凉石岛，先天失调唯有靠后天补足。没有完美是天生的，它总是在各种因素的巧合相遇下才有出现的机会，然后要靠对完美的执著追求去精雕细琢。正如张国荣，他天生的音域不宽广，只好在有限的本钱上不断琢磨。

我在后台对着一大块绯红的布幕，也能看到前场观众正在欣赏的投影，就像露天的电影放映，虽然大家看到的是相反的影像，幕的前后还是坐满了人。可是由于这块幕既厚且红，所以我看到的就只是一片模糊的红光。难道我们永远只能看见演出者想让我们看见的？当你想揭穿它的本相，就只会碰上更多的朦胧与神秘，华丽演出背后的不可思议。

没有任何一场演出永不落幕，香港也不例外。张国荣死的时候正是香港最艰难的时刻，SARS 蔓延，经济复苏无期，社会动荡不安。张的离开，成为一个时代结束的象征。他人生最辉煌的阶段，也是香港这场盛大演出的高潮。他离去之后，故事开始传诵。香港这几年来，也同样成为不少历史和小说的主角。

一个时代的结束是一段传说的开始。

赈灾音乐为什么不是好音乐?

我不喜欢特别为赈灾创作录制的歌曲,也不喜欢那种群星汇聚的赈灾义演音乐会。我不喜欢赈灾歌曲的理由很简单,因为从音乐上讲,它们多半不是什么好东西。假如词曲皆为原创,那叫做急就章,为文造情。

更常见的情况则是找一首现成的曲子,外国本地皆可,然后在半日的时间内填上新词,而新填上的词总是什么"手牵手"、"心连心"、"血浓于水"之类的滥调,毫不感人。

至于群星义演,更是惨不忍睹。在一片愁云惨雾之中,许多出过多张畅销唱片的红星这时竟给人不知该唱什么才好的感觉。于是历年来华文世界的赈灾音乐会就有了一套小小的曲目传统，除了在自己的歌里挑一首可堪听众挪用代入的金曲之外，大家就要在这个传统里寻觅切合时机的老歌了。

相比之下，当年新奥尔良风灾过后，美国也有多位流行乐人跑到当地举办了一场音乐会，效果却好得太多。不是外国的月亮比较圆，更不是崇洋媚外，而是两地流行音乐的传统太不一样了。

老实说，那帮美国歌手也不大可能在一时三刻间赶出专为新奥尔良灾民而唱的新歌，但他们自己的老歌里就已经有足够的选择了，或许是哀怜生命中的无常不测，或许是颂扬民间草根的力量，甚或是对不公不义的愤怒谴责。于是时候一到，即使老歌，也能大派用场，振奋人心。

我丝毫没有藐视华文世界流行乐坛（尤其香港）的意思，对于歌手艺人们的善心义举更是非常佩服。我只是特别可以感受得到他们在这一刻的无奈与无力。大灾当前，身为一个流行歌手到底可以做些什么呢？同样地，身为一个孤单的写字人，我也难免在最近这半月里觉得自己很没出息，既没有拯救人命的专业能力，也没有可供调动的网络组织。至于捐钱，就算倾囊而出也不够人家一个零头。反而艺人们还能举办义演义唱，不是吗？

但是回头一想，我们不能救灾，可我们难道不能帮助社会在面对灾难时有更健康更良好的心态吗？难道不能在灾后协助心理上的康复，甚至提出关于防震重建的种种建言吗？在这个意义上，灾难岂不正是对我辈写作人的严峻检查？同样地，灾难也对流行音乐人提出了一个非常严肃的问题，你们平常在做什么？你们的歌曲以什么方式参与进了社会里面呢？临时编写的救灾歌曲之所以总是事过境迁，被人遗忘，没法成为一般情歌那样的金曲，是不是因为我们现有的流行歌曲欠缺了相关的表现力，乃至于在这刻赶制出来的东西无论曲词都有陈滥之感？

Bono、鲍勃·迪伦和 Rage Against the Machine 之所以被视为有社会责任而且还实际产生过社会影响的音乐人，不是他们义演的次数比谁都多，而是因为他们平常创作的歌曲里就有草根的忧伤，对公正缺失的愤怒，以及一份超出流行情歌的悲悯。

音乐的社会声音

在我们这个世代,音乐纯然是一种商品,不许翻制(尽管我们大部分人都不理这规矩)。我们合法享受音乐的途径主要有二:一是听唱片,二是参加音乐会。在这两种情况下,我们都是被动的消费者,不管你是坐着听、站着听,还是躺着听。于是当我拿到一张香港独立乐队"SM 混音"的首张唱片,看它封底印着"版权公有,欢迎广传"字样的时候,就感到一种久违的快意。十几年前,当我年纪还小,第一次听当年香港最重要的独立乐队"黑鸟",他们出的录音带就一定印有类似的字句。那是我首次知道,这个世界上还有这么一批人,付出了智慧与才能,却认为这种智慧与才能并不属于他们自己,而是属于人类。

无论哪个民族哪个文化,音乐都是一种共有的现象,任何一个社会都不会没有音乐。但是话说回来,音乐在各个文化里的意义还是不同的。古代儒家与修身礼教相关的"乐",跟现在流行的商品化了的"音乐",就是很不一样的两个范畴,只是在现代全球化的文化—商业体制底下,那种"乐"已经是一种书上才读得到的死音乐了。你可以复制编钟,甚至用它奏出声音,可你到底只能坐在音响前面聆听你买回来的编钟唱片;而那伴随着编钟的时代,那套繁复的礼节仪式,那一整套文化观念,都已逝去久远。

不过这个世界上还有Ngoma的传统,这是东非地区对音乐的称呼。同是音乐,但它的意义却与我们熟知的大有不同。这个字还有社会活动、聚会和庆祝的意思,它不是一种用来听的音乐,而是用来促成社会凝结催化社群活力的运动。东非一带的难民营虽然总被媒体呈现为满目疮痍的景象,但难民也是人,他们也会有自己的欢乐时光。例如Ngoma,那是一种在铁皮搭盖的大棚底下举行的音乐聚会,乐手轮番上台弹奏音乐,台下也没有不会哼唱不会击掌的观众,大伙你回我应,敲出的是难民营里的痛快和愤怒。他们也喝啤酒,是用援助粮食自酿出来的。肚子会饿，但音乐与酒同样不可缺少。

听"SM混音"，我就会想起东非难民营里的Ngoma。他们唱歌的技巧不怎么样，歌喉往往有点勉强；录音粗糙，乐器弹奏的技术沙石不少。但那又怎么样？这原来就不是你买回来坐在沙发上听的音乐。他们是一队走进社群的运动家，和争取居留权的朋友站在一起，向着被拆迁的寮屋居民演奏自己的作品。你听，"我大大声，唔代表我无礼貌，我好声好气同你讲，你就硬系唔听……今天我们不屈服，继续上路，不怕路漫长"，这样的歌不该只是放在唱盘里的，而是要在街头聚会里振奋大家的。和Ngoma一样，这是社会的声音，所以"版权公有，欢迎广传"。

瓦格纳的诱惑:权力阴影下的艺术与政治[*]

一

我打算跟大家讲艺术跟政治的关系,但这是很大的题目,基本上可以写成好几本书,开课的话,连续一学年都讲不完,所以我选择其中一个比较复杂的个案,就是德国19世纪非常著名的音乐家瓦格纳。

瓦格纳所有的音乐,要好好演奏的话几乎都需要两小时。他称自己的作品为"乐剧",有点像歌剧,但是他坚持认为

---

* 本文据2014年1月4日大庆油田图书馆与2014年1月11日广州时代会议中心沙龙演讲实录整理。

跟一般的歌剧不一样。以歌剧的尺度、角度来讲，他的作品非常夸张，因为他的作品常常起码三四个钟头才演得完。尤为厉害的就是《尼伯龙根的指环》——这几年也来中国演出过好几次——这个剧要好好演的话，一般剧场安排是三四天，加起来十五六个小时，要在几天里分头去看，才能把它完整地看完。我这里给大家介绍的是他另外一部乐剧的序曲，没有人唱歌，只有交响乐团。这个序曲来自一部叫做《纽伦堡的名歌手》的乐剧，这是他唯一一部有喜剧色彩的作品。

值得注意的是，这段序曲在首演很多年之后，还曾被拿来用作一个很特别的场合的背景音乐。1934年，德国的纳粹取得政权，他们迅速废弃了原有的魏玛共和国宪法，然后举行群众大集会，这个群众大集会就在纽伦堡。纽伦堡是德国的历史名城，在中世纪的时候以自由、开放、改革著称，被认为是德国文艺复兴晚期一座引领性的、地标性的城市，是文化首都，当时很多德国的自由心灵都聚集到那里去。纳粹就选择在那里集会，做了一个非常恢弘壮阔的广场，可能是当时世界上最大的广场，可以容纳很多人。在那场集会里面，纳粹出动的部队总共十几万人，聚集了全德国和奥地利来的大概七十万老百姓。而那天的集会也有各行各业的工会——

德国保留了欧洲中世纪的习惯，比如说石匠有石匠行会，烤面包师傅有面包师傅行会，音乐家有音乐行会，每个行会都有自己的历史，有自己的传统，有自己独特的旗帜和徽章——大家举起自己的行会旗帜，有些人直接举起纳粹的标语标旗，然后在广场上游行。

整个集会的高潮是傍晚日落之后，沿着整个会场打起了接近一千盏非常巨大的聚光灯，直射天空，整个场地被一圈光包围起来。然后这些聚光一起缓缓地下降，打到主席台上——台上当然就有德国法西斯非常著名的鹰，雄鹰展翅的雕塑和它的旗帜——这时候台上缓缓出现一个人，他之前在十几万非常整齐的方队中间阅兵，然后走过去登上台。这个人就是希特勒。这时候几百盏聚光灯遥遥打在他的身上，他就在台上站起来。那一刻，在场群众听见的就是《纽伦堡的名歌手》的序曲。

希特勒是瓦格纳的乐迷，而在瓦格纳所有作品之中，他最喜欢的就是《纽伦堡的名歌手》。他能把整个乐剧，四小时的乐剧，整首用口哨吹完。据说他平常在家里面请客人吃饭，朋友们聊天，余兴节目就是吃完饭之后大家坐下来，他吹一段给大家听。现在想象一下当时的那个场面，然后你们就会听到这部乐剧的序曲。九分多钟后,希特勒出现在台上的时候,台下的人还没听到他说话,就非常激动,开始喊叫"我的首领"、"我的元首"。

这个激动来自什么地方?瓦格纳音乐的魅力在什么地方?也许很多人不习惯听古典音乐,但是对于听古典音乐的人来讲,瓦格纳的东西跟别人很不一样。大家都说他是一个天才,但用不伦不类的比喻来讲,这个天才有点像水果里的榴莲:喜欢的人说榴莲是水果之王,讨厌它的人就说它臭得要命吃不下去,闻着都受不了。当然很少人会说瓦格纳的音乐臭得要命受不了,但是喜欢他的人就会觉得他就是人类有史以来最伟大的音乐家,没有之一。大家崇拜他,崇拜到英语世界或者各种欧洲语言出现很多关于瓦格纳的专有名词,比如说"瓦格纳指挥家"(Wagner conductor),这个专有名词指的是一种指挥家,他最擅长指挥瓦格纳的乐剧。有一种人叫做"瓦格纳乐迷"、"瓦粉"(Wagnerian),但是我们很少听说巴赫的乐迷叫做什么专有名词,比如"巴粉",没有的。喜欢瓦格纳的人会完全沉迷进去,就像希特勒那样。而希特勒喜欢瓦格纳喜欢到什么地步呢,全国各地广播电台每天都要播瓦格纳的东西,直到1945年希特勒在他的柏林地堡自杀死了之后，当时他们还有电台，电台广播的时候就告诉各位德国国民，"我们亲爱的元首已经壮烈牺牲了"，背景播放的音乐是瓦格纳《诸神的黄昏》其中一段。

而瓦格纳的音乐不止是让希特勒非常神往，不止是希特勒或纳粹利用了瓦格纳的音乐这么简单。我们都知道瓦格纳的音乐很迷人，但是另一方面，就像很多古往今来的大艺术家一样，很多人说瓦格纳人品有问题。他人品的确很有问题，他风流成性，他搞朋友的老婆，搞他的赞助人的老婆，但是永远不后悔、不拒绝，而且他觉得这都是那些女人、甚至那些女人的老公的荣幸。他生活奢华又到处欠债，欠到让债主找上门，后来有段时间东躲西藏。他非常小气，嫉妒同行，比如跟他同时期有一个很伟大的音乐家门德尔松——大家都听过他的《婚礼进行曲》——门德尔松有一阵子风头比他大得多，他就到处写东西恶意中伤门德尔松，排拒自己的同行。这个人绝对不是个好人，我们可以肯定。

而更重要的问题在于，他写过一连串的文章，其中有一篇直到今天都还恶名昭彰，叫做《音乐中的犹太性》。他在文章里面表达出一种最可怕的所谓的反犹主义，他甚至形容犹太人说话，就算他们在欧洲住了两千年，就算在德国土生土长好几代的德国犹太人,都能听出他们那种带着犹太口音的德文,"没办法恰当地表达出人类的情感"。这句话说得比较绕,但是在当时讲出来是很粗鄙的,用今天的话说就是,犹太人说的不是人话,是鸟语。他甚至无法忍受在一个屋顶下跟犹太人共处。所以说希特勒喜欢他,不只是喜欢他的音乐,还喜欢他对犹太人共有的这种反感,以及他对政治的见解。

二

瓦格纳是这样一个有争议的音乐家。他不只作品很伟大,影响了后代,他在古典音乐上的改革,直到今天都没有人能避得开。比如说交响乐团位置怎么站,每一种不同的乐器分别占据什么位置。今天全世界几乎所有交响乐团,包括中国的交响乐团,乐器分布的位置都是依照当年瓦格纳想出来的那个方法布置下来的。今天我们看到,指挥家在指挥乐团的时候,是背对观众的,以前不是这样,以前是面向观众指挥的,直到瓦格纳改了这个方法,他要背对观众,因为他要面对乐团,用他的眼神动作准确地传达每一个讯息给乐团里面的所有成员。

瓦格纳不只影响了交响乐的配器、色彩、使用音调的方法，还影响了演绎交响乐的方法，甚至影响到很多钢琴家怎么样演绎钢琴独奏曲。举个例子，我们今天有时候听一些音乐，大家喜欢讲复古的音乐，所谓复古的音乐是按照莫扎特时期交响乐团的规模、按当时的方法来演奏莫扎特的作品，很多人听了会不习惯。莫扎特的音乐，比如交响曲，用莫扎特时期的方法演奏的话，你会发现它非常快，节奏几乎不变，很平均，每个乐句非常短促。但是为什么我们今天平常听到莫扎特的音乐不是这样的呢？那是因为我们都被瓦格纳改变了。瓦格纳认为，你要演绎一段音乐的时候，节奏是可以自由改变的，有时候甚至应该慢一点，拖长一点，这是要表达一种更丰富的音乐内在包含的感情和色彩。但是当你拖慢了整个音乐行进的时候，就需要加一些张力进去，使得这个乐曲行进的过程中不会让人觉得慢，而是非常自然的事情。

回过头说这个人、他的政治倾向，以及跟纳粹的关系。对于这样的音乐家，我们今天怎么去看他和他的作品呢？假如他曾经这么紧密地跟纳粹联系在一起，也是那样地反犹太人，我们今天应该怎样听他的音乐呢？或者应不应该听,甚至应不应该演奏?这个问题更尖锐的情况发生在一些犹太音乐家身上。刚才我提到的《纽伦堡的名歌手》序曲,是当今最有名的指挥家、钢琴家之一巴伦博伊姆(Damied Baronboim)带领拜罗伊特剧院的交响乐团演奏的。拜罗伊特交响乐团在德国的拜罗伊特成立一座剧院,叫做拜罗伊特节日剧院。这个剧院一年大部分时间都休息,只在夏天开一两个月,是专门为音乐节而设立的一个剧院,这个音乐节就是每年一度的瓦格纳音乐节。剧院是当年瓦格纳亲手设计的,他认为只有这个剧院,按照这样的规模来设计,里面的音响效果才能够符合他心目中的完美标准,这个剧院才是适合自己作品演出的最完美场地。而这个剧院直到今天都还是瓦格纳家族的人拥有和管理。这个剧院在二战之前,就已经因为是瓦格纳乐迷的圣地而著名。前些年它还没开始网上售票的时候,要想弄到一张票去那儿听音乐节,排队要等十年。现在它的网站开始售票,比如2013年某一天宣布开始卖2014年的门票,门票会在五秒钟之内被全球人抢购一空,这就是全球瓦格纳乐迷对它的痴迷。而在20世纪30年代的时候还有另一个大乐迷也去了,那就是希特勒。希特勒受到瓦格纳家族后人的亲切接待,他的家族甚至在希特勒羽翼未丰的时候就出钱出力赞助希特勒的纳粹宣传活动。瓦格纳自己反犹太，他的家人比他还要反犹太，比如他的太太柯西玛，是李斯特的女儿，比她的老公还要反犹太，后来他的女儿和女婿更反犹太，以至于始终支持希特勒。拜罗伊特这个城市在纳粹兴起之前就已经是德国有名的右派城市，在19世纪民族独立兴起，德国走向统一，民族主义、反犹太主义也越来越强的时候，这座城市正是这种思潮的中心。所以，整个拜罗伊特音乐节的剧院跟那段令人不堪回首的历史就是这样捆绑在一起。

巴伦博依姆是俄罗斯犹太人的后裔，他在阿根廷出生，但是回到以色列长大，直到今天都还拿着以色列护照。以色列是全球唯一一个明确禁止演出瓦格纳的国家，因为对很多以色列人来讲，瓦格纳的音乐他们会受不了，甚至有一些当年经历过集中营的人曾经见证过这样的场面：当一些人排队走入毒气室的时候，毒气室外面的喇叭，居然也在播瓦格纳的音乐。这个音乐让他们觉得太污秽、太肮脏、太不堪。而巴伦博依姆作为一个犹太人，作为一个以色列公民，却应邀去拜罗伊特音乐节指挥瓦格纳的作品，甚至成为世界上最有名的瓦格纳权威。他甚至曾经试过突破禁忌，在2001年带领柏林国家剧院交响乐团到以色列演出的时候，临时决定在结尾时，回头问观众：我现在要给大家奏一段瓦格纳的音乐，你们要不要听？受不了的人可以离开，受得了的人留下来。经过这件事情之后，他成为以色列很多保守派心目中的国家公敌，他公然诋毁了国家的尊严，侮辱了犹太人的历史，也侮辱了他自己的身份。

所以问题来了：一个犹太人怎么看这段历史，怎么看瓦格纳音乐？把这个问题扩大一点，我们可以去争辩说，瓦格纳的音乐是一回事，他的政治立场是一回事，他的音乐后来怎么被人利用则又是一回事，也就是说我们不管他的政治立场，不管后来纳粹怎么用他的东西，可不可以从艺术看艺术，来听他的音乐呢？巴伦博伊姆自己也是这么说，他说瓦格纳是属于全人类、属于所有时代的，不只是那个特定的时间、不只是一小撮德国人的瓦格纳。这是很常见的关于艺术与政治发生纠葛时候的一种说法，我们让政治跟艺术分开，就有点像今天很多影迷喜欢小津安二郎的电影，觉得他的电影温厚有人情，觉得他的电影中缓慢的步调里面带出一种有点悲悯心的、冷眼看世界的情调。但是我们怎么看小津安二郎曾经在二次世界大战的时候参军来到中国战场，很有可能参与过南京大屠杀，甚至可能曾经是日军毒气部队的一份子呢？喜欢他电影的人还能再看他的电影吗？小津安二郎的例子我们还可以说，他的电影透露不出他当时的那种经历，跟他的经历没有紧密有机的联系，我们可以分开讨论。那瓦格纳的音乐可以吗？这就是我要跟大家重点来谈的事。

《纽伦堡的名歌手》这段序曲，如果是乐迷的话，大概会觉得是非常激动人心的音乐。这种音乐的序曲，其实就是把后面几小时乐剧的内容浓缩在一个十来分钟的短短乐曲里，好像先预告一下接下来几小时大家会看到什么，听到什么，这是序曲的作用。很多人在剧院听完他的音乐，出来后全身发麻，腿都软了，并不是因为坐得太久，而是觉得自己好像经历过一次高潮一样，它太过让人酥麻，太过让人激动。这种音乐效果是怎么出现的呢？按照我刚才讲的谈政治的话，我们可不可以把这种效果跟某种政治效果联系起来呢？我这么讲也许非常大胆，很多人会说绝对不可以，但是我们再仔细回头看看。

三

我给大家介绍一下瓦格纳的一段生平插曲。瓦格纳1849年离开德国,过了十几年的流亡生活,躲到了瑞士。为什么要流亡?是因为他当时参与了一个政治事件,德累斯顿起义。德累斯顿是德国有名的城市,现在我们知道它,是因为二战的时候英美盟军狂轰滥炸,把这个城市炸了一个稀巴烂。而德累斯顿在普鲁士统一全德之前就是德意志世界有名的自由开放城市。当时德国有一帮年轻人,也有一帮知识分子文人,他们鼓吹革命,但这个革命不是我们所理解的中国革命或者法国革命,而是一种宪政革命,当时他们都承认,普鲁士和无数四分五裂的德意志小邦国相比,已经是最大的一个强权,大家也都认为普鲁士统一全德是应当的。问题在于统一了之后,这个德国的政体是什么。当时有很多人,以德累斯顿和法兰克福为核心的这几座城市的市民百姓为主,主张的是某种共和制,或者妥协一点,就是君主立宪制,他们能够接受普鲁士王加冕成为全德国人的皇帝,但这个皇帝是君主立宪制下的君王,而不是绝对王权的君王。

于是当时德国就召开国民议会,推出了一部宪法,预备要把这个君王虚位化,把他变成一个君主立宪的君王,然后让全国通行一套现代的宪政体制。但是当时的普鲁士国王拒绝接受这个宪法,还强行解散了国民议会,接着就遭到各地很多老百姓的抵制。然后他还来到了这个抵制运动的核心德累斯顿,德累斯顿的市民又想,既然我们没有权责或宪法,但至少我们还有邦法,在我们的邦法里面你算什么呢?就给普鲁士国王弄了一部这样的法律要他接受,但他也是拒绝接受。结果,德累斯顿的市民就起来暴动,之后普鲁士就派军队进来镇压。这次暴动起义失败之后,一些核心人员遭到搜捕,其中就有瓦格纳。按我们今天一般的标准来讲,那个时候的瓦格纳就是自由派,因为他主张的是要改革,要有君主立宪制,要给人民更多的自由,要给大家真正的民主生活。但因为这个起义失败,他逃到了瑞士。

我们想想看,瓦格纳讲的"民主"、"自由"是什么意思。我们不要忘记,希特勒也喜欢讲"民主",也喜欢讲"自由",他认为在他那套体制下全国人民都很自由,或者说那才得到了"真正的"自由。我看了很多瓦格纳当时写的文章、书信,他讲的民主和自由,跟我们刚才讲的这两个极权案例是有点相关的。那个时候的德国,在文艺思潮上是处于浪漫主义后期,而在那种思潮的影响下,很多文人、艺术家都觉得那个时代他们的国家甚至整个人类世界都很不堪,很糟糕。糟糕在什么地方呢?他们认为,我们今天说的资本主义体系,已经在西欧非常完整成熟地建立起来,他们觉得这样的时代、这样的社会,人与人之间的关系是冷漠的,大家讲的是纯粹的市场上的利益交换关系,道德越来越败坏,人跟人之间的信任逐渐散失。而种种宗教的教义,正在逐渐瓦解老式的国王政治或者贵族政治的种种律法,把人民更进一步地分割开来,以有形的制度去约束着我们每个人无形的、本来应该自由而奔放的心灵和感情。

瓦格纳曾经说过:真正的好政治就是没有政治的政治。什么叫"没有政治的政治"?一个国家有制度、有规矩,老百姓做事完全奉公守法,这种状态叫做政治,但不叫好政治。他心目中的好政治是没有了这种政治的政治。我们可以想象一个国家,几乎天下大乱,没有制度,不讲法律,官员也不再有上下级关系,那是什么状态呢?我们可能马上联想到那叫无政府状态。对了,瓦格纳有个好朋友,对他影响非常大,叫巴枯宁,无政府主义者。那个时候,瓦格纳不只喜欢巴枯宁的作品,还喜欢其他无政府主义者的作品,比如说蒲鲁东。

他非常喜欢一些早期社会主义者的作品,比如说费尔巴哈。甚至有证据显示,他也非常喜欢读马克思。他在这些人身上学到了什么呢?在蒲鲁东、费尔巴哈尤其是巴枯宁的身上,他学到的是一个国家如果解脱了所有制度、政府的束缚之后,人民就是自由的,就能够自由地表达他们的需要、他们的天性,这种需要跟天性是每个人没有分别的:你会肚子饿我也会肚子饿,你会爱人我也会爱人,你有欲望我也有欲望,这是共同的人性,这个共同的人性都被解放出来,它是纯粹的人性,而这样的世界才是一个美好的世界,即所谓的无政府的世界。

无政府主义思想,比如巴枯宁的思想,背后有两个很重要的思想源头。一个是德国浪漫主义的文艺观,在这种观点下,今天所有人和人的关系都是被扭曲的,都是一种市场关系。人与人之间完全讲利益,讲计算,这是不好的关系,是违反人类本性的,而艺术要做的是要解放人类本性,把人真正的情感拿出来。浪漫主义后来很容易影响政治,因为浪漫主义艺术家,或者相信、接受这套思想影响的人,例如瓦格纳,很希望用艺术解放人性,一个共通的深沉的人性:社会这么扭曲,我这个很有人性的作品,大家能欣赏吗?所以要改革这个社会，让这个社会变得很浪漫，不要那么功利就好了。他为什么讨厌犹太人？因为在当时的人心目中，犹太人全是一些斤斤计较的商人。

另一个重要的源头就是德国哲学里的观念论。在伦理学、政治学的面向里，德国观念论哲学有很重要的问题要解决，叫做爱与法律的矛盾，这也跟浪漫主义互有关系。比如，我们今天人与人之间的关系，基本上都是法律关系，是契约，你结婚是讲真爱的吗？不是，是政府给你结婚证，这叫结婚，你没结婚，但你说我跟他有真爱，所以我们是夫妻，那不行，我们人跟人的关系是一个法律关系。你认一个人当老师，你跟他关系很好，他也觉得你是学生，你们就真的是师生吗？不是，因为你没有真正注册成为这个学校的学生，你们怎么能称为师生？

我们今天所有的关系都是形式化了，我们跟国家的关系也是形式化的，比如今天讲权利观念，国家要依法治国，政府不能以非法手段对待我，我也不能以非法手段对待它。社会上所有东西，都有规矩、有条文，安排得很好。做买卖，讲契约也是有法律保障，但是这种关系在当时的德国艺术家、哲学家看来，不是一个真正理想的人类社群关系。在他们看来,真正理想的人类关系是人与人之间有某种真正的联系,是有社会、有社群感的共同体才对。共同体靠什么联结?不是靠法律,它只会使人与人分割,而不是使人与人联结。真正把我们联结起来的那个东西叫爱。

这样的世界怎么样才能够缔造出来呢?巴枯宁的办法就是解散政府,把所有形式的东西全部打掉,没有政府组织了,老百姓自由了,相互之间就有爱了,人性的东西就出来了。而瓦格纳在另一篇文章里面提到——他用的词不是他自己的,而是蒲鲁东的讲法——要经过"火的洗礼",要经过摧毁。我们今天中国人也常听到这句话,要先大破才有大立,要先大破一场,大干一场,整个世界陷入火的洗礼之后,我们就能够重生了。但对当时的君主立宪派而言,如果相信无政府主义,那该怎么看这个皇帝呢?是不是该推翻他呢?所以瓦格纳游走在君主立宪与共和制之间,共和制很简单,就是政府推翻这个国王,但他不是,他认为还是要有国王,只不过国王可以在另一种意义上成为好国王,亦即这个国王跟人民的关系不是一种建立在法律宪政上的契约关系,国王不需要受宪法的束缚,老百姓也不需要。那用什么关系来建立彼此的关系呢?就是爱。人民只要真心地爱戴国王就行了,而这个国王又是那么全心全意地爱戴人民,所以在那种崇高的爱里面,大家连为一体了。而今天讲民主,讲到西方的民主代议政治,是选一个人代表民众,州议员、国会议员,一层一层的议员选上去;或者是美国式的总统制,大家选一个人代表民众当总统就行了。在这种制度下,民众跟政府的关系是间接的,要经过选举,选别人代表民众议政。但这样的代表能完全知道老百姓的心意吗?不能。所以常常是他提出一套政纲,看看这个政纲民众同不同意,我们给他意见,我们投票给他。又或者,有时候他会发现不能满足所有人的需要,所以人民就会分裂,比如你是总统,但是你今天怎么只帮有钱人说话,或者只帮工人阶级说话呢?

瓦格纳那种浪漫主义跟无政府主义结合的政治观念里面,国王跟老百姓的关系没有刚才说的那么麻烦,因为他不是选出来的,也用不着选。我不选他,他怎么代表我呢?我们只要想想苏维埃体制就明白了,这种体制并不是用前面提到的方法选国家领导人,但他也能代表人民。他代表的是基于一种非常抽象的"全民意志"。

苏维埃体制跟瓦格纳所想象的那种体制有一点类似的关系,它不是经过很间接的代表选举程序形成的,而是有一种人，或者说有一群人，他们能够抓到真理就行了。真理就是我们每个人的需要，每个人的问题，他都知道，他比我们还懂我们自己。你以为你想吃饱穿暖吗？他告诉你，其实那是你表面的需要，你深层的需要其实是要吃苦，你吃苦吃好了，就会成为一个更完整、更完美的人，而且会跟我们大家一起吃苦，这时候整个民族经过火的历练与蜕变，我们会变得更好。就好像说小孩不想做功课，妈妈跟他说，你是要做功课的，你不能玩。真正对你好，就是让你别玩游戏、别看电视，赶快好好做功课、读书。同样，这个人不准你干这个，不准你看那个，他不是在迫害你，而是为你好，因为他比你还知道你真正需要的是什么，什么东西才对你好，他就是比你还要了解你的人。

在瓦格纳的概念里面，国王跟老百姓的关系也是一样，是二而一、一而二，不可分割的，全国都是一个整体，再也没有什么政见不同，再也没有党派之争，因为大家都一样了。为什么大家都一样？因为我们的体制是建立在绝对共同普遍的基础需要上的东西。但他又是民族主义者，他不是讲全人类，只讲德国人，因为他相信不同的风土、不同的文化传统会酝酿出不同的人民群体，德国是能够这样统一起来的。

这么一讲,大家有没有觉得这个曾经参加过民族起义暴动、被迫流亡的自由派——他当时被认为是自由派——原来有点问题,闻到一点点我们后来所熟悉的法西斯主义的味道?今天我们讲"德国法西斯主义"、"日本军国法西斯主义",法西斯主义当然是个极权体制,但它跟别的极权体制不一样,这个极权不只是一个人高高在上地统御下面的老百姓,同时在很大程度上这个人还是老百姓被鼓动起来去真心爱戴的领袖,二者是统一的。在这种统一状态下,每个人都自由了。为什么这种状态反而自由呢?就像我刚才讲,你以为你自由地说话就叫自由吗?那不叫自由,真正的自由是你在集体之中获得了自由。集体又怎么自由呢?这种体制在表达一种比热爱家庭的这种私欲底下还要深刻的东西,在那个状态下你真的突破了自己的枷锁,自由了。而这个自由是领袖给你的。领袖跟你一样,大家一起自由了,解放了,因此所有的法西斯主义都喜欢谈自由,都喜欢谈平等,因为在那个状态下大家真的是平等的。但是他们不能只讲自己自由、讲自己平等,同时还得救同伴。这种跟领袖的关系,超越了法律制度上面的琐碎,而排队投票之类都显得很无聊,你何必用投票来表达对一个政治人物的肯定或否定呢?不需要,你要用什么表达？用感情，爱，你爱还是不爱他。你应该爱他，他也会爱你，用真爱来团结一个关系。最简单粗陋地讲，法西斯主义就是这样的东西。

四

瓦格纳的政治文章里面，可以看到他的一种法西斯主义倾向，接下来的问题是，这些东西跟他的音乐有没有关系？今天主流的人说没有关系，而我接下来要谈的是，也许它们是有关系的。这个关系就在于瓦格纳不只是一个伟大的作曲家、指挥家，同时还是伟大的音乐思想家，他有很多关于音乐的见解、评论、写作，都非常深刻地改变了我们今天的古典音乐世界。但是，这些音乐写作里面，有一些部分会让今天的人感到不安，比如前面提到的《论音乐中的犹太性》中关于音乐部分的主要论证。

我们先了解一下背景，瓦格纳年轻的时候曾经在巴黎住过，巴黎当时是世界音乐之都，想混出名堂的小伙子，有志气的年轻人，都要到巴黎去一展身手。但他在巴黎混得很不如意，穷困潦倒，而当时巴黎最红的几个音乐家、作曲家、指挥家恰巧都是犹太人。瓦格纳是个嫉妒心很重的人,他从那时候开始就觉得这帮犹太人很讨厌,自己才是真正的伟大的天才,这些花拳绣腿居然霸住舞台,不像话。

问题是,为什么说瓦格纳很不堪呢?因为当时有个非常有名的犹太音乐家迈耶贝尔,曾经在瓦格纳最惨的时候帮过他,资助过他,但后来瓦格纳就在他这篇有名的文章里面,重点抨击当年帮过他的那个犹太人。

那么在他看来,犹太音乐家的问题在哪儿呢?首先,他认为真正伟大的艺术家的创作应该是自由的,用自由表达自己的灵感、欲望、需要、困惑、冲动,但是表达这些东西的时候要注意,原始人也有情感,但发出来的东西就不一定是好东西,因此艺术家还是需要在不同的文化里面,对这些基本的人类情感、灵感有一些基本的约束和教养,而一个音乐家,一个艺术家,应该在自己脚底这片土壤上面找出自己艺术的来源。因为这片土壤那么深厚地栽培你,它是你的母语,培养你长大,训练你的情感表达方式,改变了你对世界认知的方法,所以在这个情况下,你做任何创作都离不开脚下的这片土地,你的根就在这片大地上。好的艺术家是看得到自己这个根的,就算是无意识的状态下,他都能够在自己的艺术里，把根源的这块土壤表达出来。

犹太人问题在哪儿？瓦格纳认为，犹太人是离开自己的土地、祖国两千年的一批人，他们散居在欧洲不同的地方，受尽歧视，被迫住在一些隔离区里面。到了瓦格纳的时代，19世纪，大部分隔离区都解放了，犹太人出来了。他们这帮人受过很高等的教育，很聪明，很有天分，也学西方古典音乐，学得像模像样，但是他们的作品只是一些花招，遵循规则创作，是一种虚假的表面的东西，因为他们没有根。像门德尔松，他创作的不是犹太音乐，而是非犹太的所谓西欧音乐，那并非他根子里的东西，他在模仿欧洲人根子里的东西，模仿得很好听，但不够深刻，不够真实，因此是虚假的。

当时欧洲有一个很强的文化和文明的对立，我们今天常常觉得文化和文明不好区分，但在那个时候很容易区分。德国人很喜欢讲文化，法国人、英国人喜欢讲文明。讲文明的时候，讲的是某种普适的、表面的东西，行为准则、言语方式、生活习惯等等，而文化总是一个民族的，不是普适的。所以德国就讲德国特殊性，讲德国的文化传统和文化优越性：你不能强加你们的普适价值到我们的文化身上，我有自己一套价值。

这些东西加起来为什么会导致反犹太呢？因为他们既然那么热爱文化，觉得自己文化超越一切普适文明标准的时候，马上就会出现一个问题：谁是这个文化的成员？这个文化要非常纯正，在瓦格纳看来，我们是德国人，忽然来了这么一帮血统不一样、宗教信仰不一样，说话言语可能都不一样的人，他能是自己人吗？他跟我们分享得了同样的文化吗？不可能。就算今天有这么一个犹太人，他不信犹太教，说一口流利的德文，他仍然显得很奇怪，他的血统不好，血缘不对：你祖上是黑人类，那你恐怕也很黑；你祖上是犹太人，那你当然也有问题。在这样的观点底下讲民族主义，艺术上讲浪漫主义，讲整个社会无私地、完全凭爱统一起来的时候，瓦格纳心目中的这个社会得是一个非常纯洁的、全部都是自己人、信得过的社会。他要排除掉那些无根飘浮的人，那些不爱这片土地的人，他们做出来的艺术不是土壤里面长出来的，都得丢掉，他们没有跟"我们"享有同一个文化底蕴。

于是，大家在瓦格纳一个人的身上会看到，所谓的法西斯主义是怎么样复杂地吸收了多种思想元素，慢慢浮现。不是说瓦格纳就代表法西斯主义，法西斯主义是后来的事，但是他的思想已经具备了很多法西斯主义要有的条件，那些因素已经在里面了,只差后来的人再进一步丰富它、整合它,明确地为它解说而已。

五

瓦格纳对于这种所谓音乐中的犹太性的批判,还包括了一种对于资本主义的批判。我们不要忘记他受过社会主义和无政府主义影响。这种批判是什么呢?说现代人都是没有根的人,都没有信仰,跟自然割离了。但是他并不是说中古的欧洲人就已经很好,因为那时候信教的人也不好。跟曾经跟他是好朋友后来翻脸的尼采一样,觉得希腊是最好的时代。像雅典那样的社会,人跟自然是不分割的,整个城邦的公民紧密团结在一起。这种团结的最高表达不是民主制度,而是希腊悲剧。希腊悲剧在他们看来是完美的艺术,因为这是一种非常综合的艺术,有音乐,有戏剧,有舞蹈,甚至有杂耍,有诗,有布景,有美术,完全结合在一起,而且它不是少数人的东西,是全民运动,是节庆,节庆之中每个人都是自由欢快的,有点像我们今天看到的扭秧歌:想象一下几十万人在广场上扭秧歌,或者参加节庆大典的那种场面。瓦格纳觉得那样的场合很好,那是全民团结,艺术大综合,是总体艺术、完全艺术。他立志要做的就是这种艺术。

他认为古希腊那个时代才会有这样的艺术,而这个时代人人冷漠,我们到了歌剧院里面,正襟危坐,穿个礼服,装模作样,拿着摇扇遮住嘴巴笑,那太虚伪、太"文明"了,听的音乐也是虚伪的音乐,都是装饰,都是花腔,不够有力,不够深刻,所以他说音乐要改革,改革的头号对象就是所谓的音乐中的犹太性。他要的音乐是从德国土壤里起来的东西,是德国的"文化",他要把它表达出来,这个东西表达出来之后就能把人类最深沉、最根本的人性释放出来,看到人类最深层的事情。但是光有音乐还不够,好的艺术家还需要好的政治跟社会来支持,这个好政治、好社会,就是刚才说过的那种政治,人跟人再也没有区隔了,人们全部都成为大我,小我融进大我之中,这时候才能达到瓦格纳想象中的希腊悲剧状态:全民在圆形广场上,一起被舞台感动,参加节庆,甚至跟着唱起来。他要就是这样一种艺术,这样一个社会。

他于是开始实践这样的艺术。在世界上全部的音乐家中,他是最能够把自己的音乐思想跟创作紧密连接起来的人。比如他创造的乐剧。他没有写过交响曲,他那个年代大部分有地位的音乐家都一定要写交响曲,比如他的头号对手勃拉姆斯就以交响曲著称,但瓦格纳要学希腊悲剧,他要综合艺术,所以他写乐剧。乐剧跟歌剧不一样,歌剧全是"花招",歌剧的音乐是主角,歌词是装饰性的,所以我们听意大利歌剧,比如帕瓦罗蒂那些东西,你听不懂他唱什么,但还是觉得好听,因为你不懂歌词没关系,音乐行就可以了。但瓦格纳不这么看,他说歌词跟音乐要有机地统一起来,所以他在这时候做了很多音乐上的实验跟突破。举一个简单的例子,比如他对转调的运用。"爱带来了愉悦和悲伤"这句是怎么唱的呢?"爱"跟"愉悦"是正面的,所以他用的调也是正面的、阳光的调。但是唱到"悲伤"的时候忽然转调下去,就是为了衬托悲伤,既要非常紧密地吻合整个歌词,又要连接起来。他甚至觉得每个细节都应该完整地统一起来,所以他连交响乐团该怎么摆都设计过,到了最后甚至觉得连传统的歌剧院都不对路。拜罗伊特还有另一个歌剧院,是典型的巴洛克歌剧院,意大利式的,很金光灿烂辉煌漂亮。瓦格纳就不喜欢那样的歌剧院,他觉得这样的歌剧院是装饰的,是上流社会的,他要的是全民在一起专心听音乐,融进乐剧之中。所以他设计歌剧院,设计他的交响乐团编排,跟他的音乐设计、音乐理念，完全一致地统一起来。像这种音乐家，我们有时候说是极权倾向的音乐家，就等于他画了一幅画，不只是这幅画有讲究，连这幅画在墙上怎么摆，摆在什么画廊，这个画廊该怎么设计，厂刊怎么弄，谁来看，他都要规定好管好，否则就不符合他心目中的完美。瓦格纳大概是这样的一个艺术家。

六

这个时候我们再来问，他创作出来的实际音乐如果展现了他的音乐思想，而音乐思想又跟政治思想相关的话，那么他的作品有没有很明显地表达出他的政治理念和反犹主张呢？这是一个很大的争论，而我的看法是，有。最明显的例子就是《纽伦堡的名歌手》，这部乐剧被希特勒手下的纳粹宣传部长戈培尔说是"最德国"的音乐，而当年尼采在还没跟瓦格纳翻脸的时候，已经歌颂这部乐剧是从心里面表达出了真正的德国。

这个乐剧是喜剧，大概的故事是说，纽伦堡这个地方来了个年轻的武士，叫华尔特，他看上一个叫夏娃的姑娘，这个姑娘很好，跟她谈恋爱。结果这个姑娘的爸爸不知道自己女儿跟一个年轻男孩子好起来了，还说要帮她招亲。中国流行比武招亲，他们是比唱歌招亲，看谁唱得好就能娶他女儿。但是有一个前提，唱歌前你得先加入唱歌手的公会——欧洲什么东西都有行会或公会——要先成为公会成员。这时候年轻小伙子很无奈，他明明不会唱歌，是个半吊子的业余歌手，也只好去学怎么唱歌，想办法考进这个公会。故事中间出现了一个对手，这个对手是当时这个市里面被认为最了不起的歌手之一，懂得一切技巧，是技巧非常完美的歌手。这个城市又有另一个人，叫萨克斯，是个大师，等于是一个退休的老头，他自己不唱，但是他写曲子，写诗，大家唱他的作品。总而言之，后来小伙子终于克服万难，成为纽伦堡的名歌手，在这个过程里面，他要击垮对手，而那个对手跟他演唱的是同一首歌，就是那个大师的作品。这个作品本来是全市最有名的歌手唱的，唱出来却完全不像话，为什么？因为那首歌太难唱，他唱的时候甚至唱到结巴的地步，连发音都不对。为什么发音都不对？瓦格纳没有明说，但那个年代的观众一看就懂，那是因为这个人是犹太人，他们是说"鸟语"，你别看他唱的是德国歌，但其实他连德语都说不好，这种人不是德国文化里面的人,他们聪明,会唱歌,懂技巧,懂得讨好人,但这种人机关算尽,到最后一定会输的。输给谁?输给一个纯正的、土地里出来的、踏实的、长得又帅气的雅利安好青年,就是华尔特。华尔特之所以会成功,是因为有一个代表传统的老人、大师指导他,这个大师认为这首歌最能够表达出一首真正的好歌是什么,好艺术是什么。而我们这个半路出家的小伙子,居然最后唱好了,因为他虽然没受过专业训练,没有学会过很多规矩技巧,但他从小是跟大自然学唱歌的,他听流水的声音,他听鸟叫,他在这样的土壤里滋养自己,他是得到了大自然的赋予来参加比赛,所以赢了。到了乐剧结尾的时候,萨克斯这位大师出来恭贺小伙子华尔特,不仅赢了奖,还赢得了美人归,然后全市的人举旗出来游行,庆贺这个场面,万众一心很快乐,老者萨克斯对全市市民做了一个演讲,歌颂真正的、伟大的德国艺术。歌词里面真的这么写的,德国艺术就该是这样的艺术,是在土壤里面出来的,是受自然的滋育,不是那些花招技巧。

这些跟前面讲的是不是一以贯之?从中我们看到的是,华尔特的那个对头,原来是全城最好的歌手,非常像当年丑剧里面模仿的犹太人的形象:聪明、计较、心怀不轨,走路驼背,很懂得技巧,很懂得花招,但是这种人不真诚。真诚的人是什么样的?就像华尔特一样,他为了爱去学音乐,后来发现他有天赋的才华,这个才华是从土壤里来的,这才叫真正的德国艺术。《纽伦堡的名歌手》被纳粹和很多德国的爱国者认为是最德国的音乐,因为它整首乐剧讲的就是什么叫德国艺术,提供一种关于德国艺术的见解,而且里面的场面,包括老百姓在大街上游行、集会、举牌,都很德国,那种乡土的、质朴的性格被认为是德国性格,而花言巧语,搞计较、小阴谋都不是德国的。所以这个音乐里面,我们看到整个剧情、人物的设定,跟刚才说的音乐思想是相关的。

但是能不能说音乐有政治意味呢?喜欢古典音乐的人都听过"德奥传统",这包括一帮明星级的作曲家所组成的一串人名:巴赫、海顿、莫扎特、贝多芬、勃拉姆斯、瓦格纳、布鲁克纳……还包括了演绎音乐的方法。他们的最大特点是三连音,德式三连音,一弹出来的时候,第一个音一定拉得很长,这个效果会使得整个三连音一出现就很厚重、悠长、凝练,这就是大家心目中的德奥风格。比如德彪西是法国式的,用钢琴弹德彪西的作品,要弹到钢琴变得像虚空的存在一样,这个钢琴没有身体了。但是德奥作品不一样,你会完全看到这个钢琴比平常重几十倍地在地面上,那么重。德奥风格在瓦格纳那里被发展得更极端,就是不断追求那种乐句的绵长,追求更厚重的音响效果,他不要法式的色彩多端——瓦格纳也讲色彩,但他的色彩是一片朦朦胧胧带着神秘感的对自然山川的歌颂,一听之下,心目中会浮现出某种崇山峻岭的印象。大家想想看,这个主题不断地推,推到最后是什么样的高潮爆发的场面。那时瓦格纳去瑞士,看到湖面,清早凌晨,太阳刚刚出来,湖面上雾茫茫一片,然后看到一座山的山脚。你可以想象登上这座山,一步一步往上,太阳出来光芒万丈,一眼看去,是整个山脚下的世界。

我的判断是,瓦格纳的音乐跟他的政治立场是首尾一贯的,而且能够一贯到音乐的细节表现上。在这个时候,我们不需要了解瓦格纳的政治立场,不需要了解他的思想,不需要去翻读他当年的文章笔记,我们光听他的音乐都能够听出一种味道,一种让人非常激动的味道,它会让人想起一连串的场面,一连串的仪式。在这个时候,这样一种艺术,有一种诱惑力,我称之为"极权的诱惑",它会让你觉得我能够消灭小我融进去。你想象那种万人齐聚的场面,那样一种诱惑,使我们反过来看到,我们今天讲法西斯主义或者极权这种政治观念，常常说怎么那么多人那么傻，尤其德国，那么多聪明人，当时怎么会那么傻地跟随希特勒。因为真正的诱惑并不是理智的东西。瓦格纳常常讲，理性是不够的，理性需要被感性化，或者更准确地说是诗化。理智需要诗意地表达，才是最深刻的理智。所以你辩论讲道理，说一个人为什么能够或不能够服从领袖，这种是肤浅的、表面的、犹太式的讲道理。瓦格纳讲的是深层的、感性的、诗意的理性，无法用言语逻辑说清楚，而要用音乐，用舞蹈，用戏剧，用口号，用场面，那是一种风格。法西斯主义首先是一种风格，是一种格调，是一种美学，是一种品味，它的诱惑能够让最理智的人看到大家都在广场上喊叫的时候，也能忘记理智，自己跟随进去。一个像章插进肉里面，你觉得痛，但在那一刹那你不觉得那痛太强烈，因为你的内心被更强大的情感包围着，这种情感使得你跟你身边的人完全打通了，这个时候再也没有人我之分了，大家一起很崇高地往上，达到精神上面的崇高境界。

而这种风格，它的各种元素、各种语言，我们在今天都能够在很多场合见到、听到，我们常常抱怨，我们再也不像过去那样有信仰了，今天很多艺术家离开他的土壤，而好的文化是要从脚底出来的,我们不应该纵容个人的自由,应该看到集体的尊严。集体的尊严是什么?我们要追求的是不是个人的尊严那么简单?还是整个国家站在世界之林的时候我们有没有尊严?我们能不能追求一些更崇高的东西?今天社会很冷漠,大家互相计算,我们是不是应该追求更崇高的东西打破我们的界限,把我们团结起来?这种东西不一定很理智,但是当它诉诸种种艺术表达的时候,它有诱惑,那就是一种法西斯的诱惑,一种极权的诱惑。它是理智的,但又不是理智说得清楚的,这就是瓦格纳说的那种"诗意的理智"。到最后,我们到底该不该听这样的音乐?我们听它真的觉得很激动,很好听,很了不起,很伟大,我们怎么面对这种诱惑?

这种诱惑有危险的一面,几乎就像瓦格纳自己写的《指环》里面讲的戒指一样,它可以控制一切、掌握一切,你会被它吸引、引诱。人们做了这么多的理论探讨,那么多学者为它辩论,一方面解释我们被它吸引是可以的,但是又在努力地想搞清楚,那个吸引过了头之后会变成什么。这是无数知识分子都抵挡不住的东西。就像当年纳粹兴起的时候,那么多知识分子为法西斯歌功颂德,像日本军国主义崛起的时候，日本有很多文人为他拍手叫好。我们今天看到会觉得不可思议，那么傻的事，他们怎么那么投入？因为它真有诱惑，而那种诱惑是连知识分子都抵挡不了的。也许就像一些老一代思想家讲的，是现代人的确有弱点，我们都是精神上无家可归的人——这可能是法西斯主义在 20 世纪那么成功的主要原因。

七

并非有宗教美感和仪式感的音乐，有某种崇高的"宗教性"的音乐，都会被纳粹利用，要看是什么样的宗教性。瓦格纳其实没有创作过任何正统基督信仰的东西，跟他同代的不一样，比如他最大的对手勃拉姆斯写过弥撒曲，瓦格纳就没有。瓦格纳音乐的宗教色彩，顶多来自一种所谓古希腊罗马式的或者北欧日耳曼人的神话的异教色彩。严格来讲，这不是正式定义下的宗教意义。瓦格纳的音乐里面有某种引领人精神上升的崇高性格，恰恰因为瓦格纳本来不是那么"宗教"，但是又好像有宗教的特点。

我们来对比一下确实创作过很多宗教音乐的巴赫。巴赫的宗教音乐会让你联想：你在教堂里面，整个人在往上升，那种上升是彻底跟基督信仰连在一起的。但是瓦格纳不一样，瓦格纳也让你上升，但是不一定依托于任何宗教，所以它很容易被国家利用，因为国家崇拜也是一种宗教——就算民主政权也是一样，它一定会保有某种宗教感的东西，比如说美国华盛顿，林肯纪念堂整个布局其实是相当宗教式的，国家有国家仪式、升旗典礼、就任典礼、年度大典、英雄纪念碑，这其实都非常宗教化，它只是一种不跟现存主流政治、宗教挂钩的宗教而已。纳粹则更加如此，纳粹在宗教问题上一直都很暧昧，一方面它不否定基督信仰，但是另一方面又鼓吹某种国家神教，似乎认为国家本身就是一种宗教。法西斯国家崇拜绝对是有宗教色彩的，当一个音乐有宗教的那种感觉，但是又没有明显的宗教指涉的时候，那当然很好用。

但我们通常也说，一个作品完成了，它就不再属于作者，总有一些东西是溢出了你的诠释、掌控之外，而那些东西恰恰也是构成一个艺术品最有魅力的地方。那个东西到底是什么？由于甚至连创作者自己都无法完全把握，所以它可以在不同的时代里面被不同地改造，用不同的方法来诠释。比如当代有很多瓦格纳乐剧的新版本，都做了很大胆的安排，简直把它排成了一个用瓦格纳反纳粹的剧目。而意大利当年的未来主义者十有八九都是法西斯主义者，他们的画我们还能不能看？我们今天听音乐、欣赏绘画的时候，能不能不管这些？怎样在欣赏这些艺术作品的时候，分离出里面种种的元素，是需要我们好好判断的。

悲剧照常发生

最灿烂辉煌的希望终有被现实粉碎的一天，再可爱的新生命也有死去的时候；但希望与生命仍然与摧毁他们的力量一样，像太阳，无情地照常升起。

看到电影

虽然我们今天仍然会说"看电影"这三个字,但我们接触电影的方式早早就不局限于去电影院坐上两小时、双眼盯着银幕这种传统习惯了。因为如今的电影无处不在。

不管你是在家里看影碟,还是坚持认为只有电影院才是看电影的理想场所,你都会发现其实早在电影开头的那一刻以前,你"已经"看过这部电影了。为什么?因为你一定在另一部电影开场之前见过眼前这一部片子的宣传片段,又或者在电视广告和越来越多的宣传渠道上遭遇过它。

反过来讲,你也极可能"看过"很多其实你没看过的电影,理由同样是你曾见过它们的片段。

这撷取自某部完整电影的部分片段,可以与传媒学上的"sound bite"相提并论。所谓"sound bite",可以是指某位明星在一场记者招待会上最令人绝倒的一段答问,也可以是某位政客在一次重要会议上最让人震惊意外的言论,甚至还可以是一个普通人无意中给人录下的一句警句。"sound bite 就是媒体上一连串整体谈话中最有趣或最重要的一小段。所以 sound bite"通常被中译为"精句",虽然它字面上的原意就只是一小段声音。

同样地,电影也有类似的 movie bite,那就是一部动辄两小时长的电影里令人留下最深印象的一两分钟,甚至一个场面。所以,这种 movie bite 我们不妨把它译作"精像"。由于它"精",所以它能在极短的时间内就让人一见难忘,而且还代表和说明了整部片子的特质,所以通常被剪进宣传片,好进一步引人消费全套作品。

我们常常在记忆中以一两句"精句"概括和掩盖了长篇的谈话。例如马丁·路德·金当年在美国首都华盛顿的著名演讲,其实真正由头到尾全部听过的人并不多。但为什么有那么多人都觉得自己"知道"那场演讲,知道当天他说的是什么呢?那是因为我们都听过来自那次演讲的"精句":"我有一个梦"。这句话如此有分量,流传得如此之广,乃至于大家都以为自己实际上听过整篇讲话。

我们记忆电影的方法也是这样,用一两个画面代替了一整部片子,以之为代表,以之为总结。这些"精像"是电影的精华与象征。

在我们这个被多媒体和跨媒体环境包围的时代里,"精像"的存在早就不限于电影院里那几分钟的宣传广告了,它还出现在地铁、商场和街道旁的店铺橱窗等各式公众场合之中,和"精句"一样无处不在。再加上互联网视频媒体的发达,现在谁都可以把自己心目中的"精像"放在网上,任其流通。

所以我总觉得自己似乎看过很多电影,其实我看的只是很多的"精像"。它们四处流窜显影,在我们最不在意、最不自觉的情况下都能潜入我们的意识之中。"看电影"因此不再只是有很多意识地在一个固定时空状态之中看完一部电影这么简单了。我们时时刻刻都在看到电影。

为什么看贺岁电影

不知道为什么,我去看了韦家辉的新作《喜马拉雅星》。人人都说这是部几乎回到 80 年代廉价港产娱乐烂片的反智之作,人人也说这是部拿中国人想象中的印度文化开玩笑的政治上极不正确的大示范。果然,它很烂很反智很政治不正确,但我对它还是有些珍惜。珍惜《喜马拉雅星》是因为它在市场上被定位成"贺岁片",一种越来越少的类型。

虽说所有的商业电影在推出市场的时候都会考虑档期,但只有少部分的电影是在编写剧本的阶段就去想应节的事。情人节看爱情片自然不错,但 2 月 14 日那天以外难道就不能看爱情片了吗?港产贺岁电影则不然,从片名(例如《八星报喜》)到色调(又红又金的服装和美术),从剧情(不是喜剧就是闹剧)到演员阵容(尽量地大卡司大堆头),完完全全就是为了给中国观众在年假里看的。春节一过,它们就成了普通不过的烂片。对了,贺岁片的第一原则,就是它们都很烂。

典型的贺岁片一定要讲彩头,不能悲不能苦,得让观众从头笑到尾,不假思索、纯粹本能、完全肉体地笑。因此贺岁片往往把电影学者大卫·鲍德威尔(David Bordwell)所说的那种"尽皆过火、尽是癫狂"的香港电影特色推到极致。儿戏的反串,粗糙的桥段,幼稚的剧情是对贺岁片最简单也最传神的描述。挖鼻子擦屎,拿身体残障和性取向开玩笑,再下流再不合乎现代文明要求的东西都不避讳。总之结局得一片喜气洋洋。

贺岁片还必须热闹,哪些明星当红讨观众喜欢就都一把拉来,凑合在一块儿。在这种情形底下,演员特不认真,换个说法就是演得"特别放"。其实他们又何须认真呢?首先在短短九十分钟(贺岁片也不可过长)的兵荒马乱之中,那种剧本那点戏份有谁在意?更重要的是观众这天打定主意不是来看一部作品,相反他们是来瞧热闹的。这天演员就是演员本人,而不是他们扮演的角色。就像成龙电影的结尾一定有他从十楼摔下来痛得喊娘的 NG 镜头一样,典型的贺岁片也一定有拆穿戏剧表象的尾巴,那就是大伙们一起对着镜头向观众拜年恭喜发财。成龙知道大家是来看他表演历尽艰险的奇观,贺岁片演员也知道观众的目标就是明星本人。贺岁片三个字的重点是"贺岁",不是"片"。

从艺术的角度要求,贺岁片是垃圾。饱读文化研究理论,经过现代文明洗礼的人,更不耻于贺岁片的性别歧视、种族歧视和身体歧视,但贺岁片却是最有中国传统民俗戏剧味道的类型电影。台湾历史学家李孝悌在《恋恋红尘:中国的城市、欲望与生活》里,引用了俄罗斯思想家巴赫金研究中古欧洲民间文化的结果,认为明清二代的民俗戏剧喜欢拿肥胖、大脚、丑妇和男色来开玩笑,把所有世俗社会里不合常规的行为和不端正的品质,通通化作虚构的舞台上戏谑搞笑的素材。对于这种现象,我们不宜以现实生活中的批判眼光观之,而要理解在看戏的我们笑闹过后,百姓"可能用一种宽容、承认现实的态度,坦然面对生命中的各种造化"。

正如中古欧洲城镇一年一度的嘉年华会,几天的狂欢颠覆了社会秩序,以笑声逃逸一切严谨的常规。虽然被嘲笑的对象绝对不乏社会中的弱者,但这种笑闹到底不是日常生活里厌弃的冷淡目光,甚至还可以反过来让观众回归日常之后更宽容,也让被笑闹的对象多了一重舒张的空间,不再是那个总得被远远隔开的边缘群落。过年看贺岁片就像东北老乡看二人转,看的时候身心松弛,看完之后未必立刻道德败坏。写到这里,我想我终于发现自己去看《喜马拉雅星》的理由了。

大片的迷思

看完陈凯歌的《无极》之后，我想起几个月前发生在广州的一个新闻。话说有家酒店搞了个超级豪门宴，吃的全是顶级天价的山珍海味，中西精粹并呈，鲍鱼、鱼翅、肥鹅肝、鱼子酱……凡是你拟得出的名贵食材都放进去了。这种级别的盛宴，人均消费得过万，端的是"豪吃"。不过令人难堪的是，饭后多人食物中毒，上吐下泻，必须送医院治疗，真是大煞风景。

为什么《无极》会令我联想到这桩闹剧呢？因为二者都以豪华著称。且看《无极》，从导演、美指到音乐，幕后人手是一时之选，粒粒皆星。而参加演出的，也全是大牌，网罗了中、日、韩的偶像红人。就像那场吃了叫人肚子痛的盛宴一样,《无极》的制作成本是破纪录的,但是看过之后却叫人头疼,关键就在它豪华到了一个没谱的地步。一顿上好的饭菜,必须讲究节奏感,一道菜与一道菜之间要有起承转合的关系,犹如一首交响曲,浓淡合度,起伏有法,而不能只是一味地狂轰滥炸,从头到尾都是最强音的高潮。电影,尤其是商业电影,到最后看的不能只是金钱堆砌出来的场面和特技,而是剧本。

《无极》剧情之薄弱,人物之荒谬,已经有太多人说过,用不着我再补上一笔。我想问的问题是,为什么拍过《黄土地》《孩子王》和《荆轲刺秦王》(我一直认为这是一部被低估的佳作)的陈凯歌,会闹出这么大的笑话?而且还不只是他,连能用最简单的手法去感动大众的、《我的父亲母亲》与《一个也不能少》的导演张艺谋,也会犯上同样的错误,弄了效果相同的《英雄》和《十面埋伏》出来?这显然不是个别现象,不是两个导演两个创作班子偶然犯下的意外错误。

我们不能用几部作品的失手去否定两位导演的全部成就,正如我们不能用一餐使人中毒的豪宴去否定全中国的美食。这两者相似的地方,是我们有能力去做出精致的艺术与美味的小菜，但当我们赶着去堆砌盛世景象，要搞一个超英赶美的大事出来的时候，一切就都垮了下来。

眼看好莱坞年年都有大片席卷全球，我们的导演也就忙着要炮制与之不遑多让的大片。但差别在于人家的大片是建立在一个成熟的环境和基础上的，一切皆有准绳一切皆有法度，而我们就试图以钱为武器，从天而降地生一部大片出来。就像某些国际名牌服装，贵是贵，但剪裁用料配得起价格。而内地却有鱼目混珠的产品，粗糙不堪，虽然价格叫人咋舌，还是卖得很好。为什么？因为中国的富裕阶级在短短十余年间仍没有掌握到基本的品位，没有培养出一套品质的判准，只好靠标价定夺一切，因此才会出现贵价劣品的怪现象。

简单地说，这叫做暴发，数量代替了质量。《无极》的制作人口口声声要"冲奥"（冲击奥斯卡），其心态就像中国人特别喜欢突破吉尼斯世界纪录。那本厚厚的大全，里面密密麻麻得用放大镜才看得清的一行行纪录，中国人占得越来越多。吉尼斯光是收申报费就收到手软，而我们拼尽力气要彰显民族气魄的成果，只不过是那本大书上可怜的一行字罢了。

每次有人批评《无极》和《十面埋伏》，都会有评论来反击，说此大片不同彼大片，我们有的是中国美学中国传统，不能与好莱坞制作硬生生地比较。这么一来，问题又上升到民族气节和懂不懂欣赏传统文化的层次上了。如果你硬是要这样子讲，我也没办法。就好像广州那餐超豪华晚宴，你也可以说吃完之后必须消化不良食物中毒，才称得上有中国特色和美学价值。

悲剧照常发生

姜文的《太阳照常升起》其实是一部难得的佳作,可惜票房和评语说明它已经被严重低估了。它的好,首先好在全片拍得简直不像是中国,一会儿是天地灵秀的西南小山村,一会儿是西洋风满溢的校园建筑,最后则来了一片漫天黄沙的荒原景象。如果这是中国,也一定是个非典型的中国,是个和绝大部分影像所呈现出来的那个中原相去甚远的国度。这种角度当然是作者刻意陌生化的结果,姜文想把大家熟悉的中国染上一抹异域风情。

再看它设定的时间背景,从 20 世纪 50 年代到 70 年代,正好是现代中国的运动时期。纵然这是段以赤为尊的日子,但是在很多人的记忆里,它却是灰沉暗淡的一组黑白照。《太阳照常升起》就像姜文的处女作、另一部阳字系的佳构《阳光灿烂的日子》,立意在几成滥调的灰黑惨蓝里展现出不同凡俗的色彩。可是《太阳照常升起》走得更远,以刁钻镜头设计和流利的影机运动带出生猛的活力;那饱满色彩与亮堂堂的光环更不只阳光灿烂,甚至是斑斓缤纷了。

假如《阳光灿烂的日子》是想告诉大家即使在很多人不想记起的苦难岁月,也还有一帮人享受着令人眩晕的日光的话,那么《太阳照常升起》的异色风格又是为了什么呢?难道就只是为怪而怪,换上另一副眼镜看中国?它里头的故事如此日常又如此虚幻,日常处不脱男女情爱的纠葛,虚幻处则有一个从未出过场的神秘俄罗斯情人,总之就是和政治没有多大关系。难道姜文这回为了一反典型的历史印象,甚至不惜以一个彻底虚构的故事去颠覆那种每写"文革"就必定要谈大政治的滥调吗?有些论者因此就嫌这部电影躲避崇高躲避得过了头,竟然把长达二十多年的"大时代浓缩成了几个人的感情挫伤"。可是,就算在江河翻涌的大时代,人也要吃饭拉屎,也要调情说爱,而太阳,也要照常升起的吧。更何况政治无处不在,人无所逃于天地间,没有那样独特的政治背景，姜文和黄秋生饰演的角色又为什么要去开发大西北，姜文又何必下放到农村去劳动呢？

《太阳照常升起》是出悲剧，它以最不寻常的方法写出了几个普通人的悲剧，用狂欢的语言说着一阕伤感的传说。而那些角色的际遇不是抽空无依的，他们坐落在那个特殊的时空之中。《太阳照常升起》的悲，就在它的结尾。房祖名在铁轨上似锦的繁花丛中诞生，而其他角色则在昼夜的狂欢之后迎上了东升的艳阳，前路无限光明，青春仍有耗不尽的力量，看起来这是最典型的乐观情景。可是观众都知道这其实是段倒叙，之前一切情节的源头；后来，曾经是漂亮婴儿的房祖名死在了枪下，其他人也都尝遍了人生的苦楚。于是正面的兴奋更突显了天地不仁以万物为刍狗的冷漠和悲凉，甚至与之共同升华到了一个超脱悲喜的自然境界。没错，最灿烂辉煌的希望终有被现实粉碎的一天，再可爱的新生命也有死去的时候；但希望与生命仍然与摧毁他们的力量一样，像太阳，无情地照常升起。

唯美得寒酸

我一直想找一段文字去形容"唯美派"导演杨凡的《桃色》，结果终于在卫慧的新著《我的禅》里找到了。依然自恋到令人作呕的她，半虚构半写实地谈自己的一大苦恼，是在一个日本人和一个西方人的猛烈追求下不知如何选择是好。那两人都很有钱，都长得好看，而且都很会做爱。面对如此少见的人间苦难，卫慧说："我终于哭了。我的脸藏在Chanel帽子与Armani大太阳镜下，被泪水侵蚀着，支离破碎。"慈悲的天啊！请可怜这女人，就给她第三个男人吧。

卫慧这段话的重点还不是夹在两个猛男之间的痛楚，而是耀眼又突兀的那两个名字：Chanel和Armani。这两个牌子在此到底有什么作用？它们说明了什么？又形容了什么呢？根据写作入门ABC，写一个人物要用上他穿戴什么牌子的衣饰，喝什么牌子的酒，而非形容他吃穿的内容形貌的话，就是一种文字语汇的贫乏。用牌子去描述人物，起到的作用只是口味的表面宣扬。在自传体的作品里用名牌装饰自己，作用就是宣传自己的口味。

所谓的"唯美电影"，往往很容易就会沦为导演展示出众口味的杂货堆，因为导演为了营造那份"美"，常常使尽吃奶的力，狂摇镜头，把自己心目中最美妙的音乐、设计和演员堆在底片上。看这样的电影，我只有一个感觉，那就是"寒酸"。比方一个暴发户，把能戴的珠宝都堆到身上了。又如一个被逼吃素吃了三年的饿汉，整治了一整桌的大鱼大肉，摆只烤乳猪大剌剌地在桌中。

杨凡的《桃色》叫人倒足胃口。

杨凡的《桃色》，我许多朋友看了大叫过瘾，说它够异色，二男三女在同性与异性之间，受虐与被虐之间，偷窥与被窥视之间穿插来回。我只觉得这都只是炮制可餐秀色的借口，两个新晋俊男和包括章小惠在内的三名肉感女子抚来摸去，大露其肉。《桃色》有很华丽且颓废的美术设计，怀旧的黑胶唱盘放出的绮丽老歌,但这一切就和那无章法堆砌有余的运镜方法和剪接一样,凑在一起却没有呼吸的空间,重复拖沓却又没有节奏,显得精壮肥大。最可怕的还是演员演戏的方法。例如吴嘉龙饰演的角色仿佛只为挑起色欲而存在,邂逅的时候总是性感地低着头(就算有贼从后敲昏了他也很有可能),连拿警更表*的动作都像爱抚,活脱脱一根会走路的性器官。

难怪戏院电影院里观众笑声不止,所有很美的很华贵很有品位的东西都被放进《桃色》里了,于是寒酸得叫人忍俊不禁,一如卫慧。

---

* 香港警察夜间在街头巡视,需要定时定点在一本通常挂在固定灯柱上的本子打勾签字,以示该班次巡视工作完成。这种本子就叫做"警更表"。

暴力的边界

最近看了不少以暴力场面著称的电影,其中一部是去年上映,今年香港国际电影节又重新展映的《狗咬狗》。还记得当时有许多影评人称之为"Cult 片",意思是它剑走偏锋,不合主流心态,却又别具另类的趣味。怎么个偏锋法呢?且看片中第一个惊心动魄的杀人场面:陈冠希饰演的柬埔寨杀手就是在扮演警员的李灿森面前,劫持了他的同胞,再不急不徐地用一根铁刺横贯了人质的咽喉。这一幕已完全违反了一般警匪片观众的期待,一个被追捕的恶徒怎能害手中的人质呢?难道他不要命了吗?更何况他是用这种示威式的残暴手法杀人呢,双眼直直盯住持枪的李灿森,右手却毫不犹疑地把铁刺缓缓插进人质的咽喉,直到它从另一侧洞穿而出。观众的反应想必就和片中的李灿森一样,在死者阵阵的叫声中目瞪口呆,脑中一片空白。

晓得有这一幕,我也就不用再花笔墨去说陈冠希后来残杀整队警员,他与李灿森的最终对决有多惨烈了吧?作者郑保瑞是香港近年最值得关注的导演之一,他本来就有走"Cult片"路线的倾向,到了《狗咬狗》就更是义无反顾。为了拍柬埔寨郊野与香港垃圾场的荒凉,他干脆把色彩打得一黄到底;为了突显两位主角野狗般的本性,他不惜反复使用狗吠的声音效果。这种做法很能震撼阅历不丰的观众,奉之为夸耀暴力的"Cult片"新典范。但是对见多识广的影评人来说,就像吾友汤祯兆所说,"不少人以为把电影的色调统一,又或者贯穿同类型的配乐,就可以建立导演的风格",实则过度的重复只会令人生厌,"变成为负累的想象力贫乏及缺乏变化的证据"。

但是即便如此,还是有很多人被《狗咬狗》那连篇累牍的暴力吸引,那是为什么呢?我想起前些年伊拉克恐怖分子割掉被俘美军首级的那条著名短片,其实它的可怖程度与不少《狗咬狗》这类以过度暴力著称的电影不相伯仲。但为什么很多人就是不敢按下鼠标,让电脑屏幕播出那骇人的终极片段,却又可以接受电影里的虐杀场面,甚至甘之如饴呢?它们的不同到底在哪里呢?

我们首先想到的答案自然是真假之别,《狗咬狗》是虚构的剧情片,恐怖分子拍的却是真实的杀人记录。可是我觉得这里头还有一个更重要的关键,那就是使得暴力可被接受的机制之有无了。

除了真实的斩首短片之外,影像史中并不乏同样令人目不忍睹的虚构作品;比起它们,《狗咬狗》的血腥简直就像热狗里挤出来的多余番茄酱,虽然叫人不快,但还不至于难以下咽。它们之间的不同就在于有没有一个逻辑,一套脉络与一组机制,去合理化呈现暴力的片段,让它比较说得通,让它比较合乎常识,让它从突然的喷血变成溢出的茄汁。

换句话说,我们真正不能忍受的是没来由的暴力,而非任何暴力。我们知道恐怖分子杀人也有他们的理由,可是我们的文化常识告诉我们那不算理由。当我们在影像上看到一些没有前文后理,如从天降的恐怖画面时,我们往往会忍不住说一声"变态!"这句"变态"与其说是那些场面的背后原因,倒不如说是我们缓解自己压力的解释。因为"变态"是可以解说所有不可思议之事物的万能钥匙；只要是"变态"的，再变态的东西也都有了位置，有了说法。这就有点像发生了意外之后，人们暗自咒命不好。

在这个意义底下，《狗咬狗》还不算是一部变态的"Cult片"，因为导演自己在电影里就已给出了暴力的理由。他以剧情和无所不用其极的音像设计告诉观众，陈冠希的冷血是有原因的，李灿森的蜕变也是有源头的。他们都是环境的造物，是环境令他们成了野兽，是弱肉强食的丛林法则使得他们人性渐退，兽性渐显。

如此一来，《狗咬狗》的暴力就说得通了，因为人性底下的本能是兽性，文明的背后是野蛮这种道理是主流文化里的常识，任谁都一听就懂。接下来我们就能回味那些用刀剖腹、以石桩爆头的片段了；它们在感官上带来了逾越界限的快感，同时又不超出理性的范围。所以《狗咬狗》虽是一部挑战观众的电影，但它的挑战就和"笨猪跳"（蹦极）一样，后头系了一条安全索，有玩命的刺激没有玩命的危险。

其实《狗咬狗》只不过是个样本，我用它说明的是文化里无处不在的暴力元素。电影、音乐、电子游戏和电视都有越来越张狂的暴力，但它们多半都被约束在一个安全范围之内，都在主流大众可以理解的世界之内。而某些哲学家所说的"纯粹暴力"和"纯粹邪恶"，可不是我们随便能看到的。就算真有人敢去触摸边界，也很难找到人投资出版。极致的暴力总在世界的彼岸。

cult 到 cut

"Cult"这个英文很难找到恰到好处的中文翻译(诚然也是因为我的语文水平太低,中文有时译为"邪典"),作为一种文化现象,它大抵是指一种怪异的品味,只有少数偏锋的圈子会喜欢,而且还会深深地着迷追随,反过来使这种趣味和它的象征成了小圈子的代表。所以有时候我们会说一部电影是 cult film,一支乐队是 cult band,指的就是其风格奇怪而小众。最成功的 cult 文化不只是形式怪诞,还得有一群忠诚的追随者,因为他们追随的对象孤芳自赏,并且说着只有圈子里的人才懂的语言。

电视剧本来注定是 cult 不起来的,因为电视剧要迎合最大多数观众的口味,无论形式还是内容都有定规。爱情悲剧就要让大家哭得死去活来,侦探剧就要有悬疑的情节使人们誓死追随。这种东西又怎能拍得古灵精怪,惊世骇俗呢?但偏偏就有人拍出一套cult到极点的电视剧,那就是20世纪末最著名的cult片导演大卫·林奇(David Lynch)的《双峰》(*Twin Peaks*)了。

这部1990年开始出现在全球各个电视网络上的电视剧集,最近有了DVD版本,正好让从未看过它的观众见识一下被誉为近十年来影响力最大的美国电视剧是什么模样。在谈《双峰》之前,先说说它的创作者大卫·林奇。其人不只喜欢拍一些畸形的人物、畸形的社区,而且每部作品都有一种或者低沉或者华丽的变态美感。他的第一部长片《橡皮头》(*Eraserhead*)是70年代美国最著名的独立电影,1986年的《蓝丝绒》(*Blue Velvet*)则是80年代cult片的经典。更令人津津乐道的是他的嗜好,居然是收藏各种生物的器官和残肢,藏品之一是一个朋友做手术时割下来的子宫。他妻子伊莎贝拉·罗塞里尼(Isabella Rossellini)就是因为受不了他老用黄蜂当图钉,冰箱里除了猫头鹰的尸体和浣熊的爪子就别无他物,才决定跟他离婚。

林奇和伙伴马克·弗洛斯特（Mark Frost）不知用什么法子骗到电视台高层，让他们开拍《双峰》。看上去这是一个单纯不过的侦探故事，一个美丽的山间小镇发生了一件高中女生谋杀案，联邦调查局派来一名探员调查。这个小镇表面上淳朴简单，周围是茂密的山林。几名主角外形漂亮，是电视片的上佳人选。怎知道故事发展下来，小镇里每个人原来都有不可告人的另一面，幽深的树林里有莫名的阴影，平凡的美国中产小镇居然世代以来被"黑暗力量"笼罩。随着剧情的推进，谜团越来越多，现实越来越魔幻，结果是大卫·林奇最喜欢的主题：所有美好的事物都有变态的另一面，所有完整的东西都正在瓦解衰败。终于电视台再也忍受不了，腰斩了这个剧集，它未解的谜局持续困惑着一撮死忠的观众。

《双峰》虽死，但其中那名行为怪异的联邦探员却成了后来红遍全球的《X档案》里主角的原形，而所谓的"黑暗力量"开启了后来众多电视剧集的灵感。时至今日，还有专为《双峰》建设的网站，有网友用弗洛伊德的理论解读剧中著名的"红色小屋之梦"，也有网友为它编写续篇。这些迷哥迷姐甚至每年都会回到真实的双峰小镇搞嘉年华派对，仿如秘教聚会。今年的聚会日期是8月15到17日,你可以考虑参加,请到网上报名。

改编作为一种工业

改编自香港电影《无间道》的《无间道风云》不只为大导演马丁·斯科塞斯带来他从未得过的奥斯卡金像奖，还令许多香港电影人感到扬眉吐气之快。有些论者甚至指出，连奥斯卡最佳电影也要改编自一部香港电影，可见好莱坞近年肯定有创意枯竭之势，才会多番向日本及韩国等亚洲电影取经，不是改编他们的剧本，就是重拍他们的旧作。

其实只要翻翻影史，就知道好莱坞改编外国作品绝非自今日始。以亚洲电影来说，20世纪的60年代，好莱坞不就把黑泽明的《七武士》拍成西部片《七侠荡寇志》(*The Magnificent Seven*)了吗？再拉远一点看，第二次世界大战以前，当意大利还是世界第一电影强国的时候，好莱坞更有大量翻拍以至于抄袭意大利片的情况。

我们很容易以为翻拍或改编的作品不如原作，起码它显示了一定程度的创意匮乏，因为我们总是要求艺术品必须有"原创性"。但什么叫做"原创性"呢？先别说在20世纪诸多文艺理论的冲击底下，它已成了一个很成疑问的概念。关于"改编"，我们更是可以质疑有什么作品没经过改编。从民间记忆中的经典故事寻求灵感算不算改编？一个导演受到另一位前辈大师的影响又是不是一种最广义的改编呢？我们应该如何区分"改编"与"影响"的不同？它们的界限又有多明确？

在看美国的《无间道风云》与改编的关系时，除了比较它和港产《无间道》的高下，除了讨论改编与原创那复杂的理论纠葛之外，我们或许更应该注意美国的文化工业有多么擅长改编，改编又怎样变成了一种庞大而有效的工业手段。

回想《无间道风云》得到的"最佳改编剧本奖"，难道大家不觉得讶异吗？以分工精细而专业闻名的好莱坞电影工业，居然在最能代表它整体技艺水平的奥斯卡奖里开出了"改编"这一专项。这岂不说明了改编从来就是美国电影产业的重要环节。

所谓"改编"电影,除了改编外国电影和重拍经典老片,最为人熟悉的就是改编小说和其他种类的文学作品了。而在百老汇音乐剧的风头势不可挡的年代,还有不少把舞台剧搬上银幕的改编工程。至于《超人》和《蝙蝠侠》,则是源自漫画的卖座电影。当然,我们也不能忽略《古墓丽影》这种来源于电子游戏的商业片,说不定网络虚拟游戏就是未来改编电影的大宗。而日本影人懂得在网络上寻求材料,把论坛上的真人真事变成《电车男》,就更是走在时代前端了。

很多种类的文化产品都能变成电影,反过来说,许多电影不也可以移植转换,改编进其他文化领域之内,然后照样引人照样走红吗?最好的例子莫过于《星球大战》,从这部科幻巨制派生出来的改编版本不知凡几。在漫画、动画、小说之外,我们也应该把和"星战"有关的电子游戏、模型玩偶,甚至网站算进改编的范畴。通常谈"改编",我们的视野都被约束在小说、戏剧、电影等"高级"文化作品之上,关心同一个桥段同一组人物角色在不同文类间浮移变化。但要是将焦点转到工业体制,将改编从一种艺术手法看成一套生产方式的话,我们当会发现,改编包含的范围其实可以更广阔。从工业的角度来看,只要把一种商品的故事(所有的文化商品都是有故事的)转嫁到另一种市场的商品上,就能算作改编了。例如与《星球大战》有关的各款模型,你或许不能认同它们是艺术品,但你绝不能否认它们是种来自原作电影的商品吧。

最夸张也最超出常识的改编,就是迪士尼式的主题公园了。这些公园的魅力倒不是它的游戏设计精巧,也不是它的技术环节复杂,而是使人人熟悉的动画变成了"活生生"的具体情境,令消费者不只可以旁观,甚至还能"走"进去,成为其中的一部分。

美式文化工业的成功之道正在于它擅长改编。透过改编,它整合了几种不同的行业,创造了一个跨越既有疆界的市场,将一件文化产品所能带来的协同效应提到最高程度,半点也不浪费。一件文化产品越是有被改编的潜能,就证明它越有"创意"(至少是可以盈利的创意)。

这都不是什么发现了。各地商人也都明白文化产品的改编是条有利可图的捷径,所以《满城尽带黄金甲》等国产大片也都先后推出了自己的小说版。然而至今为止,我们依然习惯将它们看作"周边产品",既不愿投入大笔的资金,也没有周详的事先规划,更缺乏专门的研究与技艺传统。所以我们那些改编自电影的商品还是停留在"周边"的位置。

《无间道风云》是一部电影,和刚才所说的那种跨类别改编不同。但是从它的出现、得奖乃至于奥斯卡设有奖项肯定这种翻拍电影来看,就知道美国的文化产业不只不以改编为耻,甚至还把它当成了一种值得钻研的专业。在为《无间道》的间接荣耀高兴之余,大家是否也该看到世上最强的文化工业的纯熟运作呢?

不再抽烟的007

007系列电影的最新作品《皇家赌场》其实改编自原著小说的第一部。1953年这本小说刚刚推出,立刻就得到了巨大的反响。当时的《泰晤士报》如此评价初次登场的詹姆斯·邦德:"每一个男人都希望自己是他,每一个女人都想让他上自己的床。"

过了半个多世纪,我相信所有拍007电影的人仍然希望詹姆斯·邦德保有这种形象,仍然希望邦德是一个将危险的男性魅力发挥至极致的性感偶像。虽然我还没看过刚刚推出的《皇家赌场》,但是我肯定有一点是今非昔比的,那就是香烟。

当年的007是个超级烟枪,不只指定要吸一家英国老牌烟草商为他特别订制的香烟,而且一天起码得干掉六十根。在赌桌上固然要抽烟,在开跑车追逐坏蛋的时候仍可好整以暇地夹着根烟,与美女春宵一度之后更是不忘来一支事后烟。

007的魅力来源之一就是他的烟。但是他和大部分电影呈现出来的正面抽烟英雄不同(例如《卡萨布兰卡》里的亨弗莱·鲍嘉[Humphrey DeForest Bogart]),他不只是靠抽烟抽得很有型来吸引人,还有别的特点。一般而言,那些影像里把烟抽得很帅的人物从不会强调吸烟有害健康,因为这将会使人想起他们漆黑的肺部。可是邦德却反其道而行之,小说固然用去了许多篇幅细致地描绘他取烟吐烟的动作姿态,但更令人瞩目的是作者毫不避讳地谈及香烟可能损害邦德的身体。

在原著小说里面,弗莱明屡次提到邦德强壮的身躯有朝一日可能会被烟草拖垮。甚至有一幕,他去做例行检查,医生报告指出他若改不掉一天抽六十根烟的习惯,迟早会破坏了自己的身体。

这是为什么呢?理由就是要从反面塑造詹姆斯·邦德无

惧的性格。他抽烟就和他孤身深入敌人基地一样,是件冒险犯难的勇敢行为。007的独特魅力就在于他对自己和敌人的生命都毫不在乎,男人想变成他,是因为每个人都在心底想象自己其实是个冒险家。女人喜欢他,是因为每个人都会不由自主地被致命的诱惑吸引。

所以007或许是历史上第一个从吸烟危险这个角度,反过来突出自己吸引力的抽烟英雄。有趣的是,事隔五十多年,007不怕的东西成了所有人避之不及的祸源。

前几年,萨特百年冥寿,法国国家图书馆特地设展纪念。其中罗列大批相片,幅幅放大如真人尺寸。如此一来,大家就能清楚看见这里头的萨特永远烟不离手,否则怎么会每一张照片都有一根烟或者一管烟斗呢?于是馆方使用计算机图片修理技术,把那些烟的痕迹全部抹除。萨特的嘴巴因此嘟出了一个比他那斜眼还要奇怪的形态,他的手指也常常作出近乎神经痉挛的诡异姿势。消息一出,群情激愤。这是法国呀!人人生而自由,尤其是吸烟的自由,国家图书馆怎能学老美那一套健康的专制?又怎能学斯大林式的照片谎言,去伪造历史真相呢?

我由此想起,一生阅女无数的萨特原来也许是个哲学上的007；思想的冒险为思想者带来危险的诱惑。表面上看，他和高大潇洒的詹姆斯·邦德没有任何共同之处，但那团永远围绕着他们的烟云则透露出了一致的暗号：此人危险。

假如连法国国图都能这样子对待萨特，那么我绝对不会意外未来的观众将会看见无烟版本的007老录像。到了那时候（如果我还活着，没有死于肺癌），我一定要告诉年轻人历史的本来面目，甚至冒着可能被视为疯子的危险，去向他们解释什么是烟，什么是属于烟的年代。

黑客帝国的学术幌子

但凡一部科幻电影要登上殿堂位置,少不了学术界为它背书作保。

当年的《星球大战》、《2001太空漫游》、《银翼杀手》和《异形》都不只是票房表现出色,后来模仿者众,而且大受评论界欢迎之余,引起了学术界的注意。近年来在学术圈中占了主流位置的文化研究就常援引《银翼杀手》和《异形》为"机械化生物体"(Cyborg)观念的经典范例。学术理论极艰涩的术语总是为这些电影起了摇旗呐喊的造势作用,让它们成为Cult片迷心目中百看不厌取之不尽的思想根源。

从这个角度看,《黑客帝国》(*The Matrix*)三部曲似乎从一开始就安排好陷阱，让搞时髦理论的人一脚踩入，分析来分析去，营造出无数话题。首先，它把十年来已经被很多人拍过的"虚拟实境"（Virtual Reality，简称 VR）发挥得淋漓尽致，宣称我们所身处的世界根本是虚构，真实时空全在脑海之外。这一下可大大击中我辈读哲学之人的死穴，因为简直就是现代哲学里头"缸中之脑"（Brain in a Vat）这个著名隐喻的鲜活体现。所谓的"缸中之脑"指的是想象我全身上下就只剩下一个大脑，被一个疯狂科学家放进一个注满营养液的大缸之中做实验，而我所感所见所思无不尽是那个科学老怪用各种电线管道输入的信息刺激所致。好了，现在的问题是，我怎么知道这个故事不是真的？我怎么能判定我不只是个缸中之脑？这个思想实验远承柏拉图、笛卡儿，是现代哲学里形而上学和知识论的一大难题，数十年来叫多少哲学好汉尽折腰，如今竟成了大众电影的骨干，抛给全球过亿观众思考。

《黑客帝国》又赶上了欧美的东方热，不只请来袁和平设计一套港式武打动作，还老喊些"释放你的心灵"之类的玄秘口号，让老外们看了觉得禅意无穷。事实上那个"缸中之脑"式的故事就已经有点像庄周梦蝶，片中主角尼奥（Neo）

之所以成为救世主，更是靠一套可以窥破表象的佛家洞见。到了续集，种种迹象都正暗示原来在母体以外的真实可能也是另一重虚构的母体。这么说就真的是万法皆空了，而尼奥，岂不是现代版佛陀？

不只如此，据闻导演沃卓斯基两兄弟还在开拍第一集之前，逼基努·李维斯先好好阅读后现代先知让·鲍德里亚的论著（也不知他看懂没有）。可见这部电影内内外外都在诱惑学术蛋头。果不其然，去年就真出了一本十多个哲学家、社会学家和文化研究学者合著的论文集，从多学科的角度畅谈《黑客帝国》。书中压轴的是当今学界的天之骄子齐泽克，与其他热昏了头的人不同，他直接就说这部片子没什么创意，不外是把"机器电脑反过来控制了人"和"我们的世界可能是虚构的"这两个给拍烂了的主题结合起来罢了。他还提出早在《黑客帝国》和《楚门的世界》(*The Truman Show*)之前，1960年就有好莱坞导演拍过类似的电影。话说一个知悉诺曼底登陆计划细节的美军军官在登陆当天之前的三十六小时被德军捕获。趁他还处在爆炸之后的失忆状态，德军伪造了一个疗养院予以收容，骗他时间已是1950年，美国佬早已战胜，而他正在加州老家接受康复治疗。身边的护士是加州口音的美丽女孩，窗外阳光明媚，他会不会对伪装的医生忆起当年往事……

可是齐泽克究竟还是坠入了陷阱，左一句拉康右一段黑格尔地写将下来，原来是要贬低《黑客帝国》，最终却也成了它的俘虏。

《V煞》启示录:人民力量万岁

　　《V煞》(*V for Vendetta*,又译《V字仇杀队》)绝对是当年最振奋人心的电影。看到结尾伦敦国会大楼给炸得寸瓦不留的那一幕时,有些朋友差点忍不住眼泪,拍手喝彩。但是同样一部电影,美国好些保守派影评人却是破口大骂,说它"无知、愚蠢、肤浅"甚至"鼓吹恐怖主义"。为什么《V煞》会惹来这么两极化的反应?为什么凭《黑客帝国》扬名的沃卓斯基兄弟会制作出这么一套娱乐性十足的电影,但又同时分化出两批截然不同的观众呢?

　　电影的故事其实十分简单,背景是不久之后的英国,百姓生活在法西斯式的高压政权之下,凡是讽刺主政者的异议分子、同性恋,甚至伊斯兰教徒都没有好下场。秘密警察开着巡逻车满街巡逻,看看谁敢违反宵禁令。每个人的电话、电邮以至于家里晚饭桌上的对话,都严密地受到监听审查。好音乐是禁曲,好书是禁书,政府却由早到晚地透过国家电视台宣传自己的威风,捏造有利于自己的新闻。

但是一个头脑精明,身手如超人,总是戴上面具,名字叫"V"的人出现了。他劫持了国营中央台的频道,呼吁国民一年后齐齐戴上和他一样的面具冲上街头,揭破这个虚弱政权的假面具。与此同时,他还准备了大量的炸药,不断暗杀党政要人,像个恐怖分子。

《V煞》大可以放在《1984》等经典反暴政电影的传统之内,本该是美国人最欢迎的类型片,但是它却挑动了当前美国保守派的神经。一来是因为它把美国描绘成了一个由盛转衰甚至陷入内战的败落强权,二来是它呈现出来的英国根本就是在影射布什政权的未来走向,以反恐和国安的名义不断压制异己,收紧人权;为此不惜虚构恐怖袭击和"大规模杀伤性武器"的情报。但《V煞》更具杀伤力的地方,是它那满溢的无政府主义,这一点恐怕是任何政府领导看了都要头疼的。

但是人民的政府就用不着担心了，因为《V煞》高举的是人民力量。正如它的宣传语，"人民不该害怕政府，是政府应该害怕人民"，终于推翻英国大独裁者的，不是V和他的炸药，而是成千上万的百姓。V戴上面具这个设计的灵感，明显来自有"新世代切·格瓦拉"之称的马科斯副司令（Subcomman-dante Marcos）。马科斯是墨西哥东南部叛乱组织萨帕塔民族解放军的领袖，也是个谜一般的人物。他不只为墨西哥印第安原住民奋战，同时也反对资本主义全球化带来的环境破坏和贫富差距。他懂得行军布阵，更擅长用极富诗意与哲思的文章透过电邮向全世界散布信息。他不只写宣传檄文，甚至还写童话故事。

但到底谁是马科斯呢？谁有这么聪明的头脑和漂亮的文笔？没人知道，只有无穷的猜测和流言。他永远戴着头套，只露出炯炯有神的双眼，但从不揭开头套底下的面孔。因为他和他所有的同志都戴这种头套，你分不出谁是谁就正好显示他们有志一同背靠群众，不搞个人英雄崇拜。更妙的是就算有一天他死了，也没有人会真正发现，马科斯的精神永远长存于戴了头套的同志身上。他就是萨帕塔解放军，每一个萨帕塔解放军都是马科斯。

但要是没有待燃的火药堆，一根火柴又怎能烧起焚天的大火呢？如果不是饱经压迫的人民已经走到了忍无可忍的地步。纵使 V 再神通广大，也煽动不了数以十万计的伦敦市民公然抗命，走上了街头。结局那一幕正是整部电影的高潮，几十万人披着和 V 一样的黑色风衣，戴上和 V 一样的面具，齐步走向荷枪实弹的军队，无畏无惧。反倒是带着重装武器的军人一个个傻了眼，强权果然应该害怕人民。你们不是要抓通缉犯 V 吗？来吧，眼前数十万人都是 V，数十万人都是通缉犯。

也就是在这一幕，电影的个人英雄主义消融在群众的力量之中，一部好莱坞商业大片神奇地征召了墨西哥萨帕塔解放军副司令马科斯的策略，只要一个英雄蒙上了脸就等于所有蒙面的人都是英雄。还有比这个更形象化更成功地歌颂群众力量的方式吗？

《V 煞》是个很好的标本，可以用来检视最极端的思想如何暗度陈仓,潜入好莱坞的文化工业,暗自发动。一般以为，好莱坞不只是世界影坛的霸权，也是容不下丁点反动力量的保守文化大本营。正因为它惯常的保守心态，才更衬显出《断背山》那一点点的出格。好莱坞保守，是因为即使它的大片厂制度已经衰落了,但整套工业程序依然稳健运作,一切制片和营销的预算与设计莫不紧紧地扣连着对大众主流市场的估计。所以它的电影就算再怎么反叛创新,依然不脱几套早经实践证明有效的公式。

《V煞》当然符合了许多公式:早在《黑客帝国》亮相过的武打特技,大规模的爆炸场面,扭曲但不失温情的爱情关系和历尽沧桑的超级英雄……甚至它的原名"V for Vendetta"也被中文翻译驯化,变成了普通不过的《V煞》。因此,这部片子的原著漫画作者艾伦·摩尔(Alan Moore)非常不满本来更激进的东西不见了,而无政府主义者更开设网站批评它的温和。

是的,《V煞》本来不该只是鼓吹人民推翻暴政的一般大片,它还有浓得化不开的无政府主义色彩。例如V喷在墙上的那个标志:一个圆圈中间有个大大的V字,根本就是无政府主义图腾的倒装,把A反过来变成了V。普通商业电影的观众恐怕没办法从这些蛛丝马迹里解读出更极端的思想主张,所以批评《V煞》过度温和不是没有道理的。

但是我们也该看到在它流畅的剧情和华丽的视觉效果底下,《V煞》那股遮盖不了的蠢蠢欲动的颠覆潜能:电视时事评论节目的名嘴是个不折不扣的骗徒,生产药物的大企业是抹煞良心的奸商,一个越是吹嘘自己稳如泰山的政权越是虚弱不堪,凡是打出国家安全至上旗号的政客其实都是祸国殃民的政客……你还可以继续数下去。这一切"反动"讯息虽然不够深入,可是却随着电影的通俗语言变得更有效,更容易深入人心。可见,即便是在森严的好莱坞,别有企图的作者还是可以挟带私货过关的。

谁心上的一座断背山？

因为《断背山》(*Brokenback Mountain*)的热潮，喜欢取笑同性恋的人最近又多了一句口头禅。从前，他们喜欢说"嘿嘿，你猜这人是不是'基'的"，如今，他们则说："喂！你的心底是否也有一座断背山？"《断背山》几乎成了同性恋的同义词，有时候我会以为他们讲的是"断袖山"。不过，我想若是真的看过这部电影，又或者读过安妮·普罗克斯（Annie Proulx）的原著小说，他们是不是真的还能笑得出来。那股巨大的力量，沉重得虚空。

我非常赞同林奕华、李安导演那句"每个人心里都有一座断背山"，说得实在太好了，好得令人担心这句宣传词会不会比电影本身还好。结果证明，无论是小说还是电影，都绝对担得起这句话的分量。问题只是这句话太有普遍性又太过甜美。放在电影的脉络里看，它指的可以是两个牛仔间不可告人的感情要深深隐藏在心底。延伸开来，它可以很颠覆地意味每一个异性恋者都有那么一段断背山上的启蒙遭遇，只是陷身在自己的家庭网络社会压力中，回不去也不敢回去。然而，现在最常见的理解却是任何一个人不管是什么性取向，都曾经历过一段刻骨铭心的爱恋，后来却只能永埋心底。

于是我看到有影评说，《断背山》讲的不只是同志，而且是爱情本身。如此一来，这部电影这部小说的争议就彻底蒸发了。因为这句话的意思其实是不要去管两个主角都是牛仔都是男人，也不要去管美国几个保守的州里有人要禁止它的上映，更不要去甩很多地方不准它公开放映的理由；它其实与同志无关，它是一部男男女女都可不带包袱去看的爱情悲剧。准备好你的纸巾吧。

有些影评更加露骨，作者表示自己"意外地"发现看到两个男人热情厮磨竟然可以不毛骨悚然，甚至还有点感动。这种种说法无非暗示，嘿，千万别把主角当成两个男人，就当他们是对"正常"情人好了！如此一来，发生在20世纪

60年代，保守到同性恋会给人用铁锹打死的美国西部，牛仔是传统阳刚大男人形象象征的背景下的一段牛仔恋情，就变得很温和、很甜美、很没有杀伤力了。原著小说是凄怆的，电影则更添一层含蓄的淡泊水色，现在裹上了如此一层糖衣，就难怪低成本的冷门制作可以有机会问鼎端庄老迈的奥斯卡了。

"其实同性恋也是一种恋情"是种表达包容的滥调，不是不对，只是它忽略了多少现实的磨难多少情境造成的歧义呢？更可怕的是这里所说的"恋情"二字看似中性，其实隐含了多少异性恋传统假设的"正常"呢？此种宽容在当今的主流传媒最是常见，张国荣和"唐唐"比较为人接受，理由是他们符合了一般人的期望，那就是稳定长久的关系；而又脱离了一般人对男同志的想象，也就是胡天胡地换性伴。同样地，大家看《断背山》，记得最清楚的是两个男人的矢志不渝，其间去墨西哥找乐子的细节倒是忘了。

从《断背山》回到西部

虽然《断背山》以美国西部为背景,主角又是牛仔,但恐怕没有人会因此认为这是部西部片。

从电影的类型上说,所有西部片都有相当近似的公式。用郑树林教授新著《电影类型与类型电影》中的说法,西部片的开头背景总是"有秩序和安稳的处境",例如一个小镇或者新开发的殖民区。但不久就有贱党土豪或者印第安人出现"干扰及破坏",于是居民们就得"团结起来一致对外"。可是这仍不足以拨乱反正。好在有克林特·伊斯特伍德(Clint Eastwood)或约翰·韦恩(John Wayne)般的"独行侠出现",历尽一番血战或正反双雄大决斗,小镇才"重归有序及稳定"。虽然不是所有西部片都严格遵从这个公式，但它的确总结了大部分西部片的剧情。

"所有的西部片都是同一部电影"，千面一色的西部片既源自也催生了全世界观众对美国西部的想象。那就是美国人曾经自夸的拓荒精神，面对沙尘滚滚的峡谷荒山，白人移民们无畏西进，不论是垦殖还是寻金，大家都要以阳刚雄壮的勇迈意志追求新天地。有趣的是，尽管旧金山偶尔也会出现在西部片里，但这个城市的海岸却极少被摄进镜头里。西部片是种没有海洋的电影。

因为20世纪60年代风起云涌的各种反对运动，歌颂白种大男人沙文主义的西部片变得不合时宜，渐渐衰微消失。但就在六七十年代的美国，却同时兴起了另一股西进运动。这回往西去的不再是为了寻金，而是为了"爱与和平"；移民们带的不是枪，而是花朵。更有趣的是，向往西部的不再是异性恋模式所歌颂的牛仔，而是新兴的同志运动。"村人"（Village People）的一首"Go West"成了那个年代的同志战歌；旧金山从过去的淘金梦中醒来，变成自由、开放和平等的乐园。大海淹埋了荒漠。

但是牛仔没有消失，他们还活在旧金山许多同志娱乐场所里面,穿着皮靴带着手枪在舞台上扭动,不再只是女性的偶像,也是男性的性幻想对象。直到今天,牛仔依然是许多同志色情电影里面的重要角色,犹如一般主流色情电影里的女护士,几成一种"次类型"影片。

在这样的脉络底下,《断背山》作为一部主流电影的角色就格外值得注意了。它在空间上把两个主角往东拉回不靠大海的怀俄明州内陆;而时间背景正是传统西部片由盛转衰、同志大胆西进的60年代到80年代。早就是同志文化里狂想对象的牛仔身处如此时空,却要在歧视目光与死亡的威胁下偷偷苦恋,《断背山》跨越时间的悲情就更加值得细细品味了。

恶魔的人性会减少他的恶吗?

因为2005年是第二次世界大战结束六十周年,所以我为自己安排了一个小型的个人影展,一口气看了许多关于那场灾难的电影(严格来讲,是影碟)。其中一部是引起极大争议的《帝国的毁灭》(*Der Untergang*,港译《希特勒的最后十二夜》)。虽然朋友送我的德国版DVD效果也不错,但还是很后悔那时没赶得及上电影院看正场。因为这片子的美术实在做得出色,一丝不苟细致到尾,惟妙惟肖地把当年沦陷(或许我该说"解放"?)前的柏林街景和希特勒最后地下指挥所里的一木一石,如实呈现在胶片上。如果是在大银幕上看,那该有多好啊。

但这部电影最让人注意的，当然不是这些技术方面的事。一位柏林电影博物馆的电影史家如此评论："它居然把人味加在那头怪物身上！那头怪物！"怪物指的就是希特勒，人味就是他在这个戏里展现的那些细节，例如对秘书小姐的友善，对厨子弄的家常菜的赞美。人味也是他那人尽可见的荒谬妄想，是他在众叛亲离的情况下展现出来的渐渐崩溃的过程。大概从来没有一部电影像《希特勒的最后十二夜》这样，从纳粹德国这一边的角度去拍第三帝国的最后时光，从希特勒近身秘书的眼睛去观察这个人称"盖世魔王"的人，如何经历这段岁月，然后吞枪。

所以很多人就说这部电影美化了希特勒，因为他是一个绝对不可以原谅不可以同情的魔鬼，甚至在提到他的时候最好是用"他"或者"它"这个字。我们习惯了把希特勒叫做"希魔"，他是一个蛊惑人心、杀人无数的终极独裁者，所以受不了 Oliver Hirschbiegel 把他拍成一个会体谅秘书打字不够快的仁厚长者，受不了知名瑞士演员 Bruno Ganz 把他演得像个困守地牢双手发抖的痴呆老人。同情心与令人同情的软弱都是平常人才配得上的素质，而非那个冷酷无情的人类种族实验计划师所该拥有。

问题是为什么把这些属于人的素质加在希特勒身上，就是美化他，就是淡化他邪恶的浓度呢？因为我们倾向于认为这个世界有种其实不该存在的"极恶"（radical evil），无法想象，难以度量。纳粹的种族灭绝就是"极恶"的绝佳例子。它恶到一个不得讨论的地步，不只是黑白分明毋庸再议，而且还是因为言语难以形容，文字无法接近，恍如禁忌。

"极恶"犹如撒旦，是希伯来和基督文明传统里的一大课题，它为何存在，如何发生，是欧洲两千年中许多最聪明的头脑不断思考的疑难。

困局在于如果真有极恶，它如何借着希特勒的肉身出现而且完成呢？如果不是透过凡人双手，极恶可能在这个世上存在吗？逃避极恶的具体化这一环节，我们其实也就排除了它发生在我们社会中的可能性。还原希特勒"人性"的一面未必就会减轻他的罪孽，反过来，这会加强我们的恐惧，原来一个亲切对待下人的家伙，也能成就历史上最巨大的邪恶。《希特勒的最后十二夜》不只没有美化希特勒，淡化他同伙们的恐怖，相反的，它更透彻地揭露了人类在极端的道路上可以走多远。例如戈培尔夫妇，在地堡陷落前的最后一刻，一个接一个亲手毒死了自己的儿女。那却是出自父母的爱，怕子女未来不能生活在一个健康完美的雅利安新世界。观众们看着这一幕,都知道他们的行为是合乎逻辑的,但也一定察觉到那个逻辑何其扭曲。

真实显影纳粹的人性不一定是种美化。但还有一个问题依然令人困扰:这就是真实吗?我们凭什么判断《希特勒的最后十二夜》要比以往的电影更写实地再现了希特勒的为人呢?

我们为什么会觉得它很真实呢?的确除了它的美术十分精湛,看过的人都大概以为当年希特勒藏身柏林的地堡,应该就是片子里那般模样。可是,已经有亲历纳粹指挥部最后岁月的工作人员出来指证:我们那时候躲藏的地下中心哪有这么大?真正的地堡要比电影里的布景狭小得多了!

我又想起伍迪·艾伦的《安妮·霍尔》(Annie Hall)里的经典一幕。戴安娜·基顿(Diane Keaton)饰演的女主角疯狂崇拜其时如日中天的鲍勃·迪伦,认为他简直是神。结果在一个演唱会进口处,伍迪·艾伦看到鲍勃·迪伦离开厕所,于是对戴安娜·基顿说:"瞧!上帝刚从洗手间出来了。"就是如此,我们心目中的大人物,不论是圣人英雄,还是狂徒暴君,都是不吃不喝不拉不撒的,尽管我们都晓得他们也是人，不可能没有动物应有的消化排泄。人所共知的大人物，正因为他们都是在公共领域活动的人物，才得以成为大人物。因此我们对他们的印象无一不是来自大众媒体。在公共领域里，有权有势的人可以凭自己的权势不断操弄媒体，生产自己最想看到的自己，恍如白雪公主中的魔镜，对着天天照镜子的恶毒皇后说"你最美"。一旦有人把多于这种镜像的东西也拍到公共空间里面，尤其是私人领域里不可告人见不着光的事时，这面镜子就会崩解碎裂。希特勒在纳粹的宣传机器中是最英明最有远见的首领，在盟军和战后的记录里则是坏到骨子里的人魔。拍他抖着手吃饭的《希特勒的最后十二夜》又怎能不被看作是一块丢向魔镜的石子呢？（有朋友还是看了这部电影才知道希特勒是素食者。真个是"食素恶魔"。）

近年流行为历史上早有定论的人物翻案，李鸿章不是卖国贼，袁世凯其实最反日，亚历山大大帝只爱男人……名单还可以一直开下去。替巨人翻案，其中一种步骤就是把我们习惯的瑰丽镜像揭穿，为他们装上嘴巴吃饭，给他们厕所拉撒。也或许从他们身边的小人物着手，目的都是还他们以人性，拉近观者和他们的距离。所谓"人性"指的其实就是一些常人也会做的事。仿佛加上这种人性,大人物就会——"走下神坛",也就更显真实。

不过,假如经过包装神化的公众形象不真实的话,为什么这种平庸不过的日常就一定是真实?或者更真实呢?我们觉得《希特勒的最后十二夜》里的希特勒真实,是因为我们假设了过去关于他的描述都太过典型,但何以见得一个女秘书的眼睛就能照出实相呢?如果这种做法就是显露真实的话,那么写实岂非太容易了?如果影片里舞台上的鲍勃·迪伦很像神,小便就能轻易摧毁他的神格吗?

所以我一直不敢对朋友说《希特勒的最后十二夜》很真实,更不能说它是部翻案片,因为电影里的那种人性不一定比传说中的魔鬼更真,也不一定有冲突。艺术的写实如果也是一种做作,只是一种意识形态,那么如今流行的"人性还原风"一样是种意识形态。它建立在我们对真实和人性的假设之上,而这些假设不无可疑之处。我宁愿以为《希特勒的最后十二夜》不是更真,只是不同。

病毒营销

我的年纪不小了,属于看《星球大战》长大的那一代。在我这一代的星战迷里有不少人花了半辈子钻研"星战",对他们而言,《星球大战》是部永不落幕的电影,里头有太多的细节值得钻研,有太多的角色值得立传。于是他们真的开始动起手来,写书出漫画,发挥观众的力量,形成了《星球大战》的二度创作。"星战"的原作者乔治·卢卡斯看到这个势头,立刻用法律手段和财政资源一一把它们收入旗下,变为自己企业小帝国的版图之一。

后来者发现这种群众力量极堪利用,尤其是互联网出现之后,与其打击或者吸纳那些反正控制不了的非官方网页,倒不如利用他们做宣传。办法是在产品推出之前就先刻意渗漏一些消息，吊吊网民的胃口，然后在产品之中留下一些未解的悬疑与空白，让他们自己去争论填充有如拼图。这一招尤其适用于情节奇诡的电视剧，因为电视剧是连续播出的，网民粉丝的热情绝对可以转化成持久的忠诚和宣传的利器。而剧情奇诡，自然是引人入胜的不二法门。且不论互联网史前的迷幻经典，大卫·林奇的《双峰》，后来的《X档案》和《千禧年》(*Millennium*) 都借此产生过巨大的影响，节目虽然早就停了，但仍有粉丝讨论剧情中的阴谋，甚至某一集一闪而过的人影。

这就是所谓的"病毒营销"（viral marketing）了，原理就像数年前的畅销书《引爆点》(*The Tipping Point*) 所说的：先抓住几个特别有影响力的人的注意力，他们不必是家喻户晓的意见领袖，但却是某个小圈子里的潮流带头人。只要引动他们的热情，就能够把信息透过他们的网络传发出去，有如病毒的散播，一传十，十传百，几何级数地扩增效益。

而《苜蓿地》(*Cloverfield*，又名《科洛佛档案》，港译《末世凶煞》）大概是电影史上"病毒营销"做得最成功的一部片子了。因为它完全掌握了当今互联网 Web2.0 的互动本质，一方面隐秘地在网上散发片段的镜头和信息，另一方面鼓励网友自动自发地诠释和补充，然后越滚越大，成为电影制作人和网民共同完成的作品。

举个实例，目前关于这部电影最热门的一个论题，是一家日本生物科技公司推出的饮料。这款饮料在片子里只出现过一次，而且是在一家电器行里的电视机上连十秒都不到的广告。如果不是有人说起，你根本不可能注意到。这么微不足道的细节有什么好谈的呢？原来电影公司特别为片子里的几个主要角色在 MySpace 上开了博客，根据博客，男主角在片子里正要加盟的那家日本公司就是这款软饮的制造商。又根据电影公司放上 YouTube 的虚构新闻片段，原来这家公司做的主要是石油生意，设有海上油井，而且怀疑遭到不明物体攻击（极可能是电影里的那头怪兽）。更绝的是这家不存在的公司有个像模像样的官方网页，上面分明道出这款软饮的主要原料就是海上油井底下海床上找到的新种水藻。顺着这堆线索，网友又发现了一个博客，它的主人可能因为常喝这种饮料渐渐失常变态。

大家最后的结论是这款饮品与突然出现的怪兽有关，也与这家神秘的公司有关。网友们跟着还发现这一切竟然还和电视剧《迷失》(Lost)拉上了关系,因为后者也出现过这款罐装饮品(《迷失》与《末世凶煞》的编剧根本是同一人)。就是这样,一部本来不甚起眼的电影掀起了无数引人入胜的谜团,并且和其他项目(如《迷失》)结合起来,大开接拍续集与推出各种周边产品的空间。对这些一头埋进去的新世代而言,传统影评人心目中很不完整的一部作品其实大有文章,只不过你不能光看电影,还要追索博客这种传统上被视为宣传旁支的东西。

因此与其说《末世凶煞》是一部电影,倒不如说它是一项媒体的文化产业计划,就戏论戏不只看不懂,而且是不合时宜的。从这个角度来说,它是真正的博客年代的电影,不仅利用博客人一点一滴地发布线索,还鼓励博客人加入玩耍。进入电影院只是这趟旅程的起点,电影落幕之后才是故事的重点。

你不要以为登上《末世凶煞》的官方网页,就能按图索骥地找到刚才所说的一切。不,它根本不提供这种正常的链接;你必须在网上的论坛中穿梭,一片片地拼凑出也许完整的图像。明明是一部荒诞不经的怪兽电影,但年轻观众却很当真地去调查真相，这就是我们这个时代的特质了：凡有网页必属"真品"。纽约没有真的被毁，但那些角色却是"真"的，因为我们在MySpace上看见了它们。

《末世凶煞》为什么不好看

很多严肃的影评人都不太欣赏《末世凶煞》,觉得这部低成本的怪兽电影无头无尾。而它那看得人头昏眼花的手摇镜头,与号称是灾劫过后发现的录影实况这个点子,也早在十年前的《女巫布莱尔》(*The Blair Witch Project*,港译《死亡习作》)就用过了。想当年,令许多人呕吐的《死亡习作》也曾掀起过一阵狂潮,大家觉得它实在创意十足,居然把一部充满技术瑕疵的电影包装成一群失踪学生的遗物,让不少狂迷粉丝都愿意相信真有这么一个充满了妖异邪灵的森林,甚至真有这么几个失踪遇害的学生。现在的《末世凶煞》相比之下就太不济了,任谁都知道纽约没有出过如此一头可怕的巨兽，又叫人如何相信我们看的是真正在灾难现场找出来的私人录像呢？

再说那头神龙见首不见尾的巨型怪物吧，它撞击大楼踩扁汽车有什么好稀奇？把自由女神的头扭下来又有什么了不起？我们早已看惯了怪兽肆虐大都会的桥段了，世界电影史上除了哥斯拉热爱的东京，金刚大显过身手的纽约或许就是第二个受灾最多的城市了。至于自由女神，有哪一部以纽约为主角的灾难片没有它遭殃的镜头呢？

唯一比较特别的地方，大概是这头怪兽的神秘造型了。由于电影里头从来没有出现过它的全身镜头，又由于要假装是部普通DV机拍的片子，所以就算有一两个瞬间拍到了它的完整样貌，但效果依然是迷蒙奇诡，大家硬是形容不出它长得到底像什么。然而，这也只不过是老调新弹了。

科幻经典《异形》的第一集之所以被人当作Cult片经典膜拜至今，正是因为它没让大家看清楚异形的样子，总是看到嘴巴就看不到尾巴。等到几乎快要看见全相时，它偏偏又已逞凶离去消失得无影无踪。这种效果渲染了无知的恐惧，因为我们无法在视觉上完全掌握它，它的威胁自然就更大了。《末世凶煞》只是重复一遍前人用过的技法，新意欠奉。

很多严肃的影评人因此更难明白《末世凶煞》的魅力，不知道为何以如此一部既非创新更非（技法上）完美的片子会产生异常巨大的声势。答案很简单，因为他们只把它当成电影来看。而事实上，《末世凶煞》并不只是一部电影；就算它是，它也是第一部Web2.0时代的科幻灾难片。

何谓真功夫?

每一个人提到泰国电影《拳霸》(*Ong Bak*),总离不开"真功夫"三字,可见这套电影的最大特色就是主角托尼·贾(Tony Jaa)一身利落有劲的拳脚。不过当一部电影的核心就是一个主角的本领,且不是他的演技而是他的功夫的时候,这到底会是部怎样的电影呢?

想起多年前自己还在香港剧场圈子里打滚的时候,曾和朋友们构思一个有关篮球的作品,想象中整个舞台空洞无物,就是一座球架孤零地立在那儿,几个演员一边打球一边聊天,晃来晃去一个半小时就一出戏了。听起来没什么,但问题出现在其中一个角色是个球技相当高超的人,可能偶尔要秀一手乔丹式的飞身灌篮。这对演员来讲可是个难度极高的考验。结果我们就讨论起表演美学的问题了,一个演员如果能在舞台上一会儿来个左右手插花运球急停跳射三分,一会儿从罚球线起步跳到球架前单手大力灌篮,就这部戏而言,我们该夸他是演技好,还是球技好呢?

同样道理,当我们目睹托尼·贾在《拳霸》里可以如入无人之境地在繁忙的曼谷马路上左穿右插、忽高忽低地翻腾跳跃、超额完成电影指定的泰拳高手这个角色的时候,我们该说他演技好还是功夫好呢?如果一部电影的唯一卖点就是主角的拳脚,而剧情浅薄得似有若无,我们为何不去看他展示功夫的纪录片,而要看他"主演"的电影呢?

这让我不可避免地想起李小龙,事实上每个人谈到托尼·贾时也都把他称作"李小龙二世",或者"李小龙之后电影史上身手最厉害的人"。李小龙作为一个电影演员,他的演技从来都不是大家关注的焦点。李小龙的电影,除了可以从文化研究角度去分析其国族意义、身体形象和性别意识,美学上就实在无甚可谈了。李小龙不是伟大电影的缔造者,反过来,电影是这位伟大武术家的见证,所以一部集结了众多电影片段和表演示范的李小龙传记纪录片,说不定要比任何一部他的电影还好看。

如果武侠片和武打片有任何概念上的分别的话，它们之间最大的不同就在于武侠片里的技艺是服务于整部电影的，而武打片的所有细节则全部因为武打才有意义。徐克、程小东、李安和张艺谋拍的是混合了武打片的武侠片，李小龙、成龙与托尼·贾拍的是比较纯粹的武打片。前者让我们记住了导演；后者留下的却是演员的名字，那些拥有"真功夫"的演员的名字。虽然武打片绝非单纯记录武打场面的纪录片，但是在托尼·贾这些演员飞腾利索的技巧底下，"电影"本身似乎退隐成了背景，功夫的阴影。

世界改变我们之后

因为以切·格瓦拉为偶像的愤怒中年梁国雄选上了立法会议员,香港吹起了一阵不大不小的切·格瓦拉热,满街卖廉价 T 恤的店子都挂起了印着他那全世界最知名肖像的衣服。说起来,这股切·格瓦拉热似乎在他死后,每隔几年就重温一回。自从反全球化运动风起云涌,吸引越来越多热血青年跨国助阵,切·格瓦拉又起来了,成为反全球化阵营隔代相认的祖宗。因为大家都知道,这名世人心目中的古巴革命英雄,甚至根本不是古巴人。切·格瓦拉以一名阿根廷上流社会背景下成长的医生身份,为卡斯特罗助拳搞定美帝扶植的腐败古巴政府,然后又四处点火,去过非洲,回到美洲,终于死在玻利维亚的丛林。这种国际主义精神，岂非今日反全球化运动的支柱？

《摩托日记》，这部拍过《中央车站》的巴西导演塞勒斯（Walter Salles）的新作，也曾挟着改编切·格瓦拉原著的威势，乘切·格瓦拉热风潮登陆香港，结果票房不怎么样。或许我们这阵切·格瓦拉热又是虚火，20世纪60年代的青年国际主义到底没在这资本主义大本营扎根，无论是要到电影院忆旧的中年还是想去学点历史课的年轻人，都不算多。

我的朋友前阵子刚从英国回来，在伦敦看过这部片子，说街上都是它的宣传海报，印着一句动人的口号："让这世界改变你，然后你就可以改变世界。"这句话如此年轻，这么豪迈，说中了多少小伙子的心，那该是他们大学毕业时不找事做，反而背起行囊声称要去"流浪"时的最佳解释。

去看电影的都是年轻人吧？不，我的朋友说坐满电影院的都是发梢开始斑白的中年人。放映途中，电影院里有股热烈的气氛。大家看到死后封神的切·格瓦拉原来也曾经是人，会借醉勾引人家的妻子，然后被追打得落荒而逃。电影院里充满笑声，年轻时的荒唐谁未试过？少年切·格瓦拉与他的朋友，告别当时南美最富裕的城市布宜诺斯艾利斯，告别不安的父母与女友，骑一辆破旧的电单车，就这么用了八个月的时间，漫游了大半个南美洲。两个学医的小子，一路上跌倒再爬起，不断借宿搭便车，因为太穷偶尔就骗吃骗喝。真是部纯真的青春电影，而这故事本不过是没什么大不了的成长记录。

但是观众都知道，这是个死者的日记。它的作者，就是因为这趟旅程，见尽了世上的不公与底层的悲惨，终于变成革命家，也终于死在独裁者和"美帝"的手中。切·格瓦拉死了，他的死点起暴风大火，烧遍全球青年的心，大伙起而示威，反抗与唱歌。大家愈是怀念他，他愈是成为一个遥不可及的偶像。

切·格瓦拉死后三十年，他早年写下的这本日记才告出版，今年再拍成电影，让观众发现一个中产家庭成长起来的小孩怎样变成革命家。听朋友说，电影院里的炽热在散场之后变成冷寂，那些中年观众之中有的在开始有点凉的伦敦夜里红了眼眶。因为大家都知道切·格瓦拉在被这世界改变的旅程之后就踏上了改变世界的道路，而我们在被这世界改变之后却留下来成了它的观众。

当大导遇上小记

在报上看到一则消息,说大导演波兰斯基(Roman Polanski)又发火了。

今年是戛纳影展六十周年,为了庆祝,特别请来王家卫、侯孝贤、北野武、陈凯歌、伊高安(Atom Egoyan)、安哲罗普洛斯(Theo Angelopoulos)、文德斯等三十五位国际级电影作者,每人拍一段三分钟的短片,说说自己对电影的爱,片名就叫 *To Each His Own Cinema*(《每人一部电影》)。于是戛纳影展主办当局就请来其中三十二位大导,汇聚一堂,一齐坐在阶梯状的座位上接受记者采访,实在是难得的场面。

三十二个明星,只有半个小时的记者招待会,他们会谈些什么，又谈得出什么呢？据说最有意思的话题是电影的未来，伊高安和萨雷斯都认为再过几十年，就没人去电影院看电影了，大家不是在网上下载就是看手机短片。可波兰斯基不同意，七十三岁的他说："这种论调我听过很多了。卡式录音带出来的时候，大家都说大型演唱会快要完蛋，结果呢？"

波兰斯基怎么就发火了呢？美联社的记者报道："导演罗曼·波兰斯基在骂完记者问了'空洞'的问题之后，就离开了周日戛纳影展的记者招待会现场。"原来在主持人宣布访谈只剩下两分钟的时候，波兰斯基突然抢过了麦克风，他对在场的记者说："我们这里有这么多伟大的导演，你们却问了如此差劲如此空洞的问题。我认为正是电脑把你们带到这等水平。你们不再对电影发生的事情感兴趣。坦白说，我们大伙不如一起吃午餐算了！"

到底记者们都问了哪些蠢问题呢？我很好奇，所以在网上到处搜索，结果没找到，大多数的报道都只是短短地描述了这个有点火花的事件，都把它当成有趣的花边。倒是后来在《明报周刊》上看见更详细的经过。

原来那天从一开始就有点不对劲了。话说从默片时代就开始拍电影，至今仍保持一年一部惊人产量的葡萄牙国宝奥利维拉（Manoel de Oliveira）也是《每人一部电影》的作者之一。当这位九十八岁的大师拄着拐杖走进来的时候，在场导演全体起立，鼓掌致意。可是当记者开始提问之后，老前辈却没得到应有的尊重，一个记者粗暴地打断了他的回答，坐在旁边的波兰斯基这时就已露出不悦的神色了。

根据《明报周刊》的记者所说，在接下来的时间里，绝大多数的问题都和这套电影无关，甚至跟电影也没有多大干系。难怪波兰斯基在大发脾气后拂袖而去了。我觉得最好玩的是记者会到了最后仍然和这套群星汇聚的电影无关，大家记得的也就是波兰斯基又发脾气了。至于他为什么发脾气？记者们都问了些什么问题？我们依然不知道。关于这次记者会的报道本身就成了波兰斯基那段愤怒的最佳示范。

我很欣慰。因为一直以来我以为只有我们的记者（或者用他们喜欢的自称："小记"）才会在报道一部新电影的时候让读者搞清楚导演和演员不和的内情，才会在介绍一张新唱片的时候说了许多歌手隆胸的传闻，却彻底忽略了这张唱片的风格转变。看来外国的月亮并不总是圆的。

《四大天王》的悲剧与闹剧

2006年的香港电影金像奖把"新晋导演奖"颁给了吴彦祖,好像是提醒观众,吴彦祖拍的《四大天王》除了是桩媒体事件,除了曾经是个传媒娱乐版的话题之外,其实还是一部不错的电影。

的确,以一个完全没有受过专业训练的导演来说,处女作能够拍成这样,确实算是很不错了。叙事干净,不杂不乱,偶尔插进的动画也很有心思。访问片段剪接紧凑,没有许多生手常见的枝节。可是我们对于这部电影的记忆始终还是摆不开它造成的事件。

《四大天王》基本上是一部"仿纪录片"(mockumentary),

"纪录"了四个超龄男孩组成一个叫做Alive的"男孩乐队"（boyband），最后又终于散伙的过程。这部电影暴露了许多香港娱乐圈工业制造明星的过程细节，包括经理人公司如何蒙骗艺人，职业粉丝如何组织，演唱会为什么一定要歌手跳舞，歌手的形象又是谁在控制等种种外人未必清楚的内幕问题。它用纪录片的形式虚构合成了一阕香港娱乐圈的影像批判，编导对整个工业的厌恶态度和嘲弄可以说是毫不含糊。

假如事情只是这么简单，你还能把它看成是靓仔偶像吴彦祖的个人大反击，他要反击娱乐界的不公，他要反击八卦传媒的无事生非与弄虚造假。如果黄健翔懂得拍电影，他一定也想拍一部《四大天王》；如果张艺谋再有勇气一点，说不定他也要拍部类似的电影，而且规模要大得多（片名可以干脆叫做《全国都是黄金甲》）。

问题出在《四大天王》不仅仅是部仿纪录片，而且是个传媒恶搞事件；Alive不只是一个出现在电影里的组合，并且真有其事。当这部片子上映之后，全港传媒才发现自己被人耍了一回。从最早的录音外泄被人非法上传到互联网的事件，到四个成员不合内讧，原来都是电影剧情的一部分，而香港的娱乐传媒却都当真地——跟踪报导过，因此无端成了电影的配角和调戏的物件。

传媒是得罪不起的,他们访问你可以断章取义,可以拿一张模糊的照片无中生有,但你却绝对不能反客为主,否则下场如吴彦祖一样了。当时香港娱乐传媒的反应就和电影描述的一样,按照自己的习惯逻辑,把《四大天王》的用心说成是"Alive 为上位设下骗局",猛批"吴彦祖手法卑鄙"。换句话说,他们把整部电影等同于某些艺人的自制绯闻,纯粹自我炒作。更好玩的是有些报导好像根本看不懂这部电影,人家组成乐队就是为了"说谎",还要指骂"Alive 诚信破产"。

然而吴彦祖到底还要在这个圈子混下去。他从来就没有把《四大天王》经营成一部更硬朗更直接的批判性仿纪录片,反而加入了那些会跟纪录片段起冲突的动画,甚至还把所有细节包装成一个典型的乐队成长与结束的青春肥皂剧。即便如此,这个工业,这整套包含了传媒在内的体制还是原谅不了他。于是吴彦祖只好作出第二个,也是最重要的妥协,他道歉了。吴彦祖公开向那位被欺骗的记者道歉,这无异于间接向他所嘲弄的现象低头。

《四大天王》因此变成香港娱乐史一段闹剧式的小插曲,

它本来是对娱乐体制的批判，最后它还是逃不掉被这个体制吞吃的命运。这就像我们今天提起它，只会记得一桩事件，却忘记了一部电影一样。

为何让李安而非章子怡代表华人

虽然在柏林、戛纳和威尼斯等世界四大电影奖项中,奥斯卡金像奖是最不国际化的一个,但凭着美国电影工业雄霸全球的实力,它还是最受瞩目的。所以李安得奖与否,一致被华文媒体看做是华人在世界影坛的重要关头。特别是在近年急躁的民族主义情绪背景下,李安得不得奖,更是关系中国人文化身份的大问题了。

今年的奥斯卡奖的确特别值得中国人关注,因为起码有三个人、三部电影与三种情绪在它和中国之间拉上了关系。第一个是李安和他导演的《断臂山》,一开始就备受港台重视,而且果然不负众望,夺得华人导演的首座奥斯卡金像奖,被认为是华人扬威国际的壮举。第二个是获邀颁奖的章子怡与她主演的《艺伎回忆录》,章子怡向来是娱乐媒体口诛笔伐的对象,而《艺伎回忆录》更被视为是"中国女人跑到日本当妓女"的媚外烂片,二者加起来堪称"国耻"。第三个是陈凯歌及其《无极》,虽然没有得到任何提名,但制作单位一直声称要"冲奥",可惜最后在一面倒的民间嘲讽声中成了笑话。

当三地一致地把李安描绘成"华人之光"的时候,其实是在传达一种"代表关系",也就是说李安代表了全体华人,所以他的光荣也就是我们全体华人的光荣。同样地,当我们把饰演日本艺伎的章子怡说成是"华人之耻"的时候,也是把她当成了代表,她的耻辱就是大家的耻辱。但是我们却很少去追究这种代表关系是怎么形成的,正如我们从来不用质疑刘翔、杨利伟和李政道带给我们的荣耀感,仿佛这种代表与被代表的关系是不证自明的,他们用不着先问准我们,我们也不用投票去选举他们出来。

李安和章子怡之所以能够代表全球华人,最浅显的理由自然是他们确实具有华人身份。但是所有稍经现代社会科学训练的人都知道,族群与民族的身份不是一种客观实存的条件，而是人为主观地参与构想的产物。也就是说，我必须经过一番联想才能把李安和我都放进"华人"这个范畴里面。所以不妨大胆点推论，不是李安和我们都是华人，才使得他代表了我们全体华人上台领奖，而是我们把李安推为代表这番言语这种行动本身，使我们共同分享了华人的认同。并非代表关系立基于已有的身份，反而是代表关系塑造了集体身份。

因此，重点不在李安如何为华人争光，也不在他争了什么光，而在我们借着把他推举为"华人之光"这个行动能得到些什么。把一个人当成一整群人的代表，总是有透过那个被推许出来的人树立整群人身份与形象的作用。简单地讲，我们希望温文尔雅又才华横溢的李安就是全体华人的形象代言人。所以李安虽然是一个弹性十足的导演，拍《理智与情感》(*Sense and Sensibility*)时有英国味，拍《冰风暴》(*The Ice Storm*)与《断背山》时又十分地道地掌握了美式风貌人情，但我们还是愿意强调他的含蓄，因为这是大家心目中的中华格调。另一方面，陈水扁也极乐意强调李安是台湾代表的身份，称赞他是台湾"文化立国"的榜样。可见代表的意义，决定于被代表的人怎么塑造他的身份，以及彼此之间的关系。

于是我们就很能体会称呼李安那代表身份之四种方式的差别了，说他是"台湾人的光荣"、"中国人的光荣"、"华人的光荣"乃至"亚洲人的光荣"，其实是在表述四种不同的身份。至于说章子怡是"中国人之耻"的人（例如许多网民），往往又爱补充一句"她不配当中国人"之类的气话。这表示虽然依据常识她是个中国人，但大家也不愿她成了中国人的代表，不想和她分享同样的认同。褫夺章子怡的代表身份，就是反面地界定了中国人的内涵与意义；排除一种代表形象，就是维护一份良好的自我感觉。

在有关方面的眼中，或许最好的代表当是陈凯歌的《无极》。难得陈凯歌从当年"丑化中国社会"的《黄土地》作者，蜕变成一个能够集合中、日、韩三地影星炮制出"中国式国际大片"的导演。原因不难想象，这部耗资巨大、动用许多特技的电影很有大片格局，很能代表新时期的大国气象。一时之间，关于它能问鼎奥斯卡的传闻也在媒体上炒作得甚嚣尘上。

结果大家都知道了，《无极》连奥斯卡提名都没有获得，反倒是美国味十足的《断背山》成了"华人的骄傲"。有些媒体很小心地把李安描述为"第一个获得奥斯卡最佳导演奖的华人",而非"第一个荣获奥斯卡的中国导演"。欢迎什么,拒绝什么;想用谁代表自己,不希望谁代表自己;认同何种形象,不认同何种形象;真是一目了然,却又何其尴尬。

电光幻影迷什么

我们制造了成见所形成的替代性虚假的实相和激烈情绪,藉以安慰自己……就好比去看一场强烈而又有力的电影,因为太专注于情节,忘了那是一场电影,把它当成自己的生活一般……

中国人一百年前的眼睛

有一阵子我常被一个问题困扰：到底在摄影术传入中国以前，中国人是怎样看东西的呢？当时我刚认识后来第一个代表台湾参加"威尼斯双年展"的艺术家陈界仁，他有一系列叫作《魂魄暴乱》的骇人作品，全部取材自清末老外们拍的中国酷刑照片，又是凌迟又是腰斩，受刑者目光迷茫又带着莫名其妙的狂喜，旁观者则一脸淡漠，图像里的中国人遥远而怪异。这些照片就是引发法国思想家巴塔耶（Georges Bataille）写下《色欲主义》（*L'Erotisme*）一书的灵感泉源。陈界仁的独特之处是用电脑把自己的样子贴到那些受刑者和旁观者的脸上，结果受刑和观刑的都是他自己,看与被看的都是同一人。

中国人第一次被照相机对准的那一刻,正如许多非西方国家的人民一样,十分恐惧,以为那部机器会吸走自己的魂魄(因此才能显像他处),所以管摄影术叫"摄魂术"。陈界仁探讨的其实不是酷刑文化,而是摄影这种西方技术如何进入中国人的躯体,撕裂了我们的灵魂。透过这些照片,很多国人第一回看到凌迟处死是怎么一回事,第一回有距离地看到自己国人观赏酷刑时的表情,我们有了一双新眼睛。

摄影不仅叫我们看到更多,看到自己,还硬生生地插入了中国的眼球。像《一条安达鲁狗》(*Un Chien Andalou*)里那个经典画面,被割开的瞳仁就这么流去不返,难以复原。

其实早在照相机发明以前,照相机的基本原理就存在了几百年。文艺复兴时期的"暗室"开一小口引光入室,投影成像在另一边的墙上,使画家可以对着它画出距离大小准确无误的景观。这种技术就是西方绘画里有消失点的透视法则的具体呈现,影响了日后西方绘画的主流风格,也孕育了摄影术的诞生。我们人类看东西不只是用肉眼纯粹生理性地看,还会"文化"地看,遂有各式各样的视觉文化。摄影是欧洲几百年视觉文化的自然产物,但画了千年山水而不追求西方单点透视的中国视觉文化,就不大可能自行发明照相机了。

中国传统的视觉艺术是中国传统视觉文化的标本和铭刻,它记录了过去中国人看世界的方法,是以往国人视觉习惯的痕迹。而今天看惯了相片的我们,却是在相片投射出来的西方视觉传统底下成长的,所以当我们头一回试着去认识中国画的时候,反而不如看水彩油画素描那么自然,总是有一点不适应,甚至感到异域文化的震撼。

而电影,这种来自奔马连环快拍的艺术,终于变成戈达尔(Jean-Luc Godard)所说的"一秒重复24次的真理",对于一百年前的中国人而言,又呈现了怎样的真理?旅美华裔学者周蕾曾经写过一篇论文,把现代中国文学的起源,联系上中国文化第一次看到电影的错愕。她选择的象征性场景,是鲁迅留学日本时,在讲堂上看见日军斩首中国俘虏纪录片的那段知名场面。正是那一幕使得现代中国文学之父鲁迅愤而弃医从文。我们在文学史上都读过这个故事,但周蕾注意到这是一次文人遭遇电影的经验,她说:"鲁迅就是通过看电影才意识到现代世界做一个中国人是什么意思。因为这是建立在对世界性的技术媒体之侵略性上的忧虑,当自我意识到了自己的那一刻起,它就不能把特定的暴力分成看与被看这两端。"

我也常常想象,一百年前当中国人初次看到电影,初次在另一种媒介上看到自己的同胞来来往往,初次看到另一种观看方式的印记,会是如何的矛盾?一方面透过电影视觉地认识了中国人的集体身份,另一方面这却是种外来而陌生的观看之道。那就是我们的"魂魄暴乱",看与被看的都是中国,都是我们,但架构这个关系的则是异己的技术和异己的视觉文化。而百年之前,我们又是否曾有另一种观看世界的方法呢?如果有,它在哪里?或者这是个永远的谜题。

电影院里的领悟

尽管这已是个在电脑上看电影的年代，但是我们仍然有去电影院的理由。

去年一连走了好几位杰出的电影人，所以今年的香港国际电影节就为杨德昌和英格玛·伯格曼（Ernst Ingmar Burgman）做了两个小小的回顾特辑。可惜，或许是时间的理由吧，他们来不及纪念安东尼奥尼（Michelangelo Antonioni）。虽然我很佩服英格玛·伯格曼，虽然我很怀念杨德昌，可是安东尼奥尼始终是最令我揪心的导演。

很多很多年前，我和一名女子去电影院看安东尼奥尼的《蚀》（*L'Eclisse*），于是我俩之间，没有发生任何事，后来连普通的朋友也做不成。

《蚀》被认为是安东尼奥尼早期的"三部曲"之一,描写现代人的存在处境,冷峻而疏离,恍如荒漠。片子一开始,我俩就看到一对爱人分手的场面。天亮了,他俩已然谈了一夜,空气中只有沉默与疲惫。饰演女主角维多利亚的莫妮卡·维蒂(Monica Vitti)带着她招牌式的迷离眼神,不知教会了多少男人关于女子之不可测。不管他的男友是问她爱不爱自己,还是问她何时开始生变,她的回答都是不知道。男子或者负气呆坐,或者忽然强装绅士要送她回家,她都是一脸无所谓地停留在自己的世界里。那是个什么样的世界呢?不知道。烟灰缸跌落地上,电风扇兀自转动,黎明的晨光照出的则是苍白的景象。

《蚀》的结尾,电影史上最著名的结尾之一。维多利亚与阿兰·德龙饰演的股票经纪皮耶罗发展了一段且进且退欲拒还迎的关系,二人最后相约晚上八点在老地方见。所谓老地方,就是市郊街角一栋兴建中的房子。整整七分钟,我们看见建筑物上的竹棚被风吹动,铁皮水桶漏出的水流向路旁间角的沟渠,巴士来了又走,下班的人面无表情地下车,等车的人无聊地四处张望,工地上的建材层层叠叠;然后路灯点亮，一切就结束了。没有对白，皮耶罗和维多利亚也没有出现。本来作为背景的"老地方"取代了演员，成为真正的主角，然而它却是如此的空洞无情。所有发生在这种背景之中，充斥了这种空间的现代城市之中的感情，应该也会和它同调，甚至为它吞噬，没入虚空。

电影结束，电影院突然一片光明，疏落的观众静静地站起，离去，遁进夜里喧嚣的街道，像是一群从银幕里走出来的演员。那名女子和我也没有说上几句话，彼此甚至不再提起原来的宵夜计划，只是互道晚安，然后各自回家。

后来，我一直把这段友谊看成是一部电影的注脚。如果不是安东尼奥尼的《蚀》，如果我们不是在电影院里看这部电影，我们不会这么快领悟到，这个时代并不适合浪漫。

智者王家卫

王家卫的电影为什么总是让人入迷?这就要从他是个什么样的导演说起了。尽管王家卫的电影极尽声色之娱,但我一直不敢让自己在感情上太过认同他,因为我觉得他是一个"智者"(Sophist)。

所谓"智者",我指的不是智慧过人的那种有先见之明的长老型人物,而是那批被柏拉图猛烈批评过的苏格拉底之前的古希腊哲人。在柏拉图的眼中,这些"智者"周游希腊列国,吸引无数年轻人跟随求学,但越是追随者多,他们为害益深。因为"智者"们展示的世界和知识不是真理,而是一些巧言令色装饰修筑的海市蜃楼。换句话说,"智者"让人看到的只是一连串奇美的影像,而非影像遮掩的真实世界,所以柏拉图为"智者"下的一个注解就是"影像制造者"(image-maker)。

身为电影导演,王家卫是个如假包换、名副其实的"影像制造者"。一般观众看完他的电影之后,最常见的反应是"不大懂,但是好美好有型"。的确,回忆他的作品,我们想起的总是某个很"有型"的片段和很"美"的音乐,例如《阿飞正传》里那片火车窗外的苍郁绿林,和随着镜头懒洋洋地奏出的南岛曲调;又如张曼玉和梁朝伟在《花样年华》里穿行于20世纪60年代香港老旧窄巷的慢镜,及伴舞般响起的梅林茂创作的圆舞曲。总之,一提王家卫电影,首先想到的可不是严肃论者们津津乐道的什么时间与回忆,而是那些色调迷人的状态。

其实王家卫自己也承认,他的创作不是起源自什么很深奥的概念、很具体的人物或是很有意蕴的情节,而是个别的状态。状态首先自空间生,他是先想到要拍个怎么样的空间,才去判断何种人物应该出现在这个空间里和如何出现的问题。整部电影往往就由状态出发,再把不同的状态加以联系发展而来。当然,成为王家卫招牌货的音乐也很重要。

与一般的导演不同，他的音乐不是最后加入的配乐，反而是从开始构思的时候就存在了。所以他很喜欢在拍摄现场播音乐，好让摄影师跟演员们知道他要的是哪种节奏。这也说明了为什么在他那么多部电影里面最叫人留下深刻印象的不是原创作品，而是"California Dreaming"（《重庆森林》中的音乐）和皮亚佐拉（Ástor Pantaleón Piazzolla）的探戈之类的罐头音乐。因为那是他在拍摄的时候就于脑海徜徉的曲调，是他镜头外的调色盘，难怪与画面配合得天衣无缝。

最后，但并非不重要的，是他爱用大明星。打从《阿飞正传》开始，他就从没用过不出名的演员做主角。他不屑那些香港影坛中以扎实演技出名的演员（如黄秋生或刘青云），他喜欢能演戏但更以面孔漂亮知名的偶像。例如《东邪西毒》，他就宁愿找当时演技相当不济的玉女杨采妮，也不愿找其他演技更好但没有星味的女演员去扮演弱女一角。所以那么多大牌疯狂地愿意为王家卫献身，恐怕不是因为他最能引导出他们的演戏潜能，而是因为他比谁都把明星们拍得更美更有型更像"明星"。梁朝伟在其他人的片子里也抽烟，张国荣在其他人的片子里也跳舞，但只有在王家卫的电影里才能把烟抽得这么有格，把舞跳得这般妖娆。

王家卫制造的真是智者式的影像。20世纪60年代，那个香港都是如此虚假，从未在现实之中存在，但是它们却又美得迷人，令人难忘。不过，电影本来不就是虚幻的吗？导演本来不就该是"影像制造者"吗？

很多人都拿王家卫的《2046》和张艺谋的《十面埋伏》相比，或许是因为这两部片都是雷声大、雨点小，期望越大失望也越大。但它们其实是很不一样的电影，而王家卫和张艺谋也是很不一样的导演。至于说到失望，《2046》令人失望吗？那就得看你抱着什么样的期望了。

如果你是王家卫的死忠影迷，从《旺角卡门》一直追随至今，部部叫好，你看了《2046》之后可能不只不难受，反而会有豁然贯通之感。因为《2046》是部百分百的作者电影，是一个作者型的导演回顾自己的作品，是他和自己旧作的一场对话。

王家卫和张艺谋都喜欢利用大牌明星，都擅长在有意无意之间炒作声势。但是他俩的最大不同在于王是个风格一贯、主题相近的作者，而张是个不断开掘新题材、学习新技法新形式的导演。在影评人的圈子里，作者型的导演总是比较受到照顾，因为大家可以追索其一部片子与另一部片子间的联系，还能轻易地用一个主题贯穿解释他全部的电影，从而满足影评人沾沾自喜的虚荣。反过来，像张艺谋这般，拍过灿烂又很东方情调的《红高粱》与《大红灯笼高高挂》，又拍过爱情小品《我的父亲母亲》，很伊朗儿童片风格的《一个也不能少》，现在又要搞武侠片，种类层出不穷，就算部部都是好片，也会被影评视作次一级的艺"匠"。艺匠的技法就算再熟练精巧，他的旧作也不会累积成对下一部电影的期盼，推出新作就分外需要开动宣传机器。反而作者的东西加起来就像长篇连续剧，戏迷和影评会有兴趣知道他那自成一格的小天地如何演化下去，里头人物们的生生死死去向如何。所以《2046》上演，又要说它拍了多少年，就够吊人犯瘾。

《2046》就算再不好，它起码满足了影迷们的心愿，明确解开了十多年来香港电影的一个谜题，那就是当年《阿飞正传》结尾出现的那个神秘人的真正身份。《阿飞正传》这部香港影史上的经典，20世纪90年代一群小众影迷的cult片，其最耐人寻味之处是一切故事应该完结的时候，突然换了一种拍法（用上广角镜），一个空间（天花板低垂的窄室），出现了新人物（梁朝伟饰演）。没有前因没有后果，它就这么一个镜头突如其来，戛然而止。但那个镜头里的演出，音乐和摄影机的运动配合得浑然天成，令人难忘。难忘，但不解，为什么梁朝伟要在这一刻才出现？他是谁？据说是当年的剪接谭家明硬要把它放在片尾字幕之前，而非导演原来构想的字幕之后。于是它成了《阿飞正传》的一部分，却也是最不相关的一部分。

到了《2046》，大家可明白了，原来当年那个梁朝伟就是《花样年华》和《2046》里的梁朝伟，《2046》里的刘嘉玲就是《阿飞正传》里的刘嘉玲；而《2046》、《花样年华》与《阿飞正传》里的张曼玉，也就是同一个苏丽珍。问题是这样子解谜，把《阿飞正传》、《花样年华》和《2046》正式串成一套60年代三部曲，可有拓深了任何影迷曾经执迷的情爱与回忆的探讨吗？或者答案如何都不重要了，因为王的影迷早就自我沉醉在解出那个悬宕了十多年的另一个问题的快慰之中。《2046》从这个角度来看，是作者对自己创作的人物和他的影迷们的一个回答，只是它吊诡地消解了围绕着《阿飞正传》的神秘。

拯救一个国家的记者

2006年的奥斯卡最佳电影的提名名单里,我最感兴趣的不是《断背山》,而是乔治·克鲁尼拍的《晚安,好运》(*Good Night, and Good Luck*)。因为这部电影的主人公是爱德华·R·默罗(Edward R.Murrow),一个所有做新闻搞媒体的都该认识的人,他有"美国电子传媒新闻史上最伟大的记者"之称,甚至还被尊为"广播界的耶利米先知"。

今天大家扭开电视看CNN,总会听到一句铿锵的"This is CNN",而重音放在"this"之上。这是美国许多电视网惯用的台号模式,其来源则是CBS广播网的"This is CBS"。最早用这句片语、这种腔调来念台号的，正是当年任职 CBS 的默罗。

"This is London"，第二次世界大战期间许多守在收音机旁的美国人都很熟悉这句话，一听就知道又有大洋彼岸的最新战况了。今天伦敦又被轰炸了吗？丘吉尔又要发表演说了吗？盟军何时反攻？黎明快要来临了吗？而在烽火之中用独特嗓音为他们报道消息的也是默罗。

1938 年 3 月 13 日，希特勒要去奥地利的首都维也纳，标志着奥地利正式并入第三帝国。默罗和他散布欧洲各地的同事利用当时简陋的技术，连线做了一个叫做 "European News Roundup"（欧洲新闻摘要）的特别节目，即时报道全欧洲对这件大事的反应。默罗自己则坐镇维也纳，读出了这个革命节目的第一句话："This is Edward Murrow speaking from Vienna... It's now nearly 2:30 in the morning. and here Hitler has not got arrived."（我是正在维也纳的爱德华·默罗……现在大约凌晨两点半，而希特勒仍未到达）。因为太受欢迎了，这个特别节目后来发展成 CBS 常设的 "News Roundup"，直到今天，它已是电视史上最长寿的栏目了。

当然，光是拥有非凡的主持技巧和采访能力，还不足以让默罗变成一个英雄，更谈不上伟大。令一个新闻人伟大的，终究是他的道德、勇气与原则。美国每出一个和媒体有关的丑闻，大家就爱说"默罗一定会死不瞑目"（Murrow is rolling over in his grave），可见默罗已经成为新闻界的精神标杆。那么他到底做了些什么了不起的大事呢？

这就必须从20世纪50年代在美国盛极一时的"麦卡锡主义"说起了。没经历过那段时期的人大概很难想象美国也有过这么疯狂的时期：查理·卓别林为了抗议迫害而远走欧洲；"原子弹之父"奥本海默因为不想再参与杀人武器（氢弹）的研发，被调查员当作间谍般审问；无数的公务员、明星和学者被无理地指控，然后沉默退隐；很多地方的公共图书馆把马克思、潘恩（Thomas Paine）、马克·吐温的书，甚至爱因斯坦的《相对论》列为禁书，乃至于付诸一炬。而这一切，全是因为"爱国"。

那是第二次世界大战刚结束、冷战接着上场的年代，过去的盟友苏联转眼就成了美国的敌人，而另一个盟友国民党丢掉中国内地的速度竟比一眨眼的工夫还快，再来就是火辣辣的朝鲜战争了。突然之间，"共产主义的幽灵"飘浮在美国人的心中，恐惧的压力只欠一根火柴就可点燃。负责燃亮它的，就是野心勃勃的共和党参议员麦卡锡。

麦卡锡利用国会的调查委员会四处发炮，一天到晚就说自己手上有多少潜伏在美国的共产党员的名单。以他的伎俩，本来并不足以打动任何有理性的人，但一来环境使然，二来他又特别擅长利用媒体。于是一场祸延美国多年的麦卡锡主义和"白色恐怖"就盛大地登场了。当时只要有人发表同情工人或低下阶层的言论，就会被无限上纲地冠以"共党间谍"的帽子。有俄国血统的名人更是必须公开痛骂苏联，否则也会有叛国的嫌疑。一时间人人自危，告密的告密，坦白"交代"的坦白交代，就像美国版的"文革"。麦卡锡气焰之盛，几乎连杜鲁门和艾森豪威尔两任总统都搞他不定，政府各级官员都要让他三分，以防背上不爱国的罪名。

就在这时候，默罗站出来了。他和同事们顶着巨大的压力，要对抗势力如日中天的麦卡锡。他们发现有个空军气象员被解雇，理由是他的父亲和妹妹被指控为共产党的同情者，除非他肯公开和家人断绝关系才能保住工作。默罗在他主持的"See it Now"里报道了这宗不合理的冤案，迫使空军收回成命，复聘那个可怜青年。他算是胜了第一仗。

但接下来就轮到默罗自己成为目标了,麦卡锡的党羽开始调查他是否也和共产党有关,还说:"我并不是说默罗是个共产党员,但要是一个东西看起来像鸭子,走起来像鸭子,而且叫起来都像鸭子,那它就一定是只鸭子。"大祸临头的默罗要比麦卡锡更懂得操作媒体,于是在1954年的3月9日做出了一集改变历史的电视节目。

在这集节目里面,默罗把历年来麦卡锡说过的话精心剪辑起来,用画面直接说明这个人的前后矛盾和混乱逻辑。默罗在这集节目的制作过程中对恐慌不已的同事们打气的话,已经成为经典名言了:"没有任何人可以再威吓整个国家,除非我们都是他的共犯。"壮哉斯言,如果一整个国家都能陷入恐惧造成的疯狂,那一定不只是少数几个人的责任,而是全体国民都成了"共犯"。问题就在于有没有人敢不去同流合污,甚至做第一个走出洞穴的人。

默罗敢,而且他赢了。这个节目的播出一下子唤醒了全美国的主流传媒,让大家发现国王原来没穿衣服。整个形势就在一夜之间扭转,现在要为自己辩护的反倒是麦卡锡自己了。该年年底,美国参议院正式通过对麦卡锡越权的谴责案。麦卡锡终于垮台了。

一个新闻工作者拯救了一个国家,这是历史上前无古人后亦未必有来者的个案。今天的美国正随着"反恐战争"逐渐显现麦卡锡阴影重临的险象,一向反对布什的乔治·克鲁尼此时推出纪念此光辉一役的《晚安,好运》,岂非无因?

电光幻影

一个人为什么要拍电影呢？他必然有很多的想法与欲望。我们或许都听过这样的故事，从电影学院出来的学生，看了许多大师的作品，也学了一身的技巧和理论，于是他的心里就有了一段故事，一幅图。他觉得这是只有他能理解的故事，只有他能看见的图画，而这故事与图画的意义是如此的深刻，令人着迷，魂萦梦系，几年下来不断缠绕着他，甚至成了他的一部分。他越来越相信把这些画面与故事呈现出来成为具体的电影乃是他的天职，似乎不拍出这部心目中的作品，他就不再是完整的自己了。跟着就要看命运的安排了，大部分人都没有机会完成自己的使命，犹如最终回不去海岸产卵的小海龟,早夭在无情的暗流中。那少部分回得去的,则要历经磨难,甚至倾家荡产,才勉强做出一套粗糙的半成品。要不是极端的执著,电影又怎能出现在银幕上呢?

"'自我'是根本无明,它是被误认为真实的一种幻觉。因此,凡是从'自我'生起的一切,一定都是无明与幻觉。"可是,"自我"却总是专注于自己,肯定自己,一心要满足自己的需要和欲望,好肯定"自我"是真实存在的。由于根本没有"自我",所以我们永远也不可能满足自我的欲望。"为了补偿不可能得到的真正快乐。我们制造了成见所形成的替代性虚假的实相和激烈情绪,藉以安慰自己……就好比去看一场强烈而又有力的电影,因为太专注于情节,忘了那是一场电影,把它当成自己的生活一般……"

以上引文来自宗萨蒋扬钦哲仁波切的《佛教的见地与修道》,他是当代藏传佛教里极负盛名的一位上师,博学多闻,说理清透。但是他更为人熟知的身份,则是电影《小喇嘛看世界杯》(*The Cup*)、《旅行者与魔术师》(*Travellers and Magicians*)这两部电影的导演。

为什么一位活佛奔波筹款,还要找来一大批业余演员,在不丹的山区里辛辛苦苦地拍电影呢?看过这两部名作的观众,想必都记得宗萨蒋扬钦哲仁波切的幽默和机智。例如迷上了世界杯的小喇嘛跑去请老住持为法国队祈福,引得这位对世界杯乃至于对足球一窍不通的老人问:"怎么啦?他们病了吗?"又如那个一心想要离开山城,投奔梦土美国的旅行者,他最终发现旅行其实就是无尽的等待,所谓终点实在是幻梦一场。

如此说来,宗萨蒋扬钦哲仁波切是要用电影弘法?的确,佛教艺术源远流长,历来不乏能书擅画的高僧大德。像藏密的曼荼罗,它本身就是一种修行,僧侣用矿石磨成的彩沙一点一点地勾勒出纷复繁杂的世界模型,然后再把花了几个月才绘成的惊人图画一把扫净,乃知人世一切不脱超灭,森罗万象无非电光幻影。

最近看到加拿大导演 Anika Tokarchuk 的纪录片《幻化成真》(*You are Dreaming Me*),主角正是宗萨蒋扬钦哲仁波切。原来我们的活佛导演最喜欢小津安二郎和侯孝贤(虽然他也爱看十分血腥的昆汀·塔伦蒂诺),甚至在伦敦修读电影,差点想还俗从影。身为佛教上师,他太了解电影是怎么回事了,就和他拍过的世界杯与远方梦土一样,说到底就是 fantasy。然而他还是坦白得惊人:"为什么拍电影?我想就是为了我吧。"说的时候还带一抹神秘而聪明的微笑。为了自己的欲望拍片,同时清醒地深知自己的欲望,并且不忘把这份吊诡的清醒渗透在里面,那是什么感觉、什么状态?

怀念杨德昌——祖家不欢迎先知

杨德昌走后的第二天，我漫无目的地上网浏览关于他的一切，发现大部分来自台湾的实时评论与报道都不约而同地谈到他和蔡琴的那段婚姻。有的标题耸动，例如"蔡琴：你怎么这样就走了"和"杨德昌蔡琴的十年无性婚姻"，有的干脆说"杨德昌是负心汉，网友毁誉参半"，就算正派大报也在第一时间的快讯里用去大半篇幅谈他的感情生活。一路看下来，你几乎全忘记死了的不是第一位为台湾得到戛纳影展最佳导演奖的艺术家，而是一个娱乐圈中的多情种。

认识杨德昌，是整整十年前的事。那年是"九七"，香港当代文化中心策划了"中国旅程"剧展，以一桌两椅的舞台布置为主题，请来几位大陆和港台的名导演各自创作一出短剧。事前大家都没想到，杨德昌的《九哥与老七》竟然是一众作品中最有"话剧"感的作品，整出戏就是两个黑社会的对话，无论剧本还是舞台调度都精准得无懈可击，与杨德昌的电影一样。

当时身任总策划的荣念曾分身不暇，于是叫我排演他自己的作品《这是一张椅子》，挂个执行导演的头衔，因此我就有机会天天和杨德昌聊天了。杨德昌的作品虽以冷峻疏离著称，他本人却相当和蔼，尽管话不多，但只要说到感兴趣的题目，就会非常投入。记得有一回我们在地铁上谈起村上春树与王家卫，过了好几个站才发现大家都忘了下车。

那时我还是个小鬼，冲动反叛，大概杨德昌对这样的年轻人特别宽容友善。有一次上他家聊天，几个大朋友都喝软饮，只有我要喝酒，于是他放下了茶杯，拿出啤酒对我说："那我也陪你喝酒吧。来！干一杯！"直到今天，我还深深记得他握着酒杯双眼眯成一线的笑容。看见现在媒体上关于他的那些新闻，想起他的笑容，我就特别特别难过。

如今你走进台北随便一家DVD出租店，要找全他的作品是很困难的；即便是一些比较大型的激光视盘专卖店，也不容易发现他的电影。再看一些网友的留言,居然有人说他"还不是那帮四五年级的老鬼,有什么了不起?"更多的意见则是"他的东西太沉闷,根本看不懂"。

台湾不欣赏杨德昌,看来杨德昌也不见得喜欢台湾。他生前最后一部作品,也是很多人心目中他一生的巅峰之作《一一》,除了一场特别放映,就从未在台湾正式发行过,连DVD都没有,原因是杨德昌自己不愿意。他不喜欢台湾的电影产业体制,也不满意政府对电影的冷淡,更讨厌所谓的娱乐圈。

早年台湾新电影运动的两根标杆分别是杨德昌与侯孝贤,观众也分成了拥杨派与拥侯派。喜欢侯孝贤的会说杨太过冷酷,不如侯的悲天悯人拥抱乡土,喜欢杨的则称他好就好在拍出了现代都市生活的无情与疏离。事后看来,这种区分显然是太粗糙了,侯孝贤并非"乡土"二字可以概括,而杨德昌也不尽是冰冷抽离。

但是杨德昌对于台湾式的"乡土"又的确是有距离的。很多年前,他曾经介绍我看一篇论文,谈的是纳粹反犹意识的根源,那篇论文的作者把问题追溯到纳粹支持者的"乡土情结"上,指出他们特别执迷地崇拜大地与浪漫化的农村图像，觉得乡土代表了有根、踏实和传统，是值得大家热爱甚至牺牲生命的。与此相反，寄居城市的犹太人则被视为无根、漂泊、狡诈而多变的他者。

当时台湾文化上的乡土情结开始被纳入了政治措辞的范畴，我们目睹市面上有越来越多的台湾本土论述：饮食是台湾的好，艺术是台湾的妙，连哲学也有人提倡"台湾哲学"的说法了。终于到了一个地步，只要谁不喜欢台湾本土自生的东西，只要谁否定台湾乡土的纯朴不变、肯定台北都会的驳杂不纯，谁就是不爱台湾，而谁不爱台湾，谁就是台湾人民的公敌了。终于，前国民党主席连战也要在众目睽睽之下，跪在地上亲吻土地，仿佛这才证明了国民党不是"外来政权"，这才表示他真是爱台湾的。

爱台湾爱得泛滥之后，就连"爱"也变得虚无可疑。几年之间，台湾成了一个落花流水皆有情的小天堂。每个政客都像琼瑶小说里的角色，人人爱不离口，总是充满激情，偶尔还要泪洒庙堂。打开那些厚得像本小书的 CD 封套，你会发现许多歌星录每一首歌都有说不尽的心事；为了表示这是真的，他们还要用笔亲自写出那些感人的心情。至于媒体，八卦的盛行就最能说明这种近乎农村乡愿的滥情风气。没人关心杨德昌的运镜方式，大家只知道他抛弃了蔡琴。杨德昌也真不识相，用《麻将》狠狠刺穿了这一切，告诉大家所谓的爱无非尽是计算，而城市的功利无情早已吞噬了大家天天挂在嘴上的乡土淳美。

台湾文化的感觉结构越是直白粗浅，杨德昌的作品就越是显得低沉晦涩。我想他很不喜欢台湾电影工业的产销模式。新片上映，男女主角一定要有绯闻吗？导演一定要去接受那些低智的电视采访，甚至满嘴"胡哥"、"吴哥"地和主持人玩一些辱人的游戏吗？

曾经，他以为放弃电影、改行漫画，就是一条出路——到底漫画是门手工业吧，何况这是他自幼就有的兴趣（他还藏有手冢治虫的全集）。可惜连漫画，台湾人也接受不了杨德昌口味的漫画。

除了内行，一般观众都不大喜欢杨德昌。侯孝贤的电影固然也是票房毒药，可至少大家还会带着刻板的印象，觉得他是"我们台湾人的导演"。而杨德昌，他镜头下的台湾几乎从未美化过；对于台湾的一切，他总是批判。不爱台湾，你就不是台湾人。

杨德昌真的不爱台湾吗？在《牯岭街少年杀人事件》中，

小猫王去探视狱中的小四,留下了一卷录音带,里头录了他们最喜欢的猫王歌曲《更明亮的一个夏日》。小猫王还在带里告诉小四,猫王终于回信给他们这帮小粉丝了,说他"很高兴在一个不知名的小岛上也有人喜欢他的歌"。要有多深的情感,才写得出这么一句沉重而荒谬的句子?更令人绝望的是,小四根本不知道小猫王来过,也不知道这卷录音带的存在,因为狱卒挡住了小猫王,还随手把他留下来的带子丢进了垃圾筒。

纵欲年代的食物电影

在我们看过的电影里面,没有多少部能够比《美食总动员》(*Ratatouille*,又译《料理鼠王》)更细致动人地描绘出食物的美感,甚至味道。尤其片末那一道软化了吸血僵尸般的食评家的"蔬菜杂烩"(也就是片名中的ratatouille),很明显它是个"蔬菜杂烩",有洋葱、番茄、茄子、丝瓜和青红椒;但是经过了担任顾问的美国名厨Thomas Keller的设计,它又和平常盛在盅里的乡野的"蔬菜杂烩"完全不同,反而像一个顶级餐厅里拿得上桌的雕塑品,色彩明艳,而且泛出一股肉类的诱惑香气。我怀疑有多少人能够在看完这部电影之后,不想立刻去家餐馆好好坐下来大嚼一顿。

在我们看过的电影里面，也没有多少部能够比《美食总动员》更详细精密地描绘出厨房里的世界，从厨师工作的姿态和手势，一直到整间厨房的空间布局，它都力求完整地画出来了。我说它"详细精密"，却不敢称它"准确"，只因我不是一个专业厨师，没进过多少专业厨房。可是任何看过这部片子的普通观众大概都和我一样，很愿意相信《美食总动员》的厨房是真的。

作为一部动画片，《美食总动员》向所有的电影提出了挑战。假如现代的立体动画技术能够比传统电影更出色地画出很难用胶片拍出来的食物美味，那么还有什么东西动画做不到的呢？假如《美食总动员》更能够比一般电影把巴黎的夜色处理得更魅惑迷人，更贴近我们心目中的巴黎，那么还有谁想看传统镜头里的"真实"巴黎呢？

怎样在电影里传神地拍出食物的诱惑，向来是个难题。很多作者采取的方法不是直接面对食物本身，而是处理人类对着食物的诱惑。他们喜欢特写食客咀嚼美食时的迷醉神情，吃饱喝醉之后那一声满足的叹息。他们更喜欢用一个典型的故事结构，让一名精于巧克力调制方法的神秘女子，或者一个外来的流浪大厨去融化整个村镇长年累月的冰冷疲惫，重新燃起他们的生命热情。

换句话说,包括经典的《芭贝特之宴》(Babette's Gæstebud)在内的食物主题电影,莫不皆是以人对食物的渴望和反应来反衬出食物的美好。在这类电影里面,食物发挥了触媒的作用,偶尔和家族的和解有关,更多是转化人性的关键。因为对食物的欲望可以引发出人的开放,甚至是性欲的爆发。与其说这些作者想拍的是食物,倒不如说是食欲;与其说是正面地、单纯地看待食欲,倒不如说是把食欲当成对象。为什么他们要用演员的表情、声音和动作去反映食物的美好,而不干脆把食物本身的色香味传达出来呢?首先这其实是个技术问题,直到20世纪末,影视工业都还没有发展出现代饮食节目的常用技巧,去专门放大炉上一块牛肉发出的嗞嗞声,以特殊的灯光技巧呈现新鲜蔬果的色彩乃至于上头的水珠。《美食总动员》有趣的地方就在于它不只应用了复杂的电脑技术去直接表现一道菜的感官印象,更能使用只有动画才做得到的方法来传达人类对食物的敏锐感觉(例如主角老鼠Remy就示范过同时进食两种食材的化合作用,原来那就像两组不同颜色的线条交互碰撞在一起)。

比起昔日著名的食物主题电影,你可以说《美食总动员》稍欠深度,因为它没有触碰传统的人性主题,它没有阐述食欲的重要,没有拍出食欲怎样勾引出了人的各种欲望。但正是这一点点出了这部动画片的时代意义,在《美食总动员》里头,食欲不是一个问题,对美食的追求也用不着辩护,它早已是一个人人接受人人了解的东西了。这就是我们的时代,饮食节目和杂志多到了史无前例的地步,大家都爱吃,而吃是没什么不对的。食欲横流,众生皆爽,不只人爱美食,连老鼠也是。既然没有人不喜欢吃,我们还用得着强调吃的诱惑吗?别忘了《美食总动员》是动画片,它的观众群里少不了儿童,这是否意味着我们很快就会有针对小孩的饮食节目和饮食专栏了呢?小孩要的不再只是吃得健康,他们还要美食。

历史性的长镜头

一个镜头可以有多长？一部电影最少可以用几个镜头？俄国大导演索科洛夫（Alexander Sokurov）的《俄罗斯方舟》全片九十六分钟只用一个镜头拍成，成了2002年世界各大影展的传说，而且还创下影史上的两个纪录：一、最长的长镜头，二、第一部只用一个镜头的长片。如果你以为这一定是部镜位固定、场景单一、演员只有三两只小猫的沉闷电影，那你就大错特错了。

整部电影，没错，全是在圣彼得堡的冬宫（Hermitage）博物馆里拍摄，这可是世界上数一数二的国家级大型博物馆，而且摄影机穿梭全馆三十三个展厅，走了一共两公里多的路。

两千多名演员或着古装，或着时装，在一个个精雕细琢的背景之中演出得精准无误。

有观众赞叹现今科技的厉害，因为以往的导演大师用长镜头的大有人在，只是过去用底片拍摄，每卷底片十分钟，一套九十分钟的电影最少需用九个镜头完成已是极尽。哪像今天的索科洛夫，有数码摄像，只要电脑记忆量够大，再长的镜头都不怕。也有人佩服场面调度和制作管理的功力。想想看，一部电影一口气拍完，两千多名演员真是一句台词都不能说错。而且拍到中途要是哪盏灯忽然暗了点，就算前功尽弃，得从头再来了。但在这位俄国大导的心目中，这一切困难加上繁重的前期准备工夫都及不上后期剪接这么叫人头痛。他不承认自己是存心要制造纪录，他竟然说只是厌倦了零碎磨人的剪接工作罢了。

《俄罗斯方舟》不只是一部炫耀制作难度的电影，其真正动人之处是它精妙地把冬宫博物馆隐喻为俄罗斯历史的诺亚方舟，里头曾经发生的历史事件和各代皇室积累下来的藏品就是这只大船要带向未来的珍稀生命。

主线简单，基本上就是镜头后的叙事者与一个不知何故从19世纪跑到当代的一个"陌生人"，结伴漫游冬宫。但这个游览过程却相当魔幻，数百年来的时空交错重现。一会儿是前苏联时期三任博物馆馆长聚首谈论秘密警察的迫害，一会儿是奥斯曼土耳其帝国派人向沙皇求和的气派场面。上一个展厅才见到西方游人如鲫，一不留神进入一个窗户尽碎的阁楼里有人打造棺木，原来是希特勒大军围城时的惨烈景象。这二人一个活在今日，一个来自19世纪的维也纳，相互教导对方所不知的历史背景。他们的言语细碎而诗意，他们的身影时隐时现，恍若时间中的无形旅者。最妙的是那名陌生人自称"欧罗巴人"，对这叶卡捷琳娜女皇效法西欧兴建的宏大皇宫议论不休，充分显示俄罗斯数百年来围绕着"是欧洲还是东方"这个问题的身份争论与追寻。

最后一个场面至为惊人，欧洲最大的舞厅上逾千名贵族翩翩起舞，整个管弦乐团整齐地奏着马祖卡舞曲，堂皇的水晶吊灯下正闪耀着俄罗斯帝国的最后辉煌。末了，曲终人散，老欧罗巴人不忍离开这旧欧洲的风光，独余叙事者的镜头来到馆外烟雾缭绕的苍茫大海。看！一切都过去了，那段残忍而又灿烂的三百年历史乘着一叶方舟，消逝在这96分钟的无限长镜之中。

只要做爱 不要吸烟

不久的将来,香烟必将在电影中彻底绝迹。到时候电影人还能用什么来取代烟的位置呢?难道是口香糖吗?我们可不可以想象,如果在詹姆斯·迪恩(James Dean)那张经典的黑白照片里面,雨中缩着肩膀裹住大衣于街头漫步的他,唇边叼的不是一根烟,而是一截啃咬得变了形的口香糖?又假如《花样年华》里头的梁朝伟,深宵赶稿时伴随他的不是一缕迷雾般的轻烟,而是一地的瓜子壳?

烟草曾经是电视和电影常用道具,透过它,导演强调那可以使一位牛仔的粗犷添上几许抑郁,可以令一位神探沉思出智慧的火光,更可以让一个满身泥巴的士兵在枪林弹雨之后的战壕里的片刻宁静中，重重呼出一口人类的荒谬。没有了香烟，这一切塑造角色性格与遭遇的细节，该由谁来完成呢？

或许我们用不着太过担心，因为人类曾经在现实生活中克服过这个问题。在20世纪初期的英国绅士指南里，香烟曾被认为是一种令人免于尴尬的工具。"如果你不知道手该放在哪里，就夹一根烟吧。"烟斗、雪茄和香烟，不仅在形态上可以表达一个人的身份、性格；运用它们的方法也能凸显一个人的礼仪和风范。比方说见到一位女士走过来了，绅士应该把嘴上的烟拿下来，道理和摘帽点首相同。如今的男人都不戴帽子了，没法再用脱帽表露绅士的风度。可是，难道我们要重新恢复戴帽的习惯，才能当上个有礼貌的人吗？同样的，不抽烟也不可能令我们每一个人在聚会之中不知如何是好，双手乱摆乱挥。

早年的好莱坞是个很讲究道德规范的地方，片子稍有不慎露骨的场面，就会遭到删剪禁制的下场。所以当时的导演把烟当成了性爱的暗示，一个女主角要是向男人讨烟抽，意思就是"官人我要"。要是一个男角为女主角点烟的方法是把一根烟放在自己的唇间，点燃之后再将它递给她，这就等于激烈的湿吻和爱抚了。

电影里的女人抽烟就和19世纪末主流大众想象一样，是种夸张的性表态，且不说唇部的吞吐动作，光是呼吸时的胸腹收放，就能叫男人看得血脉贲张。当年的大明星贝蒂·戴维斯（Bette Davis）在电影中永远烟不离手，这表示她的性欲强盛；玛琳·黛德丽（Marlene Dietrich）一副冷脸孔总是在那斜斜的一根长烟烧出的云雾中睨视众生，活生生地演绎了什么叫做烟视媚行。

今天的好莱坞不怕你做爱，只怕你不脱，香烟这种代替品又何来用武之地？想要一个性感女神表演饥渴的状态吗？别叫她点烟，脱裤子就是了（还得是脱男人的裤子）。按照这个逻辑，就算詹姆斯·迪恩再生，梁朝伟重拍《花样年华》，他们也一定想得出别的东西来取代香烟，只不过效果是否雷同，就很成疑问了。至少对我而言，看玛琳·黛德丽在昏暗酒馆一角吸烟，绝对比见到她赤条条地满屋跑要好。

给大国想象来点儿幽默感

《波拉特》(*Borat : Cultural Learnings of America for Make Benefit Glorious Nation of Kazakhstan*)讲述一个在美国生活的哈萨克斯坦主持人的搞笑经历。波拉特是哈萨克斯坦电视台的著名主持人,为了考察西方国家的媒体发展水平,他来到了美国。在美国这个高度现代化国家,波拉特是个迷醉在美人乳沟里找不着北的乡巴佬,他在海滩上和星光大道上闹了一屁股笑话,并且还忘记了家乡父老正眼巴巴地盼着他学成归来,报效祖国。

言论自由和表达自由向来都是令人头疼的问题,最近横扫全球的电影《波拉特》更是一颗超级炸弹,一方面破尽美国所有的言论禁忌，惹来数十宗诽谤官司，另一方面则对哈萨克斯坦极尽丑化诋毁之能事。美国那边的官司打成什么样没有下文，倒是原来气得撞墙誓死追究的哈萨克斯坦政府来了个一百八十度的态度大转化。

他们发表了一份公开声明，表示"我们最好有一些幽默感，而且尊重他人创造的自由"，又说"以法律诉讼为借口对艺人进行威胁是毫无用处的，这只会进一步损害国家的声誉，并且让波拉特更受欢迎"。他们甚至发出公开邀请，希望波拉特有空的话不妨到哈萨克斯坦玩玩，亲身体会一下这个国家的风土人情。据说哈萨克斯坦政府很有可能发行这部电影，让国民与全世界的观众一起见识一下这部笑得大家人仰马翻的电影。

看到这个聪明的决定，我想有不少人都会对这个中型国家顿生好感，就算不一定真的会去"玩玩"，也想多认识它一点。近年人人争说"软实力"，都认为在国富兵强之外还要注重文化的影响，所以中国政府才在海外遍开"孔子学院"，希望传达出一个美好的大国形象，让别人想起中国的时候不只是在脑海中浮现出各式各样的"made in China"的商品，那么我们就得学学波拉特和哈萨克斯坦合演的这出峰回路转扣人心弦的喜剧了，它可说是讨论国家形象的最佳教材。

如果有人搞一个调查，衡量世界各国的幽默指数，我想中国就算不用排到百名开外，肯定也不会轮上前十名。没错，中国人很会"恶搞"，中国老百姓更懂得在手机和网络上传播道之不尽的"段子"，但要说到整个国家的对外形象，我想没有多少人会以为这是张笑眯眯的脸孔。因为这张脸孔在很大程度上是与政府密切相关的，而我们的政府则向来不以幽默著称。

当然中国也有一张笑脸，然而那是什么样子的笑呢？很长时间以来，外国在媒体上看到的中国式笑容是这样的：一群农民在田地里看着饱满的麦子露出心满意足的笑；一帮工人对着冉冉东升的璀璨旭日龇牙咧嘴地欢笑；领导到地方巡视时则多半有一群干部加百姓围着他鼓掌微笑；无论是当年的雅典奥运会，还是中央电视台每年一度的春节联欢晚会，都有一堆小妞或者小鬼摇头晃脑，不知所以地鼓着红扑扑的脸蛋傻笑。这些笑容多半是僵硬的，多半是种表演；更严重的是这总让人联想起宣传里的标准四字词"欢声笑语"，似乎有一个老师在看着一班学生上笑容指导课，不准不笑。

这几年来，美国穷兵黩武妄自尊大的形象深入人心，但是每年年尾，白宫记者派对还是会在全球报纸国际花絮版上抢到一点位置，为它得回哪怕只有那么丁点的好感，因为大家都喜欢"第一家庭"自己拍的DV短片，喜欢看见他们不得不厚着脸皮接受记者们的挖苦调侃。至于美国的难兄难弟英国，也还有它独特的英式幽默。例如时常出入唐宁街十号的著名流浪猫汉弗莱（Humphrey），自从首相夫人不喜欢它的传言散布开去之后，首相府就是谋对策修补形象。其中一个办法是让唐宁街十号的管家板起脸发言："很多人说汉弗莱是大英帝国首相的猫，我个人觉得这是过高的升职。事实上它顶多只是一只'内阁猫'，因为它通常在内阁大臣开会的时候出现。"

或许我们还不能期望高层领导在记者面前展示他开自己玩笑的短片，毕竟是国情不同。可是我们应该让这个正在痴迷于大国想象的国家变得有幽默感一点，不只让外国人松一口气，觉得这个来势汹汹的新兴强国其实也挺可爱，更能叫人民感到"亲民"二字原来不只是一种说法。

要怎么做才能产生幽默的形象呢？这又不只是包装工程的表面功夫，还是整个政府基本思路的问题。因为任何幽默感都来源于宽容，而宽容则意味着要接受不同的言论，不同的出版物和不同的电视剧。宽容是官员不能因为有人散发嘲笑自己的手机短信就将其入罪，宽容是官员不能对着一群出版商凶神恶煞地说要"因人废书",宽容是官员不能对着记者说要好好整顿电视剧以正社会风气。这都什么年代啦?

每一个政府干部对内的讲话都会外传成为中国表情的一部分,这表情是严峻还是和蔼,就全看政府对待言论与文化表现是否宽容。下一回要是官员们再想干预,他们真该想起哈萨克斯坦的范例,看看自己打算为中国换上一副什么表情。

星战迷迷什么？

我们这些看《星球大战》长大的人，常常碰上一个沟通问题。例如："你记不记得第一集里的 Obi-Wan，他怎么好像从来没见过 Luke 似的？"另一个人或许会说："你说什么？Luke 在第一集根本还没出生，Obi-Wan 遇上的是 Luke 的老爸，Anakin Skywalker（'天行者'阿纳金）。"这个问题就是到底星战系列的哪一集才算第一集。如果从放映的顺序看来，第一集应当是 20 世纪 70 年代播映的那一集，但若从故事的发展顺序来讲，那一集却是"第四集"。

在这个第一集的定义问题上，我们正好可以看见作为一部商业电影，《星球大战》的特异不凡。一般系列的商业电影往往是由第一集顺序开拍，第二集三集接着推出。如果有所谓"前传"，如《驱魔人前传》或《夺宝奇兵前传》，也往往是因为眼见正传风行，制作人才动脑筋回头补上正传之前的故事再捞一笔。但《星球大战》却很不一样，乔治·卢卡斯一开始就想好了故事的大纲，却决定中间落墨，从第四集拍起。

于是，当年我们还小，在电影院里见到一艘小型的宇宙飞船在另一艘巨大的宇宙战舰上空飞过，那艘战舰如此巨大，小船好像怎么飞都飞不出它的范围。我们就从这个很有隐喻意义的视觉效果开始，坠入那无穷无尽但又封闭自足的宇宙，成了一群星战迷。我们沉迷，就因为展现在眼前的一切是这么浩大。什么叫做"共和国军队"？"黑武士维达"到底是谁？每个人物每段情节背后好像都有千头万绪的线索，然而我们在那些特技构成的震撼之中迷失，不知就里地从一个银河史诗的中间片断进入，不知开始，更不知何处为终。

乔治·卢卡斯还在念大学的时候，就开始构思《星球大战》。他很喜欢各种神话及中古欧洲的骑士传说，并曾求教著名的神话学家约瑟夫·坎贝尔（Joseph Campbell），请他指导《星球大战》的剧本写作。所以《星球大战》虽然有着科幻电影的外貌,骨架却非常传统。声光科技之外,师徒父子之间的情仇,英雄的堕落与再生,泛灵论式的"力量信仰",黑暗的诱惑,骑士团般的组织等等,才是星战系列的原始动机。

传统素材搭出的宇宙战争,使得《星球大战》成为好莱坞电影工业在征服全球的霸业里,一段可以不断追索不断衍生的现代神话。所以星战迷和一般的商业片"粉丝"不同,他们都是一群需要一个说不完的神话的现代意义追寻者。

星战信仰

星战迷中最奇特的,大概是一群"原力"(the Force)和 Jedi 的信徒。前年英国的一次人口普查里面,约四十万人在宗教信仰一栏填上 Jedi 或者原力。这个数字比英国的佛教徒和锡克教徒加起来还多。后来在澳洲的一次人口普查里面,也有相当一批人自称是原力的追随者。你以为这只是开玩笑吗?恐怕不是,他们已经展开定期的仪式聚会,甚至有了教堂般的聚会场所。《星球大战》这部虚构作品,已经成了一股新纪元运动中新兴势力的灵感温床。正如《西游记》里的斗战胜佛孙悟空,竟也是中国民间信仰的一个神祇。

其实《星球大战》的确有一个东西宗教融和的架构。比如阿纳金只有母亲没有生父，据说他的妈妈乃是原力直接作用受孕的，这简直就是圣母玛丽亚童贞女怀孕的翻版。而阿纳金则是创造宇宙原力的"独生子"，被认定是恢复世界秩序平衡的"获选人"（the Chosen One），这是科幻太空版的弥赛亚传说。但这位原力的儿子，却从以谦卑自制为行事原则的Jedi（原力的仆人），经过愤怒、骄傲和不断膨胀的欲望诱惑，坠入黑暗之中，变成最大的邪魔。一看可知，这是在呼应路西法（Lucifer，堕落天使）的经典故事。

与此同时，我们还得留意《星球大战》里的正邪并非二元对立、截然可分的两种势力，而是同一股原力的两个面向。而这个原力也不是一个有人格有智能的超自然神祇，却是一种蕴生万物与天地共生的存在。这很难不让人联想到中国的"道"或者其他宗教里面的一元论倾向。此外，Jedi那种一方面静思冥想原力的奥秘，另一面修习剑法的隐士训练，则叫人想到少林武僧般的"禅武不二"，或者射箭修禅的日本和尚。哲学家卡普托（John Caputo）因此认为，《星球大战》是个穿了科幻外衣的宗教寓言典型的新纪元信仰。

学者们过去总以为现代世界表现了科技昌明，一切都要讲理性，古老的宗教和对超自然的崇拜迟早要一一退席。但在这互联网串通全球，人类正朝基因改造与纳米世界迸发的时代里迈进，超自然力量却以新的形貌卷土重来。卡普托认为《星球大战》第一集的其中一幕最能说明这个现象，那就是 Jedi 大师 Qui-Gon 用一个小仪器替幼年的阿纳金验血，犹如要取得基因样本一般地为他测试一种叫做 Midi-Chlorians（迷地原虫）的东西的含量。原来体内 Midi-Chlorians 含量越高，一个人的原力就越大。超自然力量居然能科学地测量解说，更奇妙的是，阿纳金这小弥赛亚的身份，竟然是用验血的方式证明！

十五年,再看《两生花》

让影迷期盼十多年的《两生花》(*La Double vie de Véronique*)终于出了DVD版,但我应该如何去介绍这部电影,又该如何去描述基耶斯洛夫斯基这位导演呢?十多年前,当我首次遭遇他们的时候,就是如此的有口难言,没办法向没看过的人转述自己的着魔体验。

于是当年我居然用最搞笑和最媚俗的办法告诉朋友:"这是一部教人'点沟女'(怎样泡妞)的电影。"

《两生花》的其中一位薇罗妮卡是法国人,一所小学的音乐教师。有一天她们的学校来了个木偶师,表演节目给大家看。只见一具极美极精致的木偶翩翩起舞,在细小的舞台上，昏暗的灯光底下，仿佛拥住了那么一点生命的气息。突然，生命离去，就像另一个活在波兰的薇罗妮卡，在艺术最美的一刻死亡。有小朋友难过得看不下去，躲到老师薇罗妮卡的怀里。而我们的老师此时却分了心，借着镜子的反光迷惑地注视黑幕背后的木偶师。那个男人如此深情款款，神情肃穆，温柔地操控着手中的线索，好像爱上了自己的木偶，在和他们共同生存，共同死亡。

所谓的"沟女"妙法就是从这一刻开始。薇罗妮卡发现木偶师原来是个得奖的童书作家。她把他的全部作品搜集回来，然后开始收到奇怪的无名电话放出缥缈的乐声，没有寄信地址的信封里装着毫无关联的东西，例如细绳与空烟盒。最后她又收到了一个信封，里面有卷录音带，录了一段街道上的人声、火车站台上的广播和咖啡室里女侍的招呼。她从邮戳上看出寄信的邮局位置在巴黎，于是出发，想要解答心中的疑问。

那卷神秘的录音带其实大有玄机，它暗示着一段路程，你必须跟着里面的环境声响，走走停停听听，就像一张用声音勾勒出来的路线图。没有视觉，全凭双耳，稍有错失就会迷失，找不到最后的目的地了。然而薇罗妮卡还是找到了，在那间咖啡室里发现了他，木偶师。原来不只薇罗妮卡对他一见钟情，木偶师早在学校表演的时候，也发现了这唯一一位对躲在幕后的人的兴趣要比幕前木偶还大的观众。然后他就开始寄出那些莫名其妙的信，当然还有那卷录音带。跟着他等待，坐在咖啡厅的角落里等了两天，等薇罗妮卡发现其中一切关联与秘密，等她前来相会。

朋友们听我细述这段情节，无不赞绝。不论男女，大家都认为用这么低调隐晦的方法示爱，还要冒上失败的风险坐在咖啡厅里等了两天，实在叫人不能不爱上这个用心良苦的温柔男子。可是转念再想，大家又会自问要是换了自己，会不会像薇罗妮卡一样敏感，留意那些奇怪的物品，细听那卷录音带呢？我们多半会把这些东西随便丢进垃圾桶。至于半夜接到不明来历的电话，则朝话筒骂一声"神经病"，再狠狠挂掉就是。有谁会花时间傻傻地跟着那卷声音地图跑到巴黎找一个可能根本不存在的陌生人呢？

我们都不会。所以我们都不是木偶师，不是薇罗妮卡，更不是拍出了这段戏的基耶斯洛夫斯基。我们没有这份敏感的心意。

基耶斯洛夫斯基终其一生地探究人生中种种的不测、神秘的联系与命运的奇幻。其后的《红》《白》《蓝》三部曲是他最后的作品，也被公认为是旷世经典，之前的《十诫》则是前无古人后亦未必有来者的电影巨制。但是始终萦绕心头，叫我久久不能忘怀的，还是这部《两生花》，因为它虽只用了短短98分钟，却一个镜头也省不掉地说出了那么多的事。几乎任何一个细节都是言有尽而意无穷的寓言，任何一个片段都是精美得令人心痛怜惜的乐章。

被我蛊惑的朋友看了《两生花》之后，都大叫上当，这哪是一部"沟女电影"？但却无人后悔，因为每个人都看见了生命里种种无法言说的秘密。

其实说穿了，《两生花》的故事一点也不复杂。两个长得一模一样的女子，都叫做薇罗妮卡，都喜欢音乐，但一个是波兰人，另一个是法国人。她们常常有莫名其妙的感应，觉得自己不是孤独的，觉得世界上似乎还有另一个自己。一个人死去，另一个人会突如其来地悲恸。听起来奇幻，但这种解释不清的感应岂不是我们都曾切实经历过的吗？就像片末法国的薇罗妮卡开车途中若有所感地停了下来，摸一摸道旁的树木。她的父亲此时正好在锯着一截树干，也好像发现了什么，罢手回头。

我们日常生活中偶然感到眉跳心痛、鞋带的断落与灯火的熄灭，难道真的都只不过是一种偶然？基耶斯洛夫斯基离世十年，以后就再也没有一位导演如斯专注如斯深刻地用电影去探讨生命中那不可量测的神秘面向。我感谢，并且怀念。

江湖香港

我曾经在龙应台的文章里面读到她第一次来香港的经验,她的朋友在行前劝她不要自己一个人随便在旺角乱逛,那里太危险了,一不小心就会被流弹打中。这也是很多内地及台湾友人的共同经历。当他们首次踏足香港,赞叹林立的高楼和整洁的秩序之余,总免不了得提心吊胆,四处张望,不知何时会在某个街角冲出一堆抡刀舞棒的恶汉,又不知哪一家银行金铺的门口正有警匪枪战。

在内地、香港、台湾、澳门四地之中,治安情况最好的香港,在全球华人心目之中竟然是罪恶之都,当然是拜《英雄本色》和《古惑仔》一类的江湖片所赐。有些内地朋友还煞有介事地问我，香港警方为什么要协助这类电影的拍摄，香港政府为什么不禁止这些片子的上映，难道就不怕它们损害了香港的形象吗？其实别说他们了，就连我这个香港出生的本地人，少时也曾经以为电影里那些刀光剑影的场面是真的，只不过我没碰上，它们一定在某个我所不知的角落里日夜上演。

从香港电影的黄金岁月开始，江湖就没有离开过，没有多少导演是从未涉足过江湖片的，也没有几个影评人没试过不把江湖与黑社会当成香港的隐喻。江湖片不只是香港电影最重要的类型片之一，也是很多人解读香港社会与历史的媒介。

江湖片其中一个主要关怀就是秩序，往往剧情的开展，推进与高潮都是围绕着一个社团或者整个江湖的秩序之崩解和修复打转。比如说某个社团里一个桀骜不驯的反派，因为野心扩张过度，做出了欺师灭祖、谋害龙头的恶行，这是电影的矛盾起点。接下来则有一个守信重义的正派出面，和反派纠缠对峙，两者之间的冲突就是电影的高潮所在了。结局则不外乎邪不胜"正"，代表黑社会传统价值的正派主角大获全胜，恢复了江湖道义和社团秩序。

江湖电影的秩序情结诉诸的是观众对一种已经淡化、失落，甚至根本从来不存在的道德观的向往，它的核心无非就是传统小说里的忠义，最能体现它的偶像人物与图腾就是被神化了的关公。关公的重要性，在于它是所有黑社会人物共同尊崇的行业守护神，代表所有黑社会成员必须跟从的原则及必须遵守的规矩。有了这个基础，那些同样要拜关公的反派才成得了反派，因为他们表面上讲义气忠信，实则却背叛了这套终极价值。同样是这个基础，正派人物才成为正派，因为他们的行动擦亮了蒙尘的神像，修复了碎落的秩序。

但这套秩序的沦丧和恢复，在主流江湖电影里通常以时代的变迁为背景，反派角色是唯利是图的新世纪人物，正派却是传统的守护者。因此江湖片总有一抹时不我予的悲凉，尽管老套的价值最终得到保留，但是观众都知道世风日下人心不古，正派主角只不过是在挽狂澜于既倒，所以这些主角就有了那么一丝悲剧英雄的味道。这等公式和它蕴含的时代变化，是很多人用来解读香港历史和现实的透镜。夸张一点，甚至可以说这是中国传统在现代社会的命运。

许多卫道之士批评江湖片美化了黑社会，理由就是片子里的主角都是威风八面的正派英雄，很容易让无知少年心生仰慕效仿之意。其实这些英雄之所以是英雄，不在于他们身手不凡以一敌十,也不在于他们都长得帅气潇洒(当然啰,主角可是周润发和郑伊健),而在于他们那么地坚持。在这个人人唯利是图、大家争着上位的年代,竟然还有人以身示范中国文化的传统美德——对上讲忠心,对兄弟讲义气。看江湖片,我们其实都在怀旧,怀念那一去不回的道德价值。故此江湖片不只是教坏年轻人这么简单,它甚至还是对现实社会的批判。

杜琪峰的《黑社会》被认为是突破传统,是历来最写实的江湖片,理由之一就是它颠覆了香港江湖片这种浪漫怀旧的主流程式。其实有江湖片这种类型电影,就必然有开这种类型玩笑的作品,例如《一个字头的诞生》和《江湖告急》便是绝妙的示范。但《黑社会》不跟你开玩笑,它摆明车马要正面面对黑社会,例如杜导演自己最爱说的,片里的人物就跟真实江湖一样喜欢用刀劈砍,而不是双枪在手连珠弹发。

《黑社会》最为人谈论的,是它没有忠直重义的正派主角,和气生财如任达华,到了一个地步还是会突如其来的心狠手辣,绝不留情。因此《黑社会》可以被解读成现实功利社会的反映,到底我们已经活在一个再也没有英雄的年代了。电影里古代洪门的入门仪式大谈反清复明的精神原则和种种狠毒的戒誓，不只是用来对照如今求财至上的黑社会的讽刺，更是强调岁月变迁的衬托，"反清复明"？清朝都消亡了百年，还复什么明呢？

但再怎么写实，《黑社会》还是不能没有炫技式的风格示范。香港那么执著沉迷于江湖片，就是因为它的背景虽然是现代，但还是要有超脱现实如舞蹈般的打斗枪战和非凡的人物造型，而这正是香港主流商业电影的精髓，极力追求感官上最强烈的刺激，节奏快得让人不及动脑只能反应。所以我们要问的问题是为什么这么超现实的片种，却会让那么多的外地观众信以为真，让那么多人在里头发现香港社会的特质。黑社会成为社会的缩影，其中一个原因就像《黑社会》里饰演帮派元老的王天林对警官所说的："全香港有几十万黑社会。"换句话说，黑社会人数众多，几乎我们每个人身边都有他们的存在，尽管我们自己没有注意到。黑社会这种规模是很多人相信但又很难证实的迷思，如果这是真的，光按人口比例推算，就有理由认为黑社会的确是大社会的缩影了。

又因为黑社会成员众多而且似乎无处不在，却偏偏不是所有人都有幸可以结识几个，所以我们总是怀疑他们一定在暗处有自己的规则自己的秩序，而这暗处其实离我们不远。有光明就有黑暗，黑社会一定就在正常社会的背后运作，难以穿透但又不能尽除。黑社会的现实是日常世界以外的"平行现实"，描写黑社会的电影则是一种另类的写实。我们因此乐意相信江湖片是真实香港的折射镜像，同时又容许它的夸张失真。从这个意义上讲，江湖片之于香港，正如科幻片之于好莱坞，看来很不现实，却又处处和现实发生关系。

躲起来的导演

以中学为题材的电影真是够多,但像香港独立电影导演张虹拍的《中学》这样的片子,我倒还是第一次看到。它仿佛是一面魔镜,不同的人看见不同的东西。对我这种中学六年读得一塌糊涂的人来说,《中学》就像一场过去的噩梦,看完之后令我庆幸它到底只占了我人生之中的六年,而且不用重新经历。对这部电影主角之一的香港圣杰灵女子中学校长庞得玲而言,"香港历史上未有一部电影这样忠实拍摄学校里面的情况"。至于那些满怀远大理想、矢志于教育改革的专家,则在这部电影里看到了今日中学体系的重重弊病。

张虹上海出生,香港长大,在加拿大读电影,一直喜欢拍纪录片。她最早的作品《看不见的女人》还是马马虎虎不怎么样，但接下来的《搬屋》和《平安米》就开始显示出她精细敏感的能力了，尤其以香港一年一度向老人家派送免费米为主题的《平安米》为最，且获得2002年香港"独立短片及录像比赛"的大奖。到了《中学》，她就更上一层楼，拍出近年纪录片里令人难忘的耐性和冷静。

张虹用三个多月的时间去拍摄香港两间一级中学的生活。早上的集会、课堂里的实况、老师的会议、文艺演出等课外活动，还有老师和家长们的会面，都成了她镜头下的"演出"。说"演出"可能有点不正确，因为张虹信奉的是美国纪录片大师弗雷德里克·怀斯曼（Frederick Wiseman）的"直接电影"（Direct Cinema），也就是说导演尽量不加个人意见，不用旁白没有配乐，甚至连纪录片常见的访问都完全略去，一切理解和判断都交给观众。

问题是导演没有任何个人意见的"直接电影"可能吗？决定取镜角度、拍摄场面、剪接顺序的不是导演，又是谁呢？难道在这些环节里面导演就没有表达态度跟立场的空间吗？当然不。这样的电影隐含了一种"陌生化"的作用，同样的片段在被摄者的角度看来再合理不过，于外人眼中却因距离产生了可叹的效果。例如片中的学校早会，学生风纪和学生干部站在一众顶着太阳的同学之前训话，老师和校长则立在二楼阳台向下注视。老师若在影片中看到这个场面，或许不觉得有什么问题，甚至还会再次肯定自己让学生自我管理的伟大成就。换了我等深恶痛绝学校诸种怪现象的观众，可能就会发现这只是弄虚作假的一场戏，因为师长们正在居高临下不动声色地监视一切。只是如果你问导演究竟用意何在时，她肯定皮笑肉不笑地回答："你说呢？"

暗恋到偷窥

关于暗恋,基耶斯洛夫斯基的《情诫》有很独特的诠释。在这部杰作里(尤其是剧场加长版),暗恋的表现形式走到了极端,变成了偷窥。这算是一种爱吗?偷窥者真能说是爱上了那个被偷窥的对象吗?

电影中的十九岁男孩,每天用一副偷来的望远镜定时窥视对面大楼的女子,看她绘画,看她独舞,也看她和男子相拥亲热,直到他们开始做爱,才心痛地放下镜筒别过头去。为了接近这个被他看得透透彻彻的陌生人,他甚至不惜偷走她的信件,又胡乱寄些信给她,还每天起个大早当兼职小工好为她送牛奶。

基耶斯洛夫斯基的老拍档普莱斯纳为这个小男孩谱了一首只有几个小节的主题曲，有种孤寂的纯真，总是在他看着她想着她的时候静静地奏起。偷窥是不道德的，男孩也做了许多犯法的事；但是观众就是同情他，因为这么极端的单思是何等的孤独，没有人发现，他也不指望什么。或者我们应该说，由于是偷窥，他甚至是不能被发现的。

暗恋之纯粹，在于不求结果，完全把自己锁闭在一个单向的关系里面。这么寂寞的感情，像是只有那首小曲懂得，每一次都适时出现陪着男孩。当然，这是在观众的立场而言，那位戏里的少年甚至不知道有一首真诚的音乐可以抚慰他。

音乐最欢快的时候，是少年终于突破了禁闭，得到一次不能想象的机会。女人问他："你到底想怎么样？吻我？和我做爱？还是跟我去旅行？"十九岁少男初恋的要求竟然只是"一起去吃雪糕"。女人居然答应，她一定觉得太好玩了。小曲变得飞扬，小男孩快乐地拖着一车的牛奶瓶旋转。这时他还不知道，暗恋一旦转明，悲剧就不可避免了。

基耶斯洛夫斯基为《情诫》定下了很清楚的规矩：在整部戏的前三分之二，我们都是用男主角的眼光去看这个世界。但那被爱的女人,那被偷窥的对象到底是谁呢?我们并不清楚。

偷窥者的目光是很有意思的,它非常纯粹,是暗恋的理型,一种完全不需回望也不需交流的注视。或许还可以大胆推论,这才是爱情的绝对形式,只有外壳,没有内容。

根据早期柏拉图的形而上学,人的灵魂曾经在另一个世界见过各色各样完美的理型,那是个尘世不可能存在的绝对形式,例如最美的美、至善之善,以及符合数学定义的圆。但是人一诞生,再抽象再理想的形式都有了内容,缺陷与遗憾也就随之而来了。

由于早就失去了这份天真,世故的女子难免要嘲笑少男的傻气:"不可能,你不可能爱上我。"可是少男面容坚定地回答:"我爱你。"仿佛前生的记忆仍然依稀存在。为了教导或教训这个男孩,女子引诱他,然后在他受不了刺激而早泄的时候冷冷地告诉他:"这就是爱情。"于是最实在具体的内容出现了,一直还活在理型世界中的少男备受伤害。饱经创痛的女人把自己的痛传染给男孩,这就是爱情,这才是世界。

但是,难道偷窥就不算爱吗?不了解甚至不认识一个人就不能爱上他吗?在电影的末段,观众和女人一起在自杀未遂的男孩身边发现:他未必知道原因,但他见过她哭泣,见过她受苦。隔着两座大楼之间草坪的距离,他不明就里地看到她难受,又无能为力地以目光隔空怜惜她。不问为什么,也不顾现实,这岂非爱的理型?

忘记电影，我们去看小说

有这么一个定则很难被打破：你喜欢一部小说，就千万别看改编自它的电影；因为有九成九的机会，你将失望而回。但是又有一种常见的现象：你喜欢一部小说，明明知道这一条定律的存在，但你还是忍不住去看它的改编电影，因为你实在太想知道那些向来只存在于脑海之中的面孔与风景一旦具体化成视觉上的形象，会是个什么模样。

我去看宫崎吾朗导演的动画电影《地海传说》，理由之一是他乃宫崎骏之子。正所谓虎父无犬子，虽然宫崎骏一直不想让儿子学他走上动画之路，但是幼承庭训，耳濡目染，功夫想必差不到哪里吧？

更何况这部电影改编的是厄休拉·勒奎恩（Ursula K. Le Guin）的经典名著。这一部全六册的《地海传说》（*Earthsea Cycle*）和《魔戒》（*The Lord of the Rings*）、《纳尼亚传奇》（*The Chronicles of Narnia*）并称奇幻文学三大巅峰，一直是畅销书，不只小孩爱看，更迷倒了许多口味最挑剔的文学评论家。宫崎骏一直想把它拍成电影，如今有子代父出征，怎能不看。

可是电影才看到一半，我就明白为什么宫崎骏观赏试片的时候要中途离场一小时再悄悄回座，也明白何以厄休拉·勒奎恩会对宫崎吾朗说："这不是我的小说改编，它只是你的电影，可是拍得还不错。"（多么言不由衷！）

很多人嫌《地海传说》的画面不如宫崎骏电影那么丰富多彩，觉得儿子的笔触也没有父亲那么细致，魔法场面没有奇观，叙事结构不够曲折。这一切我都可以原谅，毕竟拿刚出道的儿子首作去和纵横画坛数十年的老爸比较是不公平的。我觉得宫崎吾朗的风格与宫崎骏截然不同，例如它在绘画上采取的是一种较为粗放的手法，喜不喜欢实是见仁见智。

我无法接受的是，很多观众看完之后觉得莫名其妙，不懂一个大法师怎会如此窝囊，三两下工夫就给邪恶术士收拾得束手无策,而一个小女孩又怎么会突然变成一条飞龙,还有更多朋友说这部电影说教,总是唠叨着什么世界"平衡""有死才有生"这类大而无当的道理。在电影院里的时候,我尽量假装自己没看过原著,发现这些评论都说得很有道理。难怪事后我告诉朋友原著小说有多精彩,他们都不愿相信,也提不起兴趣去亲自证实一下。我不能接受的是,宫崎吾朗就这么用一部电影毁了一本更多人应该认识、应该欣赏的绝妙佳物。

《地海传说》到底有多好?我愿以自己的信誉向各位保证(如果你觉得我有的话):它要比《魔戒》好太多,更不用提其实相当平庸只适合小孩学英文的《纳尼亚传奇》了。当今最博学也最保守的文学评论大师哈罗德·布鲁姆(Harold Bloom)曾经盛赞厄休拉·勒奎恩在奇幻和科幻这两类通俗小说的范畴上达到了无人能及的境界,又把她捧得比知名的严肃作家多丽丝·莱辛(Doris Lessing)还高。

事实上厄休拉·勒奎恩绝不简单,她是个道家哲学的追随者,曾经亲自英译过一部老子《道德经》。而且早就拿过村上春树最近获得的大奖"卡夫卡奖",这可是许多人心目中诺贝尔文学奖的前哨站(顺带一提,村上春树也是个勒奎恩迷，曾经把她的作品译成日文）。

《地海传说》通俗易懂，但有一种独特的道家哲学贯穿其中，后三卷又格外突出了女性主义的激进视角。厄休拉·勒奎恩凭着这两条思想线索，颠覆了长期以来奇幻文学和魔法世界的许多固定元素。比方说大法师，为什么一定要是个手持巫杖身材高大的白发老男人呢？故事里最伟大的法师格得（Ged）本来也是这种造型，但他最后却成了一个平凡的农庄老先生，而且无怨无悔，也永不恢复那神奇的能力，因为比起用魔法呼风唤雨，日常的耕种劳动才是最自然的大道。老子不早就教大家要放弃奇技淫巧吗？而他舍却禁欲生活，与女子同居结伴，也是认识到了：如果男性法师如树一样高大耀眼，到底还得植根于大地那神秘绵长的阴性力量。

而这一切，都在高度浓缩的电影里变成了无解的谜题甚至无谓的点缀，可惜。

宫崎吾朗这部《地海传说》唯一叫人看了觉得好玩的，是那个男主角王子犯了弑父之罪，这本是小说所无的情节，会不会也是导演自己的心路呢？宫崎骏会不会就是在这一幕很不安地离场？待他回座，说不定正好看到王子终于修成正果，返家请罪。父子之间，总有这种奇妙矛盾的情结。

电视末日到了吗

好在风水轮流转,在已开发国家和未开发国家之间还有这么一帮发展中的半边陲地带,它们会在发展的阶梯上逐渐攀升,日益富裕起来,而且起得很快。我们这批东亚新贵迟早会把电视和球赛的时间关系扭转过来,让足球往东方倾斜。

总统看来很上镜

很多人说搞政治就像做戏。最现成的例子是美国总统小布什最近宣布美伊战事胜利那场大秀。从电视的荧光屏上看来,他老兄可真是帅呆了,驾着一架战机稳稳落在航空母舰的甲板上,然后爬出机舱,一身戎装地走到台上,背着海上的夕阳对着士气饱满的美军发表凯旋演讲。全球观众在电视上看到的当世最强大的帝国元首意气风发,可大家看不到的是这一幕背后的精密计算和一整队幕僚的时间心血。

我要坦白交代,我真是太喜欢看电视了,特别是老美拍的电视剧。不(只)是因为编导说故事的能力高超,也不是演员的水平太好,而是看了一集通俗电视剧集下来,我总有上了一堂课的感觉。中古欧洲的大教堂常见色彩斑斓的镶砖画，在艺术价值以外，它们发挥教育功能，透过画面去把历史和《圣经》的人物跟教训传递给诸多不识字的平民。十年来的美国电视剧就有这种教堂的作用，让像我这样的无知百姓去朝圣礼拜，极尽耳目之娱，还摸懂了当今各种专门行业的小知识。在这些电视剧背后要有多出色的编剧和多完善的资料搜集功夫呢？

近两三年，我最喜欢的电视剧是《白宫风云》(*The West Wing*)，它背后的写手正是克林顿总统任内的高级幕僚之一。可别小看"幕僚"二字，这批人几乎可以说是美国政府的实际操作人，虽然在外知名度不高，但背地里却可以指使民选的国会议员，支配内阁部长。至于总统，虽不至于对这批人言听计从，可是小至演讲词，大至对外政策，莫不处处仰仗着这批美国精英中的精英。每一集《白宫风云》讲的就是一天24小时里这群精英和总统的工作状况，只见他们集集为了税务问题吵得面红耳赤，为了国会里的一个政策小组的席位合纵连横，为了波斯湾地区的恐怖分子问题调兵遣将，端的是美国政治最佳入门课。

我印象最深刻的是剧中总统常常要为白宫记者招待会演

习,他的手下扮作记者在台下轮流刁难总统,而且所发言论全是出自假想个别传媒会持什么立场,学《华盛顿邮报》的就像《华盛顿邮报》,装CNN的说话就是CNN驻白宫记者那副语词。偶尔总统一下子记性不好,把正在演记者的幕僚本名喊出来,那名幕僚就会毫不客气地回答:"先生,我想您搞错了,我是《纽约时报》的约瑟。"难怪看真实的白宫招待会转播,那些总统老是像天才儿童似的,可以很亲切地把堂上百名记者的名字一一叫出。

看《白宫风云》不单可以在电视上看到一个如真实假的白宫,也看到了今天真实美式民主政治原来也是为了电视度身订造的。就像那场总统亲自驾驶战机降落航空母舰的转播,事前自然排练了几次,时间也选在最能彰显气势的日落时分,舰上三军礼服的颜色经过调配,连所有在场人员也都为了摄影镜头而排成一列特殊队形。电视直播翌日,美国民意调查里布什声望又涨了几点,自不待言。

球队为电视而战的年代

想当初英格兰超级联赛在1992年诞生的时候，曾经是欧洲球坛的笑话。大家心想，英国人的自大狂又来了。要知道英国人本来就以为自己是现代足球的祖宗，一向关起岛来看不起欧陆足球，数十年下来才发现自己可能是夜郎自大，原来意甲和西甲的水平比起英伦三岛都是有过之而无不及。不料当人家的顶级联赛都是甲级的时候，它偏偏要加上一重超级联赛，好像自己的水准冠绝全球似的。

其实这回英国人的想法倒是挺实际的，他们的最大动机不是自尊心，而是钱。改变这一切的是"大空电视"（Sky），一家以独家转播赛事为独步单方的卫星电视频道。为了买断足球赛转播权,他们这家公司愿意付出巨额费用。肥水不流外人田,为了瓜分这笔横财,几家表现最好的球会联手脱离甲组,另起炉灶成立了英超。

改变足球的历史其实早已开始。法国和意大利的公营垄断结束之后,私人电视台纷纷抢夺电视转播的权利,已经把价格抢得水涨船高,让球会赚到以前无法想象的巨款。英超的特别之处在于它彻底形成了一套新的管理机制,使得这些大牌球会在财政上完全从足总那里独立出来,可以自己和电视台谈判转播权,自行决定赞助商。

赞成商业原则,支持市场化运作的人无不拍手叫好。争说自己有先见之明。因为这场革命的确提升了足球赛事的水准,增加了它的知名度,更重要的是拓展了它的全球市场。因为从电视台那里赚来的钱能够在市场营销上大展拳脚,收购更好的球星;而且电视的广播覆盖更意味着曝光率的增长,从而吸引更多的赞助广告。钱和球会的水准形成一种循环关系:资本雄厚球星就多,球星越多成绩就可能越好,成绩越好自然有更多的观众,而观众就是收入的保证。

只是如此一来,传统观众与球队之间的关系也就渐渐改变。以往的球队都是以地区为基础,不同城镇不同社区各自拥有自己的队伍，就算有外地来的球员，他们和场上的观众也还是比较亲密的。在观众的心目中，主场是自己的家，是这个社区的公众会堂，而主队的球员则是自己的乡亲子弟，两者的关系犹如水乳。

现在的球会不再依靠入场的观众，他们的收入绝大部分来自电视台和赞助商，而非可怜的门票。坐在球场里的观众们仍然尽情嘶喊，仍然欢腾落泪，但是在他们和草地上奔跑的球员之间，已经修起了一道巨大的屏障。如今这些球星更多是为了遥远他方的电视观众而战，是为了大型跨国公司的品牌而战。乡土之情，在我们这个电视年代无非是种遥远的传说。

电视怎样改变了足球?

没有电视,就没有世界杯。

据说2006年在德国举办的世界杯是有史以来最多人观看的一次,人数可能会达到四十亿。如果这是真的,那么2006年的世界杯就是人类史上最多人共同参与的盛事了。其实用不着等四年一度的世界杯,足球早已取代了宗教,成为人类最伟大的精神食粮了。比如英国,每个礼拜天看球赛的人,要比上教堂的人多得多了。没有电视,这一切又如何可能?哪一座球场可以容纳这么大量的观众?要是有四十亿人涌到了德国,德国能不沉没吗?

对球员和俱乐部来说,这当然是好事,名气大了,收入也多。对观众而言就更不坏，只要坐在家里的沙发上拿着遥控器，世界最顶尖的球赛全在指间来回跳跃。当一个球迷，还有比今天更幸福的时刻吗？

唯一美中不足的地方，是许多欧洲顶级联赛开赛的时间都在半夜。准确地说，是在我们北京标准时间的半夜，在欧洲举办的世界杯也不例外。所以我们会顶着睡意在黑暗的凌晨看球，却奇异地见到电视机上的球场阳光挺好，球员的身后有影子跟随。这些球赛用最实际的经验教懂了我们地球是圆的，而量度时间的标准则是人为的。

但这一切并非必然，未来或许有这么一天，英超的球赛会在英国的半夜上演，我们收看的时间则正好是周末下午——只要我们有钱，花在电视转播权上的银码够大——因为电视不只让世界上任何角落的人都能看球，还把操控球赛时间的权力交给了远离球赛地点的人。

1986年的墨西哥世界杯，马拉多纳和好几个顶级球员纷纷提出抗议，认为要他们在正午时分顶着烈阳踢球太不人道。当时替德国守门的舒马赫就说："我汗流浃背，喉咙干涸。草地像一堆干粪，既硬且怪，充满敌意。太阳直直照射球场，对着我们迎头痛击。"

为什么好端端的一场球赛要放在中午上演？因为实际操纵这届世界杯的，不是墨西哥足球总会，而是在当地有垄断地位的电视公司Televisa。这家公司和国际足联（FIFA）联手瓜分所有电视转播权益金。为了赚更多的钱，他们决定迁就欧洲观众看球的时间，把球赛放在中午。那个可怜的德国龙门又说："时值正午，我们在球场上连半点影子也投不出来。他却说这一切都是为了电视好。"

电视要比球赛本身还重要吗？当时的FIFA主席阿维兰热（João Havelange）只用一句话回应这批大牌球星："他们应该闭嘴，然后好好地踢球。"意思就是搞清楚谁才是真正的老板，谁才是真正的米饭班主。听了这番话，球员们还有什么好说呢？

这就是现实，第三世界和第一世界的分别是很清楚的。球员也好，墨西哥以至于整个中南美洲数以亿计的百姓也好，都比不上欧洲电视观众重要，那才是真正的市场，才是花得起钱的地方。如此精明，难怪阿维兰热在20世纪70年代刚接手主席之位时，FIFA的账面只有二十四美元；到了90年代末，FIFA已经拥有二十多亿美金的资产了。

好在风水轮流转，在已开发国家和未开发国家之间还有这么一帮发展中的半边陲地带,它们会在发展的阶梯上逐渐攀升,日益富裕起来,而且起得很快。我们这批东亚新贵迟早会把电视和球赛的时间关系扭转过来,让足球往东方倾斜。

首先受到冲击的就是英国超级联赛。数十年来,英国的球迷都习惯在周六下午进球场。结束了一周的辛劳工作,以工人阶级为主的男性球迷,可以在自己支持的队伍主场(或者干脆就说是"他们的主场")得到慰藉,得到抒发。然后把礼拜天留给家人,或者教堂。

但是随着超级联赛的成长,传统的英国球迷要改一改日程表了。如今的比赛多在星期天进行,而且是从中午开始,连续数场直到晚上八点。换句话说,现在的英超球员就像1986年世界杯上的各国国脚,必须在炙热的阳光下奔跑。理由是这段时间正好是日本、韩国、中国、泰国和马来西亚收看电视的黄金时段。

看来,足球果然是圆的,地球也是转动的。

足球评述的艺术

十几年前,我曾做过一个挺无聊的实验,按今天的标准来说,那大概可以算作"艺术"。其实很简单,只是把一场电视上转播的足球赛旁述声录了下来,配上一集电视肥皂剧的画面。然后我们就会看见很不搭配的音像效果,足球评述员抑扬顿挫、时而激情时而叹息的语调,既干扰了电视剧里俗艳角色的表演,同时又介入了剧情的叙事线。

此外,我还安排了几部电视机,一部是有画无声的球赛,一部是那段足球评述的声音伴和着最该客观平稳的新闻报道,还有一部电视机的荧光屏上是球赛,喇叭里传出的却是单调重复的钟声。

之所以干这样的事，一来是因为我当时对影像和声音的关系特别有兴趣，二来是足球评述员讲解球赛的方式实在很吸引人。我相信在电视机前欣赏一场赛事，声音可能要比画面还重要，因为声音和它传达的内容就像在说故事，勾勒出了情节和焦点。就像以前各种文化传统都能见到的那种"说画"表演：表演者向大家展示一幅画卷，邀观众一边顺着他的手指注意画面上的细节，一边听他把画中的主题故事娓娓道来。足球赛岂不正是一种戏剧？一种故事？同样是以寡敌众。反败为胜的大结局要是放进好莱坞的电影里面，只会叫人觉得做作；但是在球场上它却能真实地发生，而且感人。因此把足球转播的评述看作"说画"，谁曰不宜？

有些朋友喜欢关掉音量，只看球赛不听旁述。我理解他们的心情，一定是嫌解说评述者的水平太低，不如自己的分析强。反正自己也能清楚辨认场上的球员，甚至不需看球衣上的号码，何不乐得耳根清净。但是我觉得如此看球，始终有所欠缺。有时候我也会听到陌生的语言旁述，尽管不懂他们在说什么，但是那股情绪完全可以领会。比如在看罗纳尔多带球过人的时候，评述得这么激动，他是否在说："请看这位世界上最伟大的球员，天啊！简直是摧枯拉朽，宇宙中还有人能够挡得住他吗?"而每逢入球,不管它漂亮不漂亮,总是嘶吼:"Goooooooooal!"仿佛只要有高潮,质素不重要。

所以我一直很抗拒中央电视台的足球转播,因为它的评述毫无情感,像宣读文件多于演绎戏剧——世界上最伟大的戏剧。难怪他们把这种职业叫做"解说员",真没起错名字。在这种平板的传统背景下,终于出现了"黄健翔事件"。中央电视台派驻德国的黄健翔,在"评述"意大利对澳大利亚的那一场比赛时,突然在尾声的时候失态,大呼狂吼:"伟大的意大利!澳大利亚队可以回家啦!"结果引来各方指责,说他背离了央视足球"解说"的客观标准。

我想他们大概没搞懂客观和冷漠的分别。身为评述员,对着各方球迷,是得不偏不倚,但是身为足球爱好者,怎能按得住本能的冲动呢?一个好的足球评述员应该带足情感,但这情感不只是附着在某支球队身上,而是因足球的艺术而来。因此他要是看到了十人应战的意大利奇迹般地获胜,是值得激动的,但万一冷门的澳大利亚面对强敌也能不屈奋战,他也应该要热血沸腾。

可爱的胖女人

公元2000年英国布克奖的全年最佳作者是罗森（Nigella Lawson），她的得奖作品叫做《如何做一个家居女神》。能够拿到这么一个显赫的大奖，这位罗森到底是何方神圣？这本书又是怎么样的一本小说呢？其实《如何做一个家居女神》不是什么小说，而是一本教人烤蛋糕做甜点的食谱。至于罗森本人，虽然是牛津大学中古文学系毕业生，但她现在的身份却是英国最当红的煮食节目主持人。

我想，在我认识的男人之中，我算最喜欢看教人做菜的电视节目的了，因为我爱吃。尽管我不下厨，但知道那些被我吞下肚里的东西是怎么弄出来的，到底是件有益的事。

一般的煮食节目主持不外两种，一是专业厨师，二是专业主妇。大师傅的示范总是手势干净利落，材料齐备，他们大显身手的厨房又总是那么干净，仿佛闻不着一丝油烟味。那些专业主妇不是什么国家特级技师，但在家下厨下了几十年，倒也练就一身本事，在电视里往往以一副过来人的姿态指导电视机前那些手都还没洗得脱皮的新嫁娘，什么是盐、什么叫醋。

看国际名厨做饭，纯粹是为了耳目之娱，长点见识，可别指望能学得一招半式。因为他们动作太快，设备太精，环境太优美，烹调出来的东西不是我辈能在家里小厨房可以复制的。那些专业得可以上电视作秀、设馆授学徒的主妇又老是令我联想起一堆紧张兮兮、心力交瘁的可怜太太观众群。她们经验不多，唯恐牛肉炒得过火，糖下得太多，于是这些节目总把煮菜搞得像做化学实验，量杯、匙羹、款式、分量一丝不差，程序公式化，完全不像真实的家庭厨房。但这些看来巧手贤惠的主妇型节目主持又总像看透大家心思似的，常对着镜头说："每天要想新花样让小孩老公高兴实在不容易，别怕，今天我教你……"我总觉得她们说这些话时老带着一副不怀好意的微笑，似乎想教主妇们快乐地屈服在老式家庭结构之下,当现代社会里的好女人,实为我辈女性主义者所不齿。

结果我发现了罗森,她在英国的"第四频道"里的 Nigella Bites 红遍全球,不只凭食谱得了大奖,还被选做全英最性感的女人。罗森像是主妇又不是主妇,因为她虽然孤身带着两个小孩而且天天下厨,但又是个非常忙碌的时代女性。她的父亲是撒切尔夫人内阁里的二号人物,其死去的丈夫则是英国数一数二的名记者。她自己则为大西洋两岸多份知名报刊开专栏写文章,是个很有才华的人。尤其让大众受用的是她美艳非常,四十多岁的她在电视里一举手一投足尽显妇人风韵,叫人着迷。

在她的节目里,老是看到两个小孩跑来跑去搞事,不时有一堆友人来来去去,但她还是指挥若定,端出一道道看来十分美味的菜肴。与一般主妇不同,她的厨房外就是竖满了书柜的客厅,别具一股知性气息。这个节目没有一般煮食节目的沉沉暮气,色彩明亮鲜明,镜头运转灵活而有生活气息,剪接又节奏迅速。最重要的是罗森的厨房既没有大师傅的专业化,她的手法又不像一般主妇型主持那么科学呆板,而是尽量贴近现实。常见她在节目里娇嗔一声:"哎哟,没了青菜,那咱们就用柠檬吧。"随意得很。这才是我们需要的下厨态度,不论男女都不该为做饭而苦,下班之后再进厨房不一定是苦差,反过来倒是调剂自己舒解心身的乐事。

我最喜欢的,是她够胖,而且毫不介意显露自己的肥胖。如今的女人都爱瘦,职业女性固然要瘦,主妇更是自虐狂般地炮制出一桌美食而不敢下箸。但罗森,却不断地在镜头前吃吃吃,绝无忌讳。刚刚我才看她教大家烤巧克力甜点,居然说:"吃完之后那盘子别忙洗,还有点渣待会舔干净。"节目结尾是她半夜起床偷尝那剩下的盘上残迹。

无烟影视

大部分的"文明"国家和地区都已订了严格的规定,限制电影和电视里抽烟镜头的出现。

原因不难理解,这是一种老派传媒理论的作用,以为观众都是被动的讯息接收者,你把什么东西灌进传媒里面,他们就会收到什么;你在传媒里赞赏一种行为,观众就会跟着肯定。由于大家都不觉得抽烟是种正确甚至正常的习惯,所以我们当然不能任由传媒里的吸烟者教坏了善良的人民群众。

这种老派理论在过去二十多年间备受挑战,除了最不愿意动脑的主流传媒和许多官方机构之外,已经没有人能够百分百相信这套简单的说法了（中国官方的态度是最明显的）。因为它对传媒受众的认识太过片面太过简单，以为他们的脑子是块白板，印什么上去就会留下什么痕迹。

事实上，同一段讯息，很难有两个人在接收之后会产生百分百一致的印象、观感与认识。一个人的性别、阶层、种族、教育背景、家庭环境和工作性质全都会影响到他怎么接收和认知传媒中的资讯。就以抽烟为例，如果一个烟民看了以前肖恩·康纳利（Sir Sean Connery）主演的詹姆斯·邦德，或许感到深刻的认同，觉得自己其实也有成为詹姆斯·邦德的潜质。但一个嫉烟如仇的观众看了当年烟不离手的老詹姆斯·邦德，说不定就会在脑海中浮起一嘴烟屎牙和口臭，于是看到他和美貌女特务接吻就不禁一阵恶心。我们的性格、趣味和身份都参与决定了我们怎样看待媒体的讯息。夸张点讲，一部电影只要有一百个观众，可能就会看出了一百个相异的版本。

既是如此，我们为什么还要把吸烟看作洪水猛兽，将它驱逐出影像的世界呢？如果一个演员在画面上喷口烟就能把人教成烟民的话，那么警匪片和江湖片又会不会使得杀人犯和黑社会的人数翻了几番呢？

有时候我在接受电视访问的时候，会被人要求移开桌上的烟灰缸和各类烟具，以免不慎在镜头上露出烟草存在的证据。那些电视台如此谨慎，力求赶尽杀绝烟草的形象，主要就是相信了那种过时的传媒理论。

可是基于这种老土传媒理论作出的种种政策与规定，又的确吊诡地起到了遏制烟草的功用。因为只要在围绕着我们的日常生活的这些电子影像里再也看不到有人吸烟，我们就能渐渐接受一个没有烟味的想象世界了。回忆当年，不只虚构的电影剧情里有烟雾缭绕，纪实片里的受访者手上有烟，甚至连新闻节目主持人也是边吸烟边说话；那是一个符合现实的媒体环境，人人都以为吸烟是正常的。我们如今在媒体上既然看不见烟，可能就会觉得烟的真实出现是异常的现象了。

美国天使

一部绝佳的舞台剧改成四集电视剧之后,到底会变成什么样子?答案是:一出很尴尬的肥皂剧。一部十五年前震惊主流剧坛的刺激艺术品,今天再翻看一回又有何感受?答案是:原来艺术真的会过时。

《美国天使》1990年在美国公演的时候,真是震惊剧坛。想想看那是什么日子,艾滋病在公众心目之中,还是一种可耻的疾病,往往在同性恋和吸毒者间流传,若不是天谴就是活该。剧作者托尼·库什纳(Tony Kushner)把剧情设定在1985年10月至1986年2月之间发生,那更是艾滋病刚刚变成危机的岁月,保守的里根政府一直要到1987年才正式向老百姓公开承认美国出了一种新的流行病。而《美国天使》里的艾滋病患者却都被写得有血有肉，濒死的同性恋主角普赖尔（Prior Walter）更被剧中出现的神奇天使宣布为先知。其他人物还包括美国最有权势的保守派律师（也是同性恋，并且死了）、一个同性恋犹太人，还有一个保守派新进律师背叛了摩门教老妈和妻子坦白"出轨"。大伙热热闹闹地把美国的基本价值颠覆得一塌糊涂。

大胆狂野的《美国天使》不只广受欢迎，还为托尼·库什纳赢来他第一座"托尼奖"，自此登上剧坛经典宝座。它厉害的地方不是它首次为艾滋病患者平反，而是它以小见大的神话式宇宙观和完整的希腊戏剧结构。在《美国天使》里面，艾滋病不只是一场危机，而且是整个美国崩溃的最新警告。美国怎样崩溃了呢？你看，剧中人物有的厌弃自己罹病的伙伴，有的叛逃自己饱受精神折磨的妻子，还有人背叛自己的宗教和血裔，更有人贪图权位出卖灵魂，满是礼崩乐坏的末世景象。它的神话意味来自天使令人震惊的宣布："上帝在旧金山（也就是同性恋天堂）大地震那一年，因为厌倦神的创造物而离开天界不知所踪，如今，先知，你要承接命运，寻回创世主，重整秩序。"先知就是片中快死的普赖尔。

它的悲剧之所以是希腊式的，是因为每一个人所作的恶，都出自本人的真我，那不可逆转的命运，故此所有人的可恶都源于他们可怜的无奈天命。

如此一部野心宏大、视野广阔又满溢奇幻色彩的舞台剧被 HBO 拍成了电视剧，云集阿尔·帕西诺（Al Pacino）和梅丽尔·斯特里普（Meryl Streep）等帝后级影星，再得大奖也是必然的。但当我在它播映一年之后才看到 DVD 时，却发现这些一流演员的一流演出却坏了当年的剧场惊艳。首先，电视机是件亲密的家具，它放出来的东西总像活在窗外的世界似的，伸手可及。这批演员用上正统的自然主义风格，非常到家，非常适合电视剧。偏偏这部电视片由原作者改编，台词几乎一字不易，于是那些原来充满睿智诗意的语句，由一个原来非常奇幻的舞台搬到了邻居一般的角色口中，就有了使人尴尬的距离。原来在舞台上方穿顶而入的天使，这时在家庭观众眼前以特技现身，更是古怪地写实，反倒消磨了原作布莱希特式的疏离感。加起来就是矛盾。

我投入不了，于是又注意到原剧本的另一个问题，只是当年由于上半截的悲剧力量太过震撼所以看不到，那就是它下半截的仿希腊喜剧结构，搭建得太过随便。那些惨受命运折磨的灵魂竟然一一得到惩治，而且好得很快——叛侣重归爱人怀抱还被接受，一代奸雄死后得到仇敌颂经往生，保守的老妈成了青年同性恋的最好朋友，历尽精神困扰的妻子快乐地展开新生活。发生了什么事呢？它却说不出理由。

到底已是21世纪了，连我国领导人都叫大家别歧视艾滋病患者，《美国天使》往日的惊世骇俗如今只余历史意义。但看这部电视剧到底还是有教育意义的，因为它教懂我们，再好的剧场作品搬到电视上，也会有水土不服兼露出马脚的时候。另外，原作者亲手改编也不是个保证。

历史为何重演?

中国人大概是世界上最喜欢看历史题材电视剧的国民(英国人除外)。一部历史剧收视率不是最高,也肯定是备受争议。《雍正王朝》如是,《康熙大帝》如是,《大宅门》如是,《走向共和》更是如是。为什么我们这么喜欢看这些电视剧,而且看完之后还会有这么多的回响跟讨论?韩剧日剧可能更多人看更受欢迎,但往往就如口香糖,甜味淡后,也就再无咀嚼的价值了。

其实不只电视剧,中国人也特爱读史,尤以位高权重者甚。常见一些企业大老板和机关领导公开宣称自己的闲余读物是历史书。到底我们想从历史里得到什么呢?从小到大,我们对历史的态度就是承传了两千多年的"以史为鉴",务求从过去的错误里学到今天避祸免灾的方法,必得自以往的成功中学到今天制胜占先的道理。而这能够成鉴的历史,虽经过数十年马克思主义史学的熏陶,却不知为何还是省略了宏观的结构与背景,照例集中在一个又一个的名人身上。

终于,我们历史解读的重点是某些关键人物在某些关键时刻的抉择,我们看重的是个人多于社会。说到"以史为鉴",有一个很重要的假设,就是:一、人性不变,两千年前的始皇帝完全可以在今天复活,两千年后的掌权者同样能在秦代呼风唤雨;二、社会背景的变化只是最表层的差异,除去礼仪、衣饰和建筑,从前的某个局面很有可能重现当前。只有在这样的假设下,我们才能把历史上成王败寇的原理搬到今天运用。

中国人的学史态度因此造成了"历史重复"的诡局,因为你越想把对于过去某段事件的理解搬到今天,你就越发现你今天面对的很像前人的经历,于是你就很自然地把前人的作为当作今日行动的指导。结果经过你的实践,未来就变成历史的重复了。所以老板和领导爱读历史,运用在里头学到的权谋术数,使今天的办公室政治活像一部宫廷斗争戏。由于在各个阶层各个机构的掌权者都爱历史,所以他们制造出来的世界就跟两千年前的世界本质一样。既是如此,后来者就更觉得历史果然重复,学史果然有用,"以史为鉴"成了一种自我实现的预言。大家都喜欢历史,都喜欢强调过往历史和今日世界之"同"而非其异,我们就把老祖宗的经历当成了缔造未来的指标了。

所以尽管创作历史剧的人未必有这等意图,看历史剧的观众却不免使自己陷入一幕又一幕的历史活剧。

电视末日的前夕

那天和一个写时事评论的朋友谈起 YouTube 和 CNN 合办的美国民主党总统候选人辩论，大家都觉得这个点子真不错，是个噱头。

虽然情况没有广告所说的那么革命性（到底那些提问的网民都是经过 CNN 筛选的，还有一个名主持居中坐镇，指挥秩序），但到底是让一群活生生的人民群众亲身亮相，发挥创意，有的弄个雪人出来提出全球暖化的问题，还有一对女同志搂在一块质问政客们对同志婚姻的看法。至于问题水准，也是惊人的高，出现了不少一般记者不大容易想得到的问题。

讲了半天，我这朋友才承认他只看过新闻的节选片段，他说："你知道CNN什么时候会重播吗？"

什么叫做代沟？这就是代沟。像他这种想在电视机前等节目重播的人必定是老一代，而我这种早就在YouTube网站点击过视频片段的人当然是下一代了。

坦白讲，虽然我好歹也是个做电视的，但我越来越不敢在二十岁以下的小伙子面前说自己看电视了，因为那实在太老土太不酷了。假如你下班的时候告诉同事"我今天晚上要赶回去看无线电视《溏心风暴》大结局"，你那帮年轻的同事会有什么反应？最可怕的还不是肆无忌惮地放声耻笑，而是他们反问："什么是《溏心风暴》？"更叫人心寒的则是："无线电视是什么？"

不看电视，那么他们都跑去干什么呢？上网。不必是看博客，不必是泡论坛讨论区，更可以是听播客看YouTube。

我觉得那些大把大把地把钱花在制作和宣传选秀、真人秀的同行真是可怜。他们都知道推几个帅哥美女就能称霸江湖的年代过去了，也都知道这是个人人都有曝光欲、人人都想做明星的时代，所以才会想方设法在无名大众中挑动风潮。可惜这类节目的走红乃至于泛滥，正好说明了这是传统电视台的回光返照，如今的明星全都隐藏在普通人身上，他们自有本事成就自己，电视台只是个提供场子的平台罢了。

假如下一代都不再坐着干等电视机喂饱自己，假如他们都不再有耐性等电视台高层照顾，更不想等几个自以为是的评审打分给评语，他们会怎样做？他们会用手提摄录机、电脑摄像头，甚至手机拍摄自己怪叫乱跳，然后在YouTube一类的网站寻觅知音。用不着老大哥做中介，群众就是老板。只要有创意，只要有本事，再加上一点点运气，眼球自然会聚拢过来。

看CNN和YouTube合办的那场辩论会，网友们的提问越是出彩，我就越替CNN担心，职业记者集体失业的日子不远了。这次活动办得这么出色，四年之后YouTube还用得着找CNN合作吗？

在 YouTube 里看电视

虽然我是个吃电视饭的人,但坦白讲,我看电视的时间其实很少。而自从有了 YouTube 一类的网站之后,我待在电视机前的时间就更少了,因为 YouTube 确实比较好看。

上个月 YouTube 里最受欢迎的,一定是 Paul Potts 在英国电视节目《英国达人》(*Britain's Got Talent*)上那一鸣惊人的《今夜无人入睡》了。这位相貌长得比我还抱歉,说话结巴口齿不清,而且是一笑就会露出很不齐全的牙齿的胖子,本来是个乡下地方的手机销售员,从小就给同学欺负,是那种丢到哪里都不会有人注意的家伙。然后他走上了这个英国版的《超级女声》或者《美国偶像》的舞台,平常出了名刻薄的评审问他:"你来这里做什么?"谁晓得,一身西装剪裁得极有问题的他竟然正色回答:"我来唱歌剧。"

接下来的故事,其实大家都早就知道了,因为截至目前,已经有两千多万人看过这部短片。当时 Paul Potts 一开腔就叫评审呆得咬住了原子笔,而那首《今夜无人入睡》到了最激昂的高潮时,全场观众都不能自已地跳了起来欢声雷动。一个月之内,自言"从小到大只有声音是自己最好的朋友"的这个内向男子,不只得到比赛的冠军,既有巨额奖金,还可以在女皇御前献唱,而且更火速出了处女唱片,热卖全球。

你说这么传奇的故事好不好看?当然好看,它简直是通俗励志电影的真人版,每个人内心欲望的终极满足。一个平凡的、遭挫折打击的小人物,忽然在一次难得的机会里展现出惊人的才华,成了全世界的明星。还有比这更感人的电视节目吗?

妙的是它确实是个电视节目,只不过没有 YouTube,我们就不可能看得见;反过来说,要是没有 YouTube,Paul Potts 和这个节目也不可能享有全球性的受欢迎,这就是 YouTube 的好处和吊诡了。它的好处不只是提供一个平台,让所有人都能把自己的得意之作亮出来,它还能让我们发现一些平日我们不能在电视里看得到的节目,并且是最脍炙人口的精彩片段。然而,一个做电视的人是应该感谢YouTube的威力无远弗届,还是痛恨它侵犯版权的肆无忌惮呢?

我发现自己也陷入了类似的困境。因为我做的一些节目其实是很小众的,收视情况本来就令人担忧,如今竟还有观众把它拿到网上任人下载,这岂不是雪上加霜,更打击了大家在电视前守着它的动力?可是,这个明显侵权的做法又的确拓展了观众的范围。其中还有一部分人不嫌过时,传看半年前播出的节目,等于延长了这个小众节目的生命。这正应了"长尾理论"的主张:在互联网时代,再小众的东西也有市场,再过时的东西也还捞得住人。很好,问题只是,我们还没想到一个能在这种状态里保证赚钱的方法。

自己原来没有脚

鸟在降落枝头的时候才发现,自己原来没有脚,这是很可悲的事!

现在的我不再是张国荣的歌迷,也不算是他的影迷。我有时会感到他刻意得过火,总是太过"自觉",似乎双眼之前有一面镜子。在《阿飞正传》里面,他的名言"有一种没有脚的鸟……"被老实做人的刘德华斥骂为虚矫,我甚至猜想那是导演王家卫对张国荣本人开的玩笑。但不知道为什么,他那段无脚之鸟的譬喻,即使听来造作得可笑,却又好像说出了些什么足以把人刺痛的真相。还记得那时,我离开电影院走进阳光,片刻晕眩之后,仍久久未能释怀。直到今天,才有点明白这是怎么回事。

那是20世纪80年代。我们这些还在念中学的小伙子,放学之后就结伴闲逛,毫无目的地踢路上的汽水罐,在黄昏时到公园里的椅子上抽烟胡闹,偶尔甚至霸占本该让给小学生玩的木马和跷跷板,哼哼张国荣的歌。那个时候最大的困扰不外来自爱情、友谊和与父母的争吵,回想起来总是带着一阵夏天白色校服底下的汗味。当然,我们也会谈到学业和前途,但那又不是什么很大的问题。中五毕业会考不行,出路还是有的,我自己就很认真地想过去做office boy(办公室文员)这种职位。

在我们那时的生活里面,最富戏剧性的场面得算是到启德机场送机了。去加拿大、美国、澳大利亚,每个学期总有同学要走。大家必定在机场禁区前来一张合照,送花送玩偶互相拥抱,然后流泪挥手再见。之后有人会录下最新的流行曲,寄给不在香港的同学听。那些录音带里一定有张国荣,因为那正是他声势最旺,与谭咏麟平分乐坛天下的年代。

就算你不喜欢张国荣,你也避不开他的声音和影像,因为它们处处都是。我们那些今天看来细微缥缈的困扰,当时都真实无比,而这些困扰的滋长、传达及消除,都发生在张国荣的歌曲所营造的背景之上。

那是香港自我感觉最好的年代,虽有"危机",但那不是对香港没信心,而是对未知的前途感到迷茫。我们什么问题都没有,有问题的都是别人。年轻人不会在毕业之后失业,经济上升之后还会上升,我们就像一只鸟(连我们的新机场都像只巨大的铁鸟),既然飞起就只会飞得更快更高,正如楼价与股市。

直到今天,我们才发现自己原来有那么可笑而荒谬的缺陷,那就是我们没有脚。

我的 AV 岁月

读汤祯兆的《AV现场》，我发现原来这是一种整理自己记忆的探索体验。因为阿汤写的，都是我成长经验中不可或缺不可磨灭的一部分，而且在近日气温正在升高的这刻，我必须说，那一部分全部来自日本。这是已经发生的事实，如何爱国也无法否认。阿汤是我这一辈友侪之中，对日本文化研究用力最深、著述最多的；这也是我们这些吃日本次文化奶长大的"小汉奸"们不能否认的。

坦白招认，我们这班年过三十的家伙（男性），有谁没看过日本AV呢？几年前，我参与一本文化杂志的编务，向仍在某畅销周刊工作的刘细良邀稿。好家伙他用的笔名竟然是"加藤鹰"。还记得在编辑室里,我和拍档胡恩威脸上都挂着一丝略显淫邪的笑意,骂刘细良自大得不知廉耻。如果你不懂我在说什么,如果你不知道谁是加藤鹰,那你一定不是"自己人"。

就像上次替汤祯兆写的序一样,我要再次强调日本次文化对我们的影响,不是一种透明并且直接的植入,而是越橘为枳地被我们积极改造,成了香港年轻人自己的文化加工产品。例如"大丈夫"这三个字,看过日本 AV 和色情漫画的,一定见过这个常用语。对我们这些不懂日语的人而言,这三个字大概就像它在汉字字面上的意思一样,指的是威武不屈的雄性气概。所以看着那些男角对着正在娇喘连连的女优说一句"大丈夫"时,我们多半以为他或许是在问:"点呀?系唔系好劲呢?"(怎样?是不是好厉害?)

当然,后来我们知道自己会错了意,"大丈夫"其实是"不要紧吧?"或者"没关系吗?"的意思。这是一个例子,想说明的是包括语言在内,看日本 AV 其实是一连串的误读和文化翻译。AV 作为一种影像语言产品,同样有它自己的文法和词汇。和大部分人的常识相反,色情电影并不只是赤裸的性场面纪实,也不只是直接诉诸什么人类最原始的欲望这么简单。人的欲望再怎样原始，到底也要经过文化的调节和塑造，不同的文化就有不同的欲望形式甚至欲望物件，你看了大有反应的东西可能只是我们的催眠剂。因此，日本AV的情节、场面和角色其实也是建立在一组固定的符码之上的，日本人如何欣赏它们，与我们的观感一定不大相同。比如说日本AV在进入"打真军"的动作之前，常见漫长的操弄过程。这就不一定很对我们的胃口了，尤其是看惯了很快就"埋牙"（硬碰硬）的美国色情片的观众，一定觉得这群日本人真无聊。

与一般的电影电视不同，色情片对观众有更高的要求，它不只希望你坐着欣赏，还要引诱你以动作参与，比方说自慰。如果看着AV自慰是种普遍的现象，那我们大致可以猜到，它一定需要一个可以独处的观影空间。汤祯兆在本书里就指出日本年轻人开始在房里拥有个人电视机与AV兴盛的相互关系。但在香港，有多少年轻小伙子可以享受这种奢华，有自己的房间还要有自己的电视？所以看日本AV，对很多人来讲更有种偷偷摸摸的快感，要趁家里没人的时候小心翼翼提心吊胆地看。难怪当年大学刚毕业，我到一些独居的男性同学家中做客，会见到柜子里有一片片日本AV，而主人则面带骄傲的微笑。他长大了，他有自己的房间。

关于性别剥削与物化女性的问题,我自然不敢或忘,这也是我过去看色情电影和漫画一直看得于心不安的原因。最早接触女性主义的影像批评,我觉得自己简直就像背上了原罪。我看那些"颜射"场面看得那么爽,原来是种邪恶的大男人主义作祟,这么多年来我都把女人当成了什么"东西"了?后来看了回帕索里尼(Pier Paolo Pasolini)的电影,又读了点萨德侯爵的小说,再研读过巴塔耶等左手写色情小说右手写色欲史的思想大师,才开始释然:"咸湿"都可以搞成理论,"大丈夫"!再后来,我又知道了更"进步"的女性主义学说,更是能够坦荡荡地喊一声"色情无罪,睇碟有理"。其实,事情当然不是一条直线往前进这么简单。关于色情文化产品的政治和道德评价,至今没有定论,例如女性主义法学家 Catharine MacKinnon 就从未在论战中认过输,坚决反对色情电影,坚持认为那是一种剥削。

无论你怎样去判断色情电影的道德价值,我觉得你不能不先去了解它。我看过许多分析色情影片的文章,不能说不仔细,每一个镜头的角度都算得清清楚楚,就像文学作品一样,一副"文本细读"(close reading)的做派。但正如不少"文化研究"毛病一样,它们对文化工业的成品关注得过多,对于那产品的生产方式和过程却了解得太少,一不小心就会沦为自说自话。汤祯兆这本《AV现场》难得之处,在于它可能是中文世界里第一本进入AV工业的作品,从它的导演、男优、女优、配角、星探到制作和发行的过程,每个环节都照顾到了。篇幅不大,但却面面俱全地剖析了日本AV工业的内幕和运作方式。想研究色情文化,这是本基础材料;想要帮助香港发展创意工业,这是块有趣的他山之石(原来咸戏都可以搞到这么有系统)。你也可以像我一样,人家只是借着这本书,回首自己的青春岁月,解开往日困扰心头的谜题,例如:"点解加藤鹰咁劲?"(为什么加藤鹰这么厉害?)

最后,对于那些又爱日本又爱国的朋友,我想你们得弄清楚市面上的日本AV几乎无一不是老翻。所以大家尽可放心大力打击日本人的知识产权,振兴我民族翻版工业。

大师的黑洞

我是录影带的同代人,也就是说,许多传说中的电影我都是从录影带上看回来的。在我前面,是去电影院的那一辈;在我后面,是用光碟看电影的那一批;再接下来,就是你们了,从网上下载视频的年轻人。

由于代沟,或许你们不明白死在同一天的伯格曼与安东尼奥尼为什么会被前几代的人称作大师。且容我解释几句,而且是用最现实也最物质的方法去解释。

虽然我透过录影机看过不少好电影,可是那个年代,20世纪80年代,到底不像今天,很多片子并非唾手可得。尤其对我们这些穷学生来讲,要花上几百块去订购一卷录影带回来实在太不容易了，而盗版录影带的选题与数目还都十分有限，所以几乎一切大师的作品，我们都是先听说过，然后才看见。在目睹伯格曼的作品以前，已经"知道"了他的主题，例如死亡、宗教与生命的终极意义；在实际体会过他的灯影魔术以前，我仿佛已经"看到"了他那北欧式的光线敏感。所谓观影，其实是种印证。

我们不流行也不可能自己搜全想看的作品，我们自己翻录。第一次看伯格曼的"沉默三部曲"，是在同学的家里头。他不知道从什么地方搞来了这三部电影，很隆重地向大家宣告要搞一个小型现场影会，于是就有一伙人盘腿坐在地上，挤在电视机前面，吃力地读解着模糊的英文字幕。或许看懂字幕的难度比较高，所以我把注意力集中在影像上，看那张脸孔渐渐沉入黑暗的过程。

我们力图让电视变得比较像电影，我们关灯、静默，绝不倒带，更不可能快速向前；可是我知道，这都不是真的。因此，只要有机会，听说有哪一部名作会在电影院重放一场了，即便是饿一天的饭，走一天的路，我也要把钱省下来，去预备那一黑色的祭祀。对，是祭祀，我常常怀疑大师的存在，端的是赖于我们这种不一定得到什么的漫长等待和庄重苦修得近乎牺牲的信念。正如神，他往往只出现在祭祀之中，不是有神所以我们祭祀，而是我们祭祀所以有神。

由于代沟，由于过去的这种虔敬体验，由于那些为数不多但每一位都已被供奉在奥林匹斯山上的众神，所以我不是很明白今天的"大师"是怎么回事。这难道不是一个互联网的时代吗？只要不怕犯法，没有什么电影是看不到的，你可以在看完九小时的《浩劫》（*Shoah*）之后接一部《满城尽带黄金甲》，这么方便，这么错乱。等待？等什么？等文件下载的那几分钟吗？为什么在这个不用等待，因此期盼的殷切也成了一种传说的今天，大师反而多了？难道只要拿过一次金棕榈或者金狮，就能做大师了吗？过去呢，我常以为大师是和缓慢相关的，没想到在连速度也失去意义的今天，却有一场大师的爆炸，随手一指，每一颗星都是。在这无尽的夜空，伯格曼与安东尼奥尼，他们不再发光，他们是看不见的黑洞，巨大的引力牵引着云的走向。

娱乐到底是什么

赈灾筹款固然要有一票歌星来个大合唱,推动工业安全观念也得有明星出来背台词,鼓励学生努力向上更少不了年轻偶像的分,连呼吁大家出来投票都靠一群明星蹦蹦跳跳。

娱乐到底是什么？

娱乐到底是什么？当"非典"蔓延，当战火燃起，当孙志刚惨死之后，谁需要娱乐？娱乐业又做了些什么事？大众娱乐是否只是一种资本主义的鸦片？文化工业是否又是一种维持意识形态和霸权的冷血且又可怕的武器？如果我们并置2003年全球政经局势回顾和娱乐圈的大事记，会看见它们二者之间几乎没有任何交叠与呼应的地方。这会不会让我们更相信，所谓娱乐，就是要遮蔽现实，让我们觉得一切安好呢？

因此在我年轻的岁月里，我曾以为只有真正的艺术才是人民需要的。它未必要为工农兵服务，未必要去美化歌颂社会的基层，但它得像一服醒酒剂，刺激我们长期浸泡在甜美娱乐里的神经，好让一股冷峻的电流直达脑部末梢，麻痹的手指亦得以稍为活化可动。

我从来没想过自己会有这样一份工作（2004年担任香港商业电台一台总监），结束了十几年来的自由自在。每天上午9时以前到办公室，开会、阅读文件、签名、再开会，下午6时以后才拖着缓慢的步子走进已然阴暗的天色里。这是典型香港上班族的生活，一种极其需要被娱乐的生活。我们这样过日子的人要看《安娜与武林》，以笑声封闭思考，要关心刘銮雄和王颖妤的恩怨，好嘲笑名门中人的德行未必就比我辈更高贵。只不过我现在的工作就被认为是娱乐工业的其中一个环节，每天有各大唱片公司的公关人员上来拜访DJ，好叫他们推广的新歌更快上榜；歌手演员必须到我们电台里接受访问，好增加曝光，公司门口总有一票年轻人等着他们出入垂盼；至于刘銮雄的恩怨情事，我们很高兴王颖妤首度开腔回应是在我们的频道里。我现在不只是一个需要被娱乐的人，还是有份制造娱乐的一个机器。

这段经历使我更清楚地认识到大众娱乐在某程度上确是自在自为的另一个领域。这个工业也关心非典，但它的关心主要在于进卡拉OK的人会不会少了，大家会不会不敢进电影院。至于中东战争,有人或许注意到原来有这么多的西方民歌源自20世纪的反战运动,而麦当娜新MV也有暗嘲布什的成分;但伊拉克到底离香港太远,对准巴格达的导弹炸不垮我们市场的信心。死在广州的孙志刚?他是谁?我们只知道广州有不错的大型演唱会场地。

这个社会不可能,也不应该只有一组备受关心的议题。每个开放的社会都该有多个相对独立的领域。如果在美伊战争期间,电台只播反战歌曲,学校只教中东史,菜馆里的炸子鸡都被易名为"炸赛因",这肯定是个可怕且不宜人居的鬼域。我如今即便不再相信大众娱乐纯然就是自体繁殖的虚幻乌托邦,但到底还是会为过去一整年里大众娱乐界在社会大事里的缺席感到纳闷。当然,我看到了非典时期香港影视圈的"心连心大行动"。可是那首主题曲写得实在不怎么样,歌词既不深刻更不动人。况且群星合唱的阵式如此老套,他们双手的心形不只在以前我们见过,而且肯定还会在未来类似的活动中继续出现。当然,我也看过官方出资五百万元,十位香港导演各拍一部短片的《1:99》计划。虽然不乏佳作,但这几部片大多励志得单向,对当时社会的迷茫局势没有清醒的批判,对人心的震撼怕还不如报章一端抗癌英雄的小故事。

其实，除了达到个别慈善活动的筹款目标之外，香港娱乐工业在过去十年来对社会议题的介入如果不算太少，就是留不下太大的印象。现在的我，大概有几分之一卷进了这个自行运转自我感觉良好的娱乐工业，可以做什么应该怎么做，还想得不大清楚；但是那种活在社会当中又似乎不在其中的游离与难堪，却已领会充分。

以后我们自己娱乐自己

如果要回顾过去十年,看看华语娱乐圈有什么趋势,未来又会走向何方,我的眼睛一定是对准中国内地,而非台湾,更非香港。为什么还要关注香港的娱乐圈呢?没错,香港是出过不少很劲爆的八卦新闻,一会儿有男星上演车厢性爱,一会儿又有狗仔队躲在深山遥距拍到对面大楼里的明星亲热。没错,香港总有不少新人涌现,歌手现在还标榜唱作俱佳,连一向不大会演戏的偶像派都渐渐在大导手下成熟为实力派。香港更有稍为注重知识的电视节目出现,突破了以往的媚俗无聊。

可是这一切仍然不脱娱乐圈的操作,对一度是东南亚娱乐工业中心的香港来说，要按照既有的成功方程式包装行销绝对不难；要另寻新路也是可喜可贺。但它们到底还是工业的产物，顶多有点工业改革的意思，却非彻底的革命。反观内地，我们却看到了崭新的趋势正在兴起，当然我说的不是那些穿金戴银去晚饭的大片。如果我是奥斯卡奖那几千名评委之一，我一定会觉得纳闷，为什么中国那批大导演每年都要拿同一部电影来参展"冲奥"。总是有人飞来飞去不断奔跑，总是有皇帝有艳女，总是背景壮观服装华丽，总是谭盾，而故事总是那么奇幻以至于不知所云。真的，它们只是换了名字而已。

整片中华大地的娱乐革命就是革掉娱乐圈的命。作为受众，我们不再需要娱乐圈来娱乐我们。辛苦各位明星导演制作人了，这么多年下来，你们也累了，是该歇歇的时候了。以后我们自己娱乐自己。

什么叫做"自己娱乐自己"？这得从去年席卷神州，叫台湾娱乐界也傻了眼的"超级女声"说起。"超女"潮流，很多人说是庶民的狂欢，民主精神的崛起。的确，事前没人想到一个选秀节目可以变成一场几乎全民投入的真选预演。于是今年湖南卫视再接再厉，继续大搞；而上海的东方卫视见贤思齐，也来个东施效颦，推出了它的选秀节目，结果成绩还不错。可这依然不脱娱乐工业主动策划的老格局，依然是几个有创意有远见的鬼才加上强大行销能力的成果。

不过在这波选秀节目的风潮里，我们已经见到群众的威力了。那些选手中最好看的往往不是经过精心打造的人工偶像，而是四面八方古灵精怪的平民百姓。至于观众自发投入讨论，组成各种各样的粉丝俱乐部，其热情和动力更是节目制作人始料未及的。大胆地说一句，"超女"的成功，制作团队的功劳只占一半，另一半则应归于群众。电视台的成功是设计了一个框架，建构了一个平台，然后让传统的观众变成主动的参与者，调动出他们的活力和集体智慧。

但就在过去两年，《老鼠爱大米》和《他约我去迪士尼》等网络歌曲的走红已经悄悄预告了新时代的来临，传统工业那种由一小撮业界精英策划和制造娱乐的"老好日子"（the good old days）已近尾声。到了2006年，随着YouTube这等视频交换网站的爆发，我们终于看见了娱乐工业以及娱乐圈的末日。

YouTube特别的地方在于它纯粹是一个交换平台，没有一个核心小组在设计和编排最佳的内容组合，更没有一队制作人员去专门创作内容。如果说"超女"还需要电视台去铺设平台,YouTube则是一个彻底分权彻底去中心化的大众平台。任何有点子的人自己弄好内容放上去就是,用不着评审,更用不着电视台花工夫去装饰,而且没有收看的时空限制。所有人都是评审,由大众的口碑和从众心理去决定哪一条内容最精彩,谁的东西最娱乐。而且在这个手机也有拍短片功能、电脑普及率仍在不断攀高的时代,真是谁都能当演员歌手,谁都是导演编剧。

所有工业观察家都发出了警告:年轻人花在电视机前的时间越来越少了。最近美国更有一个手机网络供应商和Google合作,以用户能在手机上看YouTube为卖点。为什么?因为年轻一代发现全天候地泡视频交换网要比呆坐看电影更自由更有趣,因为他们觉得自己动手创作要比只当观众更叫人满足。

去年全球最多人看过的节目除了世界杯之外,或许就是美国那个胖男孩扮成星球大战黑武士的短片了,直到目前为止它至少有一亿观众。这股风潮在重重限制之下还是吹到中国了。无论是"巴士阿叔"、"一个馒头引发的血案",还是风靡世界的"小胖",都在说明了"每个人都有机会做十五分钟的明星",这个预言业已实现。

美国评论家索罗维基（David Surowiecki）前年出版的畅销书《群众的智慧》（*The Wisdom of Crowds*）提倡的就是三个臭皮匠胜过一个诸葛亮。只要有多样化而思想独立的群众和开放分权的合作条件，大众的集体决定必然比少数精英和专家的闭门造车来得强。同样的道理也适用于娱乐，一大堆教育背景、生活环境和专业技能各有不同的人，一定能比一小圈经过专业训练和选择（"选择"方式包括和导演上床）的娱乐精英创作出更有娱乐性的东西。必须承认，YouTube也好，任何网站也好，都充斥了大量无趣的内容，可是大众自然会把最有意思最轰动的片段排到前列。你是信任一个电视台高层的口味，还是信任集体的智慧呢？

经过二十多年的改革开放，中国人压抑良久的创意和思想正待爆发，近年的"芙蓉姐姐"和"恶搞"热只是火山运动的前夕罢了。不久，美国《时代》杂志把"你"（所有网民）封作2006年的风云人物，看中的就是这种科网年代的人民崛起。同样地，不久的将来，我们也会看见十三亿人的娱乐本能淹没娱乐圈的海岸碉堡。过去十年是港台内地娱乐圈的黄金十年，可惜也是他们最后的十年了；夕阳无限好，只是近黄昏。

"超女"是一场游戏,不是一场梦

有个香港朋友看完《超级女声》的节选光盘之后,百思不得其解:"为什么这几个女孩可以这么红?她们根本就没什么星味,而且表演的功力也还很粗糙。"他不是唯一有这种反应的香港人。2005年风靡全国的超女们最近才来过香港亮相,叫一帮熟练的娱乐记者傻了眼,这就是传说中比明星还要明星的超级偶像吗?

香港人不懂,因为《超级女声》对他们来说一直以来只是个传说,传说它是全国去年最红最火的电视节目,传说粉丝们会成群结队地在街上为自己的偶像拉票;传说它让学者专家们竞折腰,为了属意的候选人吵得面红耳赤;传说它令老大哥中央台很难看,要抬出高雅品位的招牌来打击它的低俗;传说甚至散布到外国大媒体的版面上,说它是全中国有史以来规模最庞大的"民主选举"。换句话说,《超级女声》在香港从来就只是内地的一个"社会现象",一个不近身的故事。

这就有点像电脑游戏,你可能从没玩过RPG(角色扮演游戏),但你听说过它很受欢迎,是股热潮。尽管你可以从不同的角度切入,甚至引经据典分析一番,但你的观察和这种游戏的狂热追随者相比,绝对是两回事。

两种身份两种看法,说不上是局外人看得清楚,还是局内人体会得真切。用人类学家的工作方式打个比方,研究一个陌生的社会,最好是搬进去住,成为他们的一分子,吃他们吃的食物,说他们说的语言。但如果他真的完全归化为这个社会的一分子,那就再也没有距离可言了;没有距离,他又怎能相对客观地说出这个社会的特质呢?一个社会的本地人,是很难说出自己生活习惯背后的独特结构的,就像鱼不知水的存在一样。所以人类学家要进入他的研究对象,但又不能不保持一点陌生感,其间的分寸掌握至为重要。

身在香港,但尽量投入地去看"超女",第一个发现必然是它的游戏性质。就如RPG中的养育游戏,里头的角色是玩家们一手养大的,它长成什么模样,有什么本事,全靠你的指引和努力。一个普通的大学女生角色,外人在荧幕上看起来没什么了不起,只有没日没夜的玩家自己知道成就一个人是件多么困难的事,要耗费多少心血。

从这个意义上讲,"超女"是个超大型的网络游戏,拥有数以百万计的玩家。大家以大半年的时间看着一群女孩过关斩将,而且一路以言语和选票(手机短信)支持她们。输了的话就像游戏失败,有白费心血的愤慨和不忿;要是胜了,做父母的又怎能不感到自豪与光荣?

分析角色扮演游戏的另一个重点是代入感。很多论者说"超女"给了无数凡人一个梦,那就是不管你是谁,你都可以大胆自信地"我型我唱"。将相无种,英雄本来亦凡人;在这个时代,谁都有成名的十五分钟。但是我觉得这种代入感不能简单地看成是种"连她都能,那我自然也可以的心理",或许对报名参赛的人来说是有这种想法,但是对绝大部分旁观者而言,代入感却是另一回事。这又得说回角色扮演了,在玩这种游戏的时候,我们会和我们培育操纵的角色产生一种深深联系的感情,把它看成我们的代理和分身,在另一个世界里面奋战。要知道活在现实世界的我们，实在有着太多的限制，前途更不一定无可限量。角色扮演游戏是个实现幻想的好机会，让玩家过另一种人生，体验另一种生命。看"超女"的代入感，就是把自己实现不了的想望寄托在自己选择的角色身上，而非"彼可取而代之"的同理心。那些自称"玉米"与"盒饭"的超女粉丝的狂热，因此和一般明星偶像的追随者大有不同，更不会都抱着"我也能变成偶像"的野心，而是把偶像当成自己的分身游戏代理人。成为明星，就等于我也是个明星了。

娱乐工业成熟发达的香港，讲究的是怎样挑选合适人选，再加培训和包装，为其打造一条独特星路，务求亮相面市之后以最短的时间变成偶像，也就是说制造明星的过程是被遮盖起来的，给大家看到的最好只是最后成品。但像"超女"这类真人秀，讲究的却是把从选择种子到培育成材的整个过程完全暴露，公之于世。那些目睹整段经历的内地观众经年累月积攒下来的热情，是我们这些只看到最终产品的香港人所不能体会的。以香港的标准而言，几位"超女"来得有点莫名其妙，和王菲相比有欠功架，甚至与Twins并站也略输可爱。香港观众没给这几个角色加上感情分，感受自然和内地观众不同。这是一场游戏局内局外的分别。

所有电脑游戏者都避不开一种争论,那就是逃避现实的问题。看不惯疯狂玩家的人总会抱怨,游戏玩得太多,人就会忘记现实。但也有人把设计越趋精巧、景观日益写实的游戏当成学习工具,对世界史没有兴趣的人玩过文明演进的游戏之后,会了解人类从刀耕火种发展成庞大帝国的原理;不读古典名著的少年,日夜沉浸在三国争霸的游戏里,终也有拾起《三国演义》钻研人物性格的一天。按照这种思路,玩过医生扮演游戏的人应该有当医生的冲动,玩过球队管理游戏的就算做不了切尔西领队,也会懂得点足球队经营之道。于是又有人会出来警告,如今的游戏太过成人,打打杀杀不在话下,甚至还有小混混从街头贩毒变成一方大哥的情节,这岂不是教坏人?游戏开发商的辩解必然是"这只不过一场虚拟游戏,何需过于认真"。

多少关于"超女"的辩论,归根究底,也就结在我们怎么理解游戏的问题上。欢呼这是中国草根民主大预演的学者,相信游戏的教育功能,虚拟的东西终有成真的一天。贬低"超女"社会效应的专家,害怕游戏会替代真实,浸淫虚假的世界太久就会忘记追求真实的公民社会。至于游戏开发商湖南卫视，实在害怕这种讨论，连忙出来摆手澄清：我们没有挑战任何人的意思，这是一个娱乐节目。

名人都是艺人

刘翔真不愧是大家心目中的新时代英雄,可爱率真而且有傲气。他最近的代表作还不是在东亚运动会上得了奖牌,而是公开表示:"我是一个运动员,不是一个演员或者歌星。所以我不会再在台上唱歌了。"

他这番话的来由是中央电视台正在筹备春节联欢晚会,打算请他到时候上台亮一亮相,顺带唱首歌娱乐娱乐大家。刘翔这下表明了态度,如果上台一定要唱歌的话,他宁愿不上。要知道春晚这个台呀,可是多少娱乐圈中人梦寐以求的地方,它再如何不济,收视再怎么下滑,也依然是个年度盛事发生的地方,依然年年吸住了亿对眼睛。不过刘翔气势十足的这句话清脆地打醒了正在日益香港化的内地社会,运动员是运动员,歌星就是歌星,你不能把一个运动员叫到一个娱乐界的舞台上扮个三流艺人,正如你也不该请李亚鹏去跟刘翔在跑道上赛雌雄。

我所谓的内地香港化,指的是香港社会一种通盘娱乐化的趋势,正在慢慢地影响中国内地。什么叫做通盘娱乐化呢?就拿前年杨利伟来香港的经验为例,港府欢迎他的办法是把他弄到可坐数万人的大球场,再请成龙之类的顶级艺人全程陪伴。活动高潮是电视台娱乐节目的主持人怂恿杨利伟高歌一曲,于是我们就看到他和成龙一起举麦大唱《男儿当自强》的经典场面了。

再看去年一众奥运金牌得主到港访问,几乎和欢迎杨利伟的程式一模一样,又是大伙闹哄哄地进了香港大球场,然后分组分队地逐一上台献唱,直把向英雄致敬的活动闹成了超级女声式的歌唱大赛。第二天报纸上的文章说的都是"某某某歌喉了得,不逊张学友",或者"某某某球打得不错,但唱歌就不在行了。然而他落力的演出依然赢得了市民们的掌声"。

香港确实是个了不起的城市,不只自己全民唱K,任何人来到香港,一样要入境随俗唱上两嘴。不管我是第一个上天的中国人,还是替民族争光的英雄,只要身在香港就得唱歌。

香港只有一种活动,叫做娱乐活动;只有一种名人,那叫做艺人。所以香港欢迎任何名人的活动都要弄成综艺节目,把那些名人通通变成艺人。其他地方的金牌运动员回到家,等着他的往往是盛大的花车巡游,他只需要站在台上面挂微笑左右挥手就行了。其他地方的运动员被自家的副刊记者捉住做访问,谈的是自己刻苦训练的经过和冲破重重障碍的心路历程。但是在香港,你最好上机前就练熟一首"饮歌"(最爱的一首歌),免得到时候出丑。而来自娱乐版的记者们一围上来,就会问你有没有加入娱乐圈的打算,会不会出碟,什么时候签约……因此,田亮和郭晶晶在香港上报的时候,在娱乐版出现的机会要比在体育版出现的机会还高。久而久之,你也就受到熏陶了。看身旁的唱片公司老板温良友善频频劝酒,见路边群众大叫你的名字疯狂地涌上来索取签名,再回想自己过去这么多年来孤独苦练,浑身是伤,图的又是什么呢?这可真是十年寒窗无人问,一举成名天下知了,不如就改行算了吧。

近年来我看着这股风气日渐蔓延,不免忧心终有那么一日，中国出了个诺贝尔经济学奖得主，也要循众要求举麦唱首《拜金情人》，那可真是史无前例光宗耀祖的大事了。话说回来，能像刘翔这般坚持专业尊严的不少，但有他这般定力的人却不多。所以如果我说话算数的话，我是绝对不准奥运金牌得主还没退休就去香港的。谁都可以"自由行"，就他们不行。

艺人是一种次等公民

2007年4月22日凌晨4时,一名戴了帽子的男子独自驾车前往即将被香港政府拆除的皇后码头。他下了车,竖起支架,开始拍摄这片即将消失的殖民地遗迹。一群守候当地抗争到底的青年这时仍然睡眼惺忪,懵然不知来者何人。睁大眼睛再瞧,才赫然发现:"是周润发!"

发哥很亲切地慰问大家:"你们会坚持到几时?"后来还在反对拆迁皇后码头的条幅上署下大名,临行前更挥拳向他们打气:"如果最后真系得嘅时候,你哋也就系英雄嚟架啦!"(成功逼使政府让步,你们就是英雄!)这伙年轻人兴奋得再也不能入睡,不断翻看和发哥一起拍下的录像和照片，直至天明。这也难怪，放眼香港演艺圈，你何曾见过一位艺人公开反对政府的政策，站到社会运动的前线呢？更何况现在来的还不是普通的星哥星姐，而是伴随整代香港人成长的天王级巨星周润发。

这件事令我想起几年前还在电台工作时的一段经历。当时一位天王级偶像过来接受访问，我特意跑去录音室和他打个招呼，没想到他竟然开口就说："是不是有很多人批评你们的言论太大胆？但我要告诉你，你们干得真不错。社会就是需要这样的声音，一定要有人好好监督政府。"我一时愕然，只懂得连声道谢，实在想不到一个迷倒万千粉丝的偶像会说出这等充满公民意识的言论。

为什么周润发现身示威现场会如此叫人震撼？为什么那位天王的几句闲谈会让我大吃一惊？这当然是因为我们的艺人明星向来没有关注政治的传统。过去几年以来，我们不停在传媒上看见艺人时事低能的笑话，有的不知道谁是中央领导人，有的会弄不清抗日战争到底打了几年，更离谱的是一些帮政府拍过选举宣传片的青春偶像根本不知道自己属于哪一块选区。

简单地说，香港娱乐圈就像一群不知亡国恨的商女，天天大唱《后庭花》,几乎彻底地被"去政治化"(de-politicized)了。这到底是什么原因呢?这是个普世的现象吗?

正好英国首相布莱尔这个礼拜就要宣布下台时间表了,遇上英国地方选举工党惨败,真是令人感慨。想当年他初任首相之际,是何等风光,何等意气飞扬,不只全国青年对其寄予厚望,连一批当时得令的 Brit-Pop 中坚也都站到了他的身边,为他站台助选。例如 Blur 的主音歌手 Damon Albarn 就曾是唐宁街十号的常客,帮助布莱尔建立了又酷又年轻的时髦形象。但是自从伊拉克战争之后,他就拒绝再和首相喝下午茶了,甚至还用一张便条作如此回复:"去你的!以后别再找我了,如今我已是一名共产主义者。再见,伙计。"同一个组合,鼓手 Dave Rowntree 却有截然不同的立场,他不只继续支持工党,甚至还成了党员,参加地方选举,从一个乐手正式转行变为政治人。

这样的故事,我们不该再感到意外。毕竟欧美艺人关心政治甚至干脆参政的事迹已经太多太多了。但是从香港人的经验去看,我们又会发现事情是这么不合常理:因为在我们这里,所谓常理就是娱乐工业应该远离政治,艺人不该作任何政治表态。除非事情牵涉到切身的利益,比如说要政府打击盗版和扶持产业，你才会看到他们成群结队地上街游行。否则别说严肃的政治课题了，即便一般没那么"政治化"的社会运动，你也很难看见他们的身影，听见他们的声音（当然有例外，但也只属例外）。

可是不也有许多艺人协助政府拍摄广告甚至出席曾荫权竞选的造势晚会吗？但这种情况就和那些青春歌手去唱《基本法》的宣传歌曲，少年偶像出演选民登记的广告片一样，你不能预期他们真的了解《基本法》，也不能肯定他们到底知不知道自己宣传的是什么。对大部分艺人和他们的经理人而言，用这种方法帮助政府不算"搞政治"，而是"为公益"。更露骨地说，这只是娱乐圈为了获得建制承认，甚至只是不想违背当权者意思的生存之道。至于为什么协助政府就是为了公众利益做善事呢？他们大概根本没想过这个问题，因为这个圈子不鼓励政治思考，更加忌讳公开表态。盲目地协助政府并不算是一种政治行为，不经独立思考的政治活动又怎能是政治呢？自从早年左派影人在港宣扬爱国情怀、传达工人阶级意识之后，香港就再也没有多少艺人群体自觉地进行政治行动了。他们被全面地"去政治化"了，大多数艺人变成一种丧失了正常公民应有权利与能力的"次等公民"。我不是在谴责他们,我是在同情他们,因为他们也是被剥夺了权利的受害者。

明星的话几两重?

找歌星影星去做慈善搞公关,是举世通行的现象。但唯独香港才这么乐此不疲地大小事务都要明星站台助威。赈灾筹款固然要有一票歌星来个大合唱,推动工业安全观念也得有明星出来背台词,鼓励学生努力向上更少不了年轻偶像的分,连呼吁大家出来投票都靠一群明星蹦蹦跳跳。

近日香港特区政府又展开了选民登记的宣传活动,从电视广告看来,暂时仍未见青年偶像们的出现,不知是不是已受到上一轮选举的教训。几年前有关当局找过张柏芝等漂漂亮亮的偶像歌手做广告,目的是吸引年轻人参与香港议会和立法会的选举,一尽公民义务。怎料报刊的娱乐版更绝,跑去捉住张柏芝等逐一追问关于选举的事情。而这班明星也实在专业，深知拍广告和听信广告内容是两回事，就像国际巨星为我国产影音产品当代言人，不表示他家从电视机到影碟机就都得用这个品牌一样。这伙年轻人纷纷表示自己未必有空去投票，有的甚至说："我其实弄不清楚立法会到底是干什么的。"

青年偶像也是青年，他们未必就比一般年轻人更懂政治。同样地，名成功就的大牌红星说到底也是凡人，我们又有什么理由相信他们是十项全能呢？偏偏还是有人不信邪，硬要拉着明星宣传这推广那的，结果造成的就是宣传效果大打折扣，所要宣传的东西看起来只有更虚矫。如年年都要重演的某些读书运动，例必有一两个明星出来介绍他近期心爱的好书。我不敢说明星们都肤浅不读书，但从他们推荐的书总是《红楼梦》、《西游记》一类的名著看来，你实在很难辨别到底他们老是喜欢重温经典，还是只是背出几个小时候就听说过的书名。

利用明星来做公关宣传，背后的假设是这些名人深受大众喜爱，因此他们说的话就格外有公信力，他们叫好的东西群众也必定跟着说是。可怜各大机构信这本老皇历信了几十年却从不检讨,也不见任何可信的科学调查验证这个假设。事实是如今百姓都很精明。比方说,他们去参加一场群星坐镇的抗癌复原演唱会,关心的肯定是多少个偶像出场,每个会唱几首歌,而非主办单位盼望带出的精神意义。观众或许喜欢明星,但是主办者想要透过明星们传递的讯息,他们的大脑恐怕全都自动过滤掉了。

不过这还算好,因为它顶多无用而已,而有些宣传攻势简直是帮倒忙。明星来来去去那几十个,逢场必捧的结果是泛滥,徒然模糊大众,闹不清这回是为非洲饥民筹款还是无线电视台庆。更惨的是前面说过的那类鼓动选举的广告,亮相宣传的红星们自己都明言不去投票,十分异化,结果只能是越宣传越糟糕。明明是叫年轻人关心政治,反倒成了年轻人不该参与政治的活样板。

明星慈善公关也是门专业？

明星参与慈善公益活动在香港已是传统，对娱乐界中人来讲也是个不成文的义务规定，不肯参加的甚至会被传媒攻击，说他（她）没良心。现在这个传统在内地也渐成趋势，"超女"周笔畅最近就赶了潮流，去了一趟陕西农村，体验当地村民打井吃水的困难，而她的老对手李宇春，更成了中国红十字会"小天使基金"的形象代言人。

很多人会说，这不过是明星们增加人气和见报率的手段，从猜测动机出发到怀疑实际成果。其实冷静点看，这种活动既为明星们带来"很有爱心"和"富贵不忘贫寒"的正面形象，又为各种公益机构打出知名度，不啻双赢的好棋。以近年流行的"企业社会责任论"来看，艺人是种个体企业，以谋取最大利益为本，但搞好企业责任，得到公关的润滑，从长远而言是笔"可持续发展"的好买卖。

问题是企业责任也是门很专业的学问，富商捐钱也不能胡乱撒钱，做公益得先对要做的事有认识。这么多年以来，没参加过慈善活动的香港艺人不多，但叫人留下印象的却很少，原因就是除了黄耀明等少数人之外，许多娱乐机构和明星们对待这回事的态度不专业。他们总以为，自己出场唱唱歌照照相，抱着个孤儿说几句话，就功德圆满。对于参与的活动也没经过精心设计和选择，给白血病幼儿筹款我去，老年痴呆症公众教育计划我也去，只要它们都是公益慈善就行了，至于两者的分别何在，有何内情，实在没时间也没心情去深究。

所以，香港曾经闹出过经典笑话。政府当年找来张柏芝等青年偶像拍广告，呼吁年轻人去登记做选民。事后媒体访问他们，发现有的推说自己太忙没时间登记，有的干脆连自己是哪一个选区都不知道。本来一桩美事，最后却变成了双输。大慈善家之所以为大慈善家，不只是因为他捐的钱多，更是因为他全情投入，真正懂得他"投资"的那门事业是怎么回事。比如比尔·盖茨，多年来持续专注地投放资源在非洲医疗健康问题上，不只钱捐得比谁都多，他本人在这个领域也是半个专家。

和世界首富兼第一慈善家比尔·盖茨同时登上《时代》年度封面人物榜的 Bono，他所属的爱尔兰乐队 U2 就是以社会关怀和政治良心知名。我第一次知道英国当年在北爱尔兰惨烈的镇压活动，就是从他们的歌曲"Sunday, Bloody Sunday"听回来的。20 世纪 90 年代初，我在波士顿一个体育馆看到全场向首次到访的南非曼德拉致敬（那时他还没当总统），高唱的就是 U2 描写种族隔离政策的一首名曲。

与大部分歌手不同，Bono 的演艺工作和他业余的公益事业是分不开的，他不会在一场为非洲国家呼吁减债的演唱会上大唱失恋的苦楚。我们的偶像要是为"希望工程"筹款，有多少人找得出真正和山区小孩生活有关的歌呢？

Bono 近年来致力于最落后国家的减贫工作，他不止是为贫民鼓与呼，也不只是搞了一场大型演唱会筹款，而是直接进入国际政坛。他和罗马教皇闭门座谈，赶到机场截住美国国会领袖，念兹在兹，全在为穷国减免外债一事之上。他不止是个热心的歌手，还被当成专家，2003 年出席世界经济论坛对着各国领袖演讲，2005 年在欧盟会议上宣传"让贫穷成为历史"。

这些大人物为什么要理会一个歌手呢?第一个答案是老式的逻辑,和明星站在一起有助于增加自己的亲和力,选民们看了舒服。这就和公益机构找明星代言人打知名度一样。不过政客和明星们拍照握手,通常只是表达谢意,多谢你为我们这个地方的小孩病人唱歌,绝不会把你当成认真的伙伴。可 Bono 不一样,他随口道出的数据足以令很多国会议员汗颜——原来这个戴墨镜的小子真懂。Bono 不止会唱口号,他注重事实,用他的话说,"事实是美丽的"。

他和布什去访问乌干达的艾滋病中心,先请病童们合唱一首《美丽的美国》(Beautiful America),镇住美国总统,再找一个妈妈出来哭诉高昂的药费如何夺去她儿子的生命。铁石心肠如布什,也忍不住上前拥抱她,回国后宣布向四十万非洲艾滋病患者赠药。

Bono 能用技巧使事实歌唱,但前提是他知道事实。我们那些用走过场的态度来搞慈善的明星,在他面前还是群小学生。

什么是奥斯卡?

不知道是不是为了凑数的原因,很多人就是喜欢硬把奥斯卡奖塞到柏林、威尼斯和戛纳的行列里,合称"四大影展"。事实上它根本不是什么影展,典礼进行期间没有任何专门电影播放环节,也没有任何电影展销活动。也因此,在这段日子里你不会看见其他影展城市常见的现象,比如说那些手上捧着一叠资料满街跑的各国影评人。

奥斯卡奖和其他三大影展只有两个共同点,第一是据说它们都与电影有关,第二是它们都有个奖。然而正是在这个奖上头,奥斯卡与柏林、威尼斯和戛纳的最大分别出来了。后三个影展都是货真价实的国际奖项,评审团成员来自四面八方，得奖者也是来自八方四面，不拘风格，而奥斯卡则纯粹是美国人自己的东西。首先它的评审是五千多美国电影学院的成员，他们是美国电影工业里的专业人员，大伙都是行家。二来五千多人当评审，自然用不着讨论，结果是一人一票很民主地投票决定的（有说民主只适用于国家单位之内，全球范围的跨国民主是搞不起来的，或许奥斯卡奖就是个例子）。第三，它的候选名单上的影片必须全部是在美国放映过的，就连"最佳外语片"也得是在美国土地上放过的才算。所以《孔雀》是入不了围的。

尽管如此，大家还是习惯把奥斯卡当作国际影坛的同义词，得了金狮银熊这些真正国际奖项还不行，非得取得那座戏称为"奥斯卡叔叔"的小金人，才叫做迈进世界级。原因太简单了，因为撑起奥斯卡的洛杉矶好莱坞是全球商业电影的唯一中心。跟美国政府一样，它的组织不是全世界各族人民合起来的组织，但却影响遍及亚非拉。

说白了，奥斯卡就是美国电影工业圈内人的游戏。它的评选，是内行人推选他们眼中最优秀的行家，选出来的就可说是好莱坞的年度最佳员工。其实瞧瞧这颁奖礼，自己人相濡以沫的感觉实在跃然屏幕之上。主持人的笑话都是圈子里的玩笑,外人听得懂是因为这个圈子的放射范围太广。又有个奖叫做人道奖,但领奖的不是曼德拉也不是无国界医生,而是一个提供特价医疗服务给好莱坞业界的基金会发起人。比起其他大型电影颁奖礼,奥斯卡的技术奖项特别多,分工特别细,连摄影机吊臂的发明人都照顾到了,可见它的确是一整个工业的全面体验。而每个圈子又要有自己的历史自己的传承,否则身份认同就形成不起来,于是每年的重头戏之一就是悼念去年逝世的影圈名人,播放他们的生前画面,音容宛在,有前辈英灵此时与我等同在的仪式效果。而奥斯卡最具代表性的仪式,肯定就是颁发终身成就奖、全场起立鼓掌致敬的那一刻了,得主是承先启后、打下好莱坞电影帝国花花江山的名将,当然值得全场欢呼致敬。

诡异的是,这个圈子里的活动与这个圈子一样,本质上是炫耀性的,得转播给全球几亿观众欣赏。例如那星光大道,我们看照片都是很潇洒地那么一个甩头,那么一个回眸,但被传媒和追星族围绕折磨的明星,走那短短一道红地毯,有时居然得花上两小时。又由于每位入场嘉宾都要走这红地毯,几千人鱼贯入场实在会堵塞,所以前几年开始,这个入场式得在下午四点就开始。想想看,一个人下午四点就进场,这晚得表演几个小时的微笑和挥手呀。

另类香港的消失

每一年甚至每一天,都有杂志停刊。在过去了的2004年,芸芸停刊杂志之中,最叫我不能平复、不胜唏嘘的是闻名两岸的《音乐殖民地双周刊》(MCB,*Music Colony Bi-weekly*)。

这是份无论从任何角度来讲都十分古怪的杂志。首先是它的文字啰唆(似乎是不同的作者都为同一个问题所苦),或者就是词汇不足,表达能力差。随手引两段你就知道了,例如:"Clean 在 Colder 加工下诱发出的是其严苛冷酷张力,Goldfrapp 把 Halo 作古雅盎然而来,而她还不忘送上其和唱与女高音,多么凄美迷人!"迷吗?还有呢!"飘逸的嗓音伴随着轻盈的 Electro Synth 飞行，所营造之温婉优美的 Progressive Breaks 美感让人不禁联想起某些 Way Out West、Luke Chable 作品。"这就是 MCB 的风格，总是大量使用意义模糊的形容词，而且老是"凄美"来"美感"去的那几招。如果看不懂，它的解决方法就是联想，告诉你某甲的凄美就如某乙一般，前提自然是你已知道某乙有多凄美了。

用文字写抽象的音乐本来就十分困难，更坏的是 MCB 讲的还不是普通音乐，而是让一般唱惯卡拉 OK、看惯电视的百姓摸不着脑袋的地下音乐、独立音乐或者先锋音乐（随你怎么叫）。我们完全可以想象一个李克勤的歌迷拿起这本杂志会有什么反应，没一个歌手和一个乐队是听说过的，文字更不知所云。

MCB 最古怪的地方，就是这么一份低可读性的杂志竟然生存了十年，而且每期有六成内容是主编袁智聪一个人自己写的，这也是我最佩服的地方了。如今这世道，办一本杂志还能这么家庭手工作业，一个人又编又写地弄份双周刊，简直是博物馆里的前朝遗物。袁智聪这三十多岁的年轻人就这么耗了十年光阴，在这个主流大众文化当道的地方拉拨一份没爹亲没娘爱的另类杂志，然后，终于垮了！

袁智聪和他的MCB是典型的香港文化奇迹。香港这许多人眼中的文化沙漠,曾出过华人世界第一个实验剧场,第一本另类漫画,第一部独立录像,第一位装置艺术与行为艺术家。也出过这本影响了内地和台湾众多另类音乐圈子的杂志。对两岸圈中人而言,这份一般人看不懂的天书是十年来的资料养分。大家看了袁主编的文章之后未必就能搞懂某个新乐队到底干的是什么,但至少有兴趣去弄张唱片回来自己体验。

过去几十年来的香港文化也是这般。走先锋的时候,走上一条暗夜之中无人能见的航道,点亮了异地上空之后就唰地一下陨落坠地,这种下场不能全怪环境太差,也有自己的原因。但从MCB的结束里,我看到了香港,能不唏嘘?

欣宜的悲剧

减肥有成的欣宜在迪士尼开幕晚会上扮演白雪公主,香港无线电视竟然为此收到数百宗投诉,打破历来纪录。广播管理局的发言人总结投诉内容主要是:"认为该节目儿童不宜、无列明家长指引、吓坏小朋友、令人感到不安及恶心。"有网友则在讨论区上批评:"拜托,她那么胖,样子又丑,就别在这里扮公主啦!连米奇老鼠都会吐死。"

这一波恶狠狠的浪潮来自早前欣宜于另一个活动中亲吻新人偶像吴卓羲,许多网友认为她"不知道丑字怎么写,人家不知道多怕你,都要硬亲过去"。一时之间,很多人都把那个片段加工再改造,放在网上边骂边流传。一向以够出位闻名的娱乐传媒则加上一把劲,既绘影绘声地描写肥肥在这一连串事件中的角色,又找出很多照片证明一直声称想当公主扮纯情的欣宜,其实又抽烟又喜欢夜生活,甚至还在杂志中附赠欣宜头像箭靶纸牌,以供大家发泄。

每隔一段时期,香港娱乐圈就会制造一个"社会公敌"出来,供大家嘲讽挖苦,发泄取乐。举其大者先有"毒瘤明"刘锡明,后有"B嫂"章小蕙,现在则是欣宜。他们的遭遇或有不同,讨人厌的理由或者不一,被传媒攻讦的手法也各自精彩,但从一个娱乐新闻的生态逻辑来说,他们起到的作用却是一样的。

别看娱乐新闻好像很无聊很下贱,不只追拍女艺人走光,现在连他们拉下的屎屎尿尿也要跟踪一番。其实娱乐新闻背后的价值是最能代表社会主流也是最保守的。老是想探索女星的裙底春光,正是从反面约束所有女星要行得正坐得正,仪容端庄;不断挖掘艺人的婚外情,正是因为稳固的一夫一妻异性恋体制是正常规范,夫妻恩爱父慈子孝又怎能成为新闻题材?所以每当大众阅读八卦新闻时叹一声:"哇!有没有搞错,这样都行?"他们就是在重申一回社会主流的价值。从这个角度来说,香港日益恶俗的娱乐新闻不是世风日下的元凶,恰恰相反,它们是新时期的道德重整委员会。

例如以前的章小蕙,她之所以成为社会公敌,不外乎因为她被呈现为一个做作、奢侈、抛夫、抢别人老公的女子,她完全是传统坏女人典型的摩登版,透过斗垮她斗臭她,我们才能重新树立良家妇女的稳当地位。现在的欣宜又做错了什么呢?她只不过像大部分少女一样,有个想当漂亮小公主的天真愿望;她只不过像很多同龄青年一样,希望有个银色生涯同时又爱玩反叛。她错就错在有个身为娱乐圈大姐大的阿妈,起步比谁都容易。这就冒犯了娱乐新闻背后民粹主义的倾向,明星后人一向只会遭到更多的歧视。更错的地方是欣宜曾经那么肥胖,虽然她减了肥,虽然这是个夸耀瘦身成功例子的年代,但是胖依然是种原罪,一旦存在终身难去。

真人刘德华

直到老父火化,杨丽娟还是想见刘德华一面。这让我想起两年前陈奕迅在一个音乐颁奖礼上说的话,当时备受狗仔队滋扰之苦的他大声疾呼:"希望传媒以后多点关注我的音乐,少点关注我的生活。"如果刘德华有机会再见杨丽娟,他会不会也对她说"希望你喜欢我演的戏唱的歌,但是不要迷上我这个人"呢?

其实我们都知道,一个明星在戏里扮演的角色和他的"真人"是不一样的。所以我们都很好奇,那个演活了卧底黑社会,那个在战场上卖命守城的刘德华其实是个什么样的人,真正的刘德华和那些银幕里的角色有分别吗?如果有的话,其间的差距又有多大呢?

为了满足我们的好奇心,为了影片的卖座与唱片的销路,公关公司会为刘德华安排各式各样的访谈活动。在这些访问或者"真情对话"里面,我们或许会看见刘德华详细描述他揣摩某个角色的心路历程,他排好一支舞的艰苦经过。这时候我们就会发现电影与音乐以外的刘德华了:那个能歌擅演的刘德华,正在谈论他饰演的角色,他和那些角色拉开了距离,犹如一个作家谈论自己的作品。而一个作家和他的小说里以第一人称出现的叙述者应该是两个不同的存在,一者真实,一者虚构。因此正在介绍自己作品的那个刘德华应该也是"真实"的了,不是吗?

加里·格兰特(Cary Grant)有一句名言:"我和我的观众一样,都很想做加里·格兰特。"他的意思是银幕上下的自己是截然不同的两个人,银幕上的他完美无瑕,银幕下的他不外凡人。说起那个年代的明星,很多人都觉得他们比较有"星味",原因是他们够神秘。在舞台之外,他们把自己严密地包藏起来,使所有观众能够看到的都是那个帅气倜傥的加里·格兰特,而非这个坐在马桶上的中年男人。

那是现代明星产业的初级阶段,明星的经济效益几乎完全来自他的"作品"。现在可不同了,一个明星最主要的收入绝对不是他的片酬,更不能是他的唱片分红,而是他的广告费。一家手表公司找刘德华当代言人,一家网络商找陈奕迅推销网站服务,看中的当然不是他们的演艺功力,而是他们的人。

明星之所以是明星,不在于他们的创作,而在于他们在媒体上展现出来的人格形象。依靠这种整体的人格形象,他们才能得到巨额的出场费和广告酬金,他们才能吸引死忠的粉丝,叫他们去追捧自己任何一张唱片、任何一部电影与任何一场演出。

所以陈奕迅绝对不该让传媒只去关注他的音乐,刘德华也必须教人爱上他这个人。如果所有消费者都非常理性,只买他们的唱片却对他们拍的广告视若无睹,那么我们整个围绕明星建立起来的文化产业就要崩溃了。

我们不是要看刘德华演的戏,听他唱的歌,更要看他的访问,透过努力不懈的记者去了解他的一举一动。只有这样,我们才能掌握"刘德华"这个人,尽管这一切可能也都是种表演,尽管"刘德华"或许才是刘德华和整套产业机制的最大创作。

《大长今》怎样占领中国市场?

攻占了日本和中国台湾、香港之后,《大长今》终于也取下了中国内地市场。国人最柔弱的那一根神经又受到了刺激。电视电影的大哥们出来放话,说喜欢"韩流"的媒体与汉奸无异,因为《大长今》竟公然把中国人发明的针灸说成是韩国人发明的。

诚然,针灸是中国原产。同样,儒学也是源自中国。但是,请问中国如今可有韩国这么多传统的儒家书院吗?又有多少青年学子像韩国的年轻人那样会在放假时去山里头的书院静修?韩国最大的电脑公司TriGem的创办人李龙兑平时练书法、做汉诗,其子赴美读物理博士前,竟然因为没熟记《论语》而被留下来背好再说。又有多少中国企业家是这个样子的呢？《洛杉矶时报》在一篇介绍韩国文化的文章里宣称："韩国比中国更儒家"，我们是否应该放火烧了这份报纸来泄愤呢？

与其像中国电视业那帮大哥有空开会声讨韩流，倒不如好好研究一下韩国是怎样在短短几年之间成了世界上第五大文化产业出口国；与其在那里自吹自擂"中国的电视剧制作水平是亚洲最高的"，倒不如分析一下为什么连芝加哥的白人社区都开始沉迷《大长今》（《芝加哥论坛报》有篇文章的标题就叫做《韩剧横扫了不可能的观众》）。

其实，答案不用远求，只要看看《大长今》的制作过程就行了。首先，它的编剧金英贤就是有名的"三八六世代"一员。这些人现在三十多四十岁，上世纪60年代出生，80年代时全情投入韩国的民主运动，现在则带着一股"我们可以改变韩国"的冲劲在各个产业岗位上奋力求新。为了写好这个剧本，金英贤用了一年多的时间搜集资料，四处拜访医学专家，务求句句有出处，每一个药方都不是混扯。然后还有一队由各个行当的专家组成的考证小组，下面分为宫中料理考证、韩医考证、历史考证和服装考证等四组，以保证创作出来的电视剧不要离史实太远。

同一种严谨态度还可以在制作的其他细节上显现出来,例如女主角李英爱的服装,就是剧组设计了十五套衣服给她一一试穿之后,才找到最适合她肤色的一套。为了演好这个角色,李英爱还特地拜韩国国家无形文化财富第三十八号"宫中料理"第三代传人韩福丽为师,取得短期结业证书。试问中国电视剧影帝级人马如张国立,可曾如此认真地去学好怎样演皇帝?

韩国的电视剧之所以打败了中国内地和港台,原因之一就是人家严谨地建立了一套企业系统,用最专业的态度去抓好每一个环节。

抵制韩流与消费型民族主义

韩剧《大长今》扫荡香港之后,如今正猛烈吹袭中国内地。结果就有很多人看不过去要出来说话,尤其引人注目的是"大哥"成龙要中国演艺界"团结",别再动辄引进韩国明星,"清宫戏大腕"张国立怒斥热捧韩流的媒体为"汉奸"。这种事我们大可以引为茶余饭后的闲谈话题,一笑置之。但是我们也可以认真思索,为什么社会上的知名人士可以这么轻易地把爱韩剧就等于汉奸,看国产片就等于爱国的逻辑理直气壮地宣之于口,而且竟还有市场?

影视红人之所以能够不假思索地说出这种话,是因为近年有一股更大的潮流为背景,这股潮流就是"消费型民族主义"。首先,我们要注意它与抵制日货的理路不尽相同。不管你同意与否,提倡抵制日货的人至少还试图搬出一套罢买日货可以打击日本商界,然后日本企业会抱怨日本政府外交政策的推理。"消费型民族主义"却是诉诸感情直觉,要大家以抵制某产品的方式直接表达爱国情怀。当然,实际操作起来,"消费型民族主义"又会和抵制日货运动相混杂,成为后者的指导精神。

其次,"消费型民族主义"又不是一种经济政策上的保护主义。奉行保护主义的国家如韩国,会通过硬性规定电影院每年要有一定日数放映韩片,以保证电影生产数量的稳定,以阻挡外来电影带来的竞争压力,目的是要扶持自己国家的特定产业。同样地,保护政策好还是不好,各有各的观点,但它起码也是套言之成理的说法。"消费型民族主义"着眼的却不是这么深层次的产业发展问题,它只不过是一种浮浅的情绪表达和标签作用。

"消费型民族主义"的出现,靠的是两套逻辑。一个是民族主义本身的空洞,另一个是市场营销的文化转向。什么叫做民族主义的空洞呢?难道民族主义不是很强大很澎湃的一种意识形态吗?的确,它是的。但它之所以强大,之所以能够把一切事物都纳在民族旗号底下,照研究民族主义的人类学家安德森(Benedict Anderson)的说法,正是因为它的内涵是空的。举个例子,由于没有人能够肯定到底某民族的民族性是什么,所以我们才能把一件衣服说成是很有民族性的,一部汽车是很民族的,甚至连一种动物也是很能代表某民族的(尽管他在血统上和这一民族无关,也不是这一民族培育出来的品种),没有什么不可以被命名为很民族的。

也要注意如今的市场营销越来越强调感性和文化,怎样把一件产品从市场上芸芸竞争者中区分出来,靠的不一定是价廉,也未必是物美,而是它带给你的体验与文化印象。所以广告和设计等创意产业才会变得日愈吃重,所以一双外国名牌运动鞋要比同厂生产的本地杂牌贵得多。诉诸正统的国家印象正是产品行销的手段之一,某个服装品牌标榜自己来自法国,让人穿了就变得很高档很浪漫,与某位明星标榜自己是土产中国人,让人看了就证明自己很爱国,其实是同一回事。

"消费型民族主义"建立在这两种逻辑之上,几乎可以运用于所有商品而无往不利。它总是呼唤大家的身份认同,要求大家"团结",叫大家"是中国人就得看中国片","是中国人就抽中国烟","是中国人就要穿中国内裤",仿佛电影、香烟与内裤和人一样都是有国籍的。但说到底,"消费型民族主义"只不过是商人们促销的借口,经不起严格分析,纯粹是种循环论证:我是中国人因为我看张国立投资的电视剧,我看张国立投资的电视剧因为我是中国人。

图书在版编目（CIP）数据

噪音／梁文道著．—北京：文化艺术出版社，2016.5
ISBN 978-7-5039-6100-7

Ⅰ．①噪… Ⅱ．①梁… Ⅲ．①随笔－作品集－中国－当代 Ⅳ．① I267.1

中国版本图书馆 CIP 数据核字（2016）第 017902 号

噪音

著　　者	梁文道
责任编辑	齐大任
特约编辑	冯希南　赵雪峰
封面设计	陆智昌
内文制作	陈基胜
出版发行	文化藝術出版社
社　　址	北京市东城区东四八条52号（100700）
网　　址	www.whyscbs.com
电子信箱	whysbooks@263.com
电　　话	(010)84057666(总编室)84057667(办公室) (010)64279491(发行部)
传　　真	(010)84057660(总编室)84057670(办公室) (010)64204980(发行部)
经　　销	全国新华书店
印　　刷	山东鸿君杰文化发展有限公司
版　　次	2016年5月第1版
印　　次	2016年5月第1次印刷
印　　张	15.375
字　　数	234千字
开　　本	787毫米×1092毫米　1/32
书　　号	ISBN 978-7-5039-6100-7
定　　价	56.00元

版权所有，侵权必究。如有印装错误，随时调换。